KB114483

궁녀의 외출

궁녀의 외출 1

초판 1쇄 찍은 날 | 2015년 7월 31일
초판 1쇄 펴낸 날 | 2015년 8월 14일

지은이 | 이 세
펴낸이 | 서경석

편 집 책 임 | 조윤희
편   집 | 이은주
             주은영
디 자 인 | 박보라

펴 낸 곳 | 도서출판 청어람
등록번호 | 제387-1999-000006호
등록일자 | 1999. 5. 31
어람번호 | 제5-0420호

주소 | 경기도 부천시 원미구 부일로 483번길 40 서경B/D 3F
         (우) 420-822
전화 | 032-656-4452 팩스 | 032-656-4453
http://www.chungeoram.com
E-mail | chungeorambook@daum.net

ⓒ 이세, 2015

ISBN 979-11-04-90334-2   04810
ISBN 979-11-04-90333-5   (SET)

궁녀의
외출

이세 장편 소설

1

Chungeoram romance novel

도서출판 청어람

목차

序 · 풀피리 소리

※ 이 이야기는 역사적 사실에 작가의 상상력을 더한 픽션으로 일부 사실과 나를 수 있습니다.

흉몽에 시달리는 미친 폭군의 잠을 깨운 것은 분명 그 풀피리 소리였다.

잠을 자던 이융은 무언가에 짓눌린 듯 가슴이 답답하고 숨이 막혀와 눈을 떴다.

그런데 뭔가 이상했다. 분명 아무도 없어야 할 동온돌 안에 웬 여인들이 자신을 빤히 내려다보고 서 있는 것이었다. 그는 섬뜩한 기분이 들어 여인들을 자세히 보았다. 그러나 아무리 쳐다보고 있어도 무언가 이상했다. 그 여인들은 분명 눈에는 보이지만, 그 자리에는 없는 듯한 기분이 들었다.

한 여인이 무언가 말을 하려는 듯 입술을 달싹이며 살짝 턱을 치켜들었다. 피칠갑을 한 흉측한 몰골이었지만 차가운 눈길, 핏빛의 붉은 입술까지 또렷이 분간되었다. 그리고 그 흉측한 얼굴이 누구의 것인가를 깨닫는 순간 이융은 등줄기를 타고 흐르는 섬뜩한 느낌에 몸이 돌처럼 굳어 움직일 수가 없었다.

"너, 너는!"

그 여인들은 분명 돌아가신 아버지 성종의 두 후궁인 귀인 엄씨와 귀인 정씨였다. 이융은 제 어머니인 폐비 윤씨를 모함해 사사시켰다는 연유로 그녀들의 자식들인 안양군과 봉안군으로 하여금 직접 생모의 곤장을 치게 했다 그리고 그것으로도 부족해 천 대를 더 때려 갈기갈기 찢어진 시신은 젓갈을 담아 저잣거리에 내다 뿌리게 했던 바로 그 엄 귀인과 정 귀인이었다.

이융은 그 여인들이 누구인지를 깨닫는 순간, 놀라 벌떡 일어나려 했지만 팔다리가 좀처럼 말을 듣지 않았다. 핏방울이 툭툭 떨어지고 여기저기 살점이 뜯겨져나가 뼈가 드러난 끔찍한 모습으로 여인들은 누워 있는 이융의 곁으로 천천히 다가앉았다.

여인들을 지켜보는 이융은 그대로 아득한 나락으로 추락해버리는 느낌이었다.

그의 숨결을 쥐고 앉아 있는 여인들의 모습은 형체를 지탱하기도 어려울 만큼 처참했지만 한을 품은 무시무시한 눈빛만은 생생하게 살아 있었다. 완력을 휘두르는 것도 아닌데 그는 그대로 꼼짝도 할 수 없었다.

"너는 내 아들의 손에 곤장을 쥐어 주고 어미에게 곤장을 치게 하였다. 그것으로도 모자라 내 아들을 그 척박한 땅으로 유배를 보냈다가 사약을 보내 죽였다."

분노한 엄 귀인의 찢어진 입술이 바르르 떨렸다. 쇠를 긁는 것 같은 기분 나쁜 소리였다.

당겨진 활시위처럼 팽팽하게 긴장한 공기가 여인들과 함께 하고 있었다. 꼼짝 못하고 누워 그저 귀신을 지켜보고 있을 수밖에 없는 이융의 입술은 바짝바짝 탔다.

"이 악독한 것! 이제 내가 너를 살려두지 않겠다."

보고 있던 정 귀인이 앙칼지게 소리치더니 이를 악물고 이융의 목을 조르기 시작했다.

그 순간 이융은 확실히 느낄 수 있었다, 방 안의 공기가 차갑게 변해가는 것을.

엄 귀인과 정 귀인의 몸에서는 귀신의 냉기가 돌았다.

제대로 숨을 쉬지 못하는 이융의 얼굴이 납빛으로 변해갔다.

이대로 혈관이 터져 눈이 멀어 버리는 것만 같았다. 아니, 벼락이 정수리를 내리치는 것만 같았다. 심장이 터질 것처럼 요동쳐 가슴을 뚫고 나올 것만 같았다. 미친 듯 폭주하며 온몸을 돌아가던 붉은 피가 한 순간에 다 빠져나가는 것만 같았다.

그렇게 까무룩 혼이 빠져 나가려는 찰나, 바람결에 묻어오는 풀피리 소리를 들었다.

격정적으로 떨어대는가 하면 슬피 흐느끼듯 들려오는 풀피리 소리는 죽어가는 이용에게 다시 힘을 실어주었다.

"나, 나는 아직 죽을 수가 없다."

엄 귀인과 정 귀인이 눈을 부릅뜨고 목을 조르고 있었지만 이용은 필사적으로 저항하였고, 한참만에야 침전 안의 소리가 심상치 않음을 느끼고 문을 열고 들어온 상궁의 덕에 겨우 귀신의 손을 뿌리칠 수가 있었다.

"지독한 놈! 그래도 살고는 싶은 게로구나!"

그러자 엄 귀인은 이용의 얼굴에 침을 뱉고 사라졌다.

귀신들의 손에서 풀려난 이용은 온몸에 기운이 빠져나가 그대로 정신을 잃을 것 같았다.

"전하! 전하!"

대령상궁은 금침에서 몸을 일으키다 정신이 혼미해져 풀썩 나뒹굴어지는 이용을 안았다.

"내, 내가 살아 있는 것이냐?"

뿌옇게 눈앞이 흐려지고 희미하게 멀어져가는 정신을 다잡으며 이용이 물었다.

"전하, 어인 말씀이시옵니까? 흉몽을 꾸신 것이옵니까?"

대령상궁의 말에 이융은 겨우 몸을 일으켜 자리에서 일어났다.

　여인의 얼굴처럼 선이 고운 용안에는 식은땀이 맺혀 있었고 백옥처럼 새하얀 살결은 파리하게 창백해져 있었다. 이융은 뭔가에 홀린 것처럼 중얼거렸다.

　"저, 저 소리는 초금(草琴)!"

　혼미해지는 이융의 혼을 깨워 다시 정신을 차리게 한 것은 누군가의 입술에 물려 목에서 나오는 바람을 타고 떨리는 나뭇잎의 노랫소리였다.

　"소리라니요, 전하?"

　늙은 대령상궁은 갑작스러운 왕의 물음에 귀를 기울였지만 아무것도 알아차리지 못했다.

　그러나 신경이 날카롭고 느낌이 예민한 이융은 그 소리가 들려오는 방향을 향해 이미 걸어 나가고 있었다.

　"전하, 전하!"

　새하얀 비단 야장의를 풀어헤치고 맨발로 뛰쳐나가는 왕을 잡기 위해 대령상궁과 궁인들은 정신없이 그의 뒤를 따라갔다.

　깊은 밤, 궁궐의 정원은 비단 실타래처럼 풀어진 뿌연 밤안개로 가득 차 있었다.

　"분명, 그 아이의 풀피리 소리다!"

　끊어질 듯 끊어질 듯 다시 이어지는 서글픈 풀피리 소리를 쫓아 걷던 이융은 이따금 떠오르는 기억의 조각들로 인해 주춤대곤 했다.

"어디냐, 어디 있는 게냐?"

격정적으로 떨어대는가 하면 슬피 흐느끼듯 들려오는 풀피리 소리는 이융을 티끌 없이 젊고 아름다웠던 세자 시절의 그가 즐겨 노닐던 연못가로 데려가고 있었다. 그러나 정작 연못가에 가까이 다가가자 소리는 툭 끊기고 말았다.

"이 또한 귀신이란 말이더냐?"

연못가엔 사람의 흔적조차 없자 이융은 또 귀신에 농락당한 것인지 스스로를 의심했다.

"너희도 듣지 않았더냐?"

당황한 이융은 뒤를 따르던 상궁과 내관들에게 물었다.

"소인들도 들었습니다, 전하!"

젊은 내관들이 들었다고 고하자 대령상궁도 어쩔 수 없이 고개를 끄덕였다.

"틀림없는 초적이었습니다."

이제 또다시 궁궐 안에 한바탕 난리가 나겠다고 생각하니 대령상궁 김씨는 저절로 긴 한숨이 나왔다.

"찾아라! 분명 이곳에서 들려왔으니 아직 멀리 가지 못했다!"

이융은 붉게 충혈된 눈을 부릅뜨고 소리를 질렀다.

"근처를 샅샅이 뒤져라!"

명을 받은 궁인들은 사방으로 흩어졌다.

바로 그때였다. 이융의 눈에 달빛이 내린 연못의 수면 위로 하얀 물체가 어른거리는 것이 보였다.

"저쪽! 저쪽이다!"

연못가에 서서 상념에 잠겨 있던 이융은 하얀 물체가 움직였다고 생각되는 지점을 향해 주저 없이 달려갔다.

"전하, 전하!"

급히 달려가는 왕을 따라 또다시 궁인들도 달리기 시작했다.

한밤중 때 아닌 추격전으로 인해 연못가에 고요하게 잠들어 있던 물새들이 비명을 지르며 일제히 날아올랐다.

"어명이다! 서라!"

말을 타고 달리는 것이나 두 발로 달리는 것이나 달리는 것이라면 따라올 자가 없다 믿고 있는 이융의 앞으로 깃털처럼 가벼운 몸으로 날아가듯 도망치는 여인이 보였다. 길고 탐스러운 머리카락이 바람에 비단결처럼 흩날렸다.

"서라, 벌을 주려는 것이 아니다!"

이융은 태어나 처음으로 간절하게 외쳤다.

그의 목소리가 바람을 타고 서글프게 갈라졌다. 그 때문이었을까 앞만 보며 달리던 여인이 놀란 듯 돌아보았다. 때마침 밤안개 사이를 헤매던 달이 뽀얀 얼굴을 드러내었다. 돌아보던 여인은 이융을 발견하고 놀란 탓인지 창백한 미간을 살짝 찌푸렸다.

"아니!"

이융은 바로 그 찰나의 순간, 심장이 덜컥거리며 떨어져 내리는 것을 느꼈다.

"서시효빈(西施效嚬), 달빛 아래 서시가 눈살을 찌푸리는구나."

어째서 그 순간 춘추전국시대 월나라의 미인 서시를 떠올렸는지는 이용 자신도 모를 일이었다. 그가 아는 여인 중에 저처럼 아름다운 여인은 없었다. 그는 자신의 눈을 의심했다. 그리고 다음 순간 이용은 무슨 일이 있더라도 저 여인을 잡고야 말겠다고 다짐하며 전력을 다해 따라갔다.

"내가 왕이다! 서라! 어명이다!"

분명 어명이라고 목이 터져라 외쳤건만 여인은 겁도 없이 계속해서 달아나고 있었다.

"헉헉!"

그러나 가냘픈 여인의 몸으로 호리호리한 몸에 훌쩍 큰 키, 긴 다리로 내달리는 이용을 따돌릴 수는 없었다. 그녀의 가쁜 숨소리가 이용의 귀에 들려올 만큼 거리가 좁혀졌다.

"이제, 잡았다!"

분명 쭉 뻗은 이용의 손에 새하얀 치맛자락이 잡혔고 이제는 잡았다고 확신하며 움켜쥐었다.

"어이쿠!"

그러나 하필이면 문턱에 발이 걸려 이용은 하얀 치맛자락을 움켜쥔 채 나뒹굴고 말았다.

"전하! 전하!"

뒤쫓아 오던 대령상궁이 하얀 치마를 뒤집어쓴 채 쓰러진 이융을 일으켜 세웠다.

"이, 이것이 무엇이냐?"

이융은 말기가 잘려나간 치마를 치켜들고 물었다. 앞서 가던 여인은 이미 중문으로 달아나 버린 뒤였다.

"그, 그것이 여인의 속치마로 보입니다."

"속치마? 감히 임금의 얼굴에 속치마를 뒤집어씌우고 도망을 쳐!"

백옥처럼 새하얀 이융의 얼굴은 분노로 시뻘겋게 달아올랐다.

"감히! 감히! 어명으로 서라 하였거늘!"

이 조선 땅 그 누구도 거역하지 못하는 왕의 명을 이 궁궐 안의 어느 누가 거부할 수 있다는 말인가. 아무리 생각해 보아도 납득이 가지 않는 이융은 슬슬 분기가 치밀어 오르기 시작했다.

"너희들은 무엇을 하였더냐? 과인이 치맛자락을 잡을 동안 너희들은 그저 손 놓고 구경만 했더란 말이냐!"

분기가 치밀어 오른 이융은 주위에 서 있는 내관들을 둘러보며 죽여도 시원치 않다는 얼굴로 이를 갈았다. 금방이라도 목을 치라는 불호령이 떨어질 것 같았다.

"저, 전하! 그것이 너무 급작스럽게 일어난 일이라……."

상선은 머리를 조아리고 엎드려 변명거리를 찾았으나 자칫 일을 더 크게 만들까 걱정이 되어 식은땀만 줄줄 흘리고 있었다.

"요망한 것!"

상선이 읍소하며 용서를 구하는 동안에도 분기를 누르지 못한 이용은 쿵쾅거리며 성난 발걸음으로 오락가락하였다. 아직도 금방이라도 손에 잡힐 것 같던 여인의 뒤태가 눈에 선명하였다.

"고정하시옵소서, 전하."

그 바람에 젊은 내관들이며 나인들까지 마음을 졸이다 위축되어 정신을 놓고 혼절하기 직전이었다.

"궁궐 안 어디고 할 것 없이 샅샅이 뒤져라! 속치마를 벗어던지고 도망친 계집이다, 반드시 찾아라! 찾지 못하면 너희 모두를 능지처참할 것이다!"

제 감정을 다스리지 못하고 분노로 눈이 뒤집힌 이용은 또다시 미쳐 날뛰기 시작했다.

그의 눈에 달빛에 고개를 돌리고 살며시 미간을 찌푸리던 서시가 어른거렸다. 오나라에 패망한 월나라 왕 구천의 충신인 범려가 서시를 데려다가 호색가인 오나라 왕 부차에게 바치고, 미색에 빠져 정치를 태만하게 한 부차를 마침내 멸망시켰다고 전해 오는 전설 속의 미녀 서시. 그 여인을 생각하는 것만으로도 심장에 통증이 느껴졌다.

"내가 있는 궁궐 안에 서시가 살고 있었구나!"

그러나 그가 보았던 서시의 미모를 다시 떠올리고 보니 이용의 입가에 간지러운 미소가 번졌다.

"아, 하하하! 찾을 것이다! 찾고 말 것이다!"

그리고 급기야 이융은 미친 듯 웃어대기 시작했다.

"예, 전하! 고정하십시오! 찾아오겠사옵니다!"

간신히 목숨을 부지한 상선은 서둘러 궁인들을 풀어 내보냈다.

"어서 가거라, 서둘러라! 어서어서 찾아라!"

모두가 알고 있었다. 그 여인을 찾지 못한다면 또 수많은 이들의 목숨이 이 밤 안에 질 것이다. 너의 것이 될지 혹은 내 것이 될지, 날이 밝을 때까지 살아 있을 것이라고 그 누구도 장담할 수 없었다. 당장은 그 여인을 찾는 것만이 살 수 있는 유일한 길이었다.

"꼭 찾아서 다시는 도망치지 못하도록 내 곁에 가둬둘 것이야!"

이융은 눈을 벌겋게 부릅뜨고 그 여인을 찾으라고 펄펄 뛰고 있었다.

미친 폭군의 진노를 잠재우기 위해 궁인들은 밤새 궁녀들의 처소를 비롯해 궁궐 안 구석구석을 샅샅이 뒤졌다. 목숨 줄이 달렸으니 모두가 눈에 불을 켜고 뒤졌지만 속치마를 벗어 던지고 도망친 여인은 그 어디에서도 흔적조차 찾을 수가 없었다.

"어인 일이십니까?"

"숙용마마께 아뢸 것이 있어 왔네. 주무시는가?"

야심한 시각에 나인들까지 이끌고 갑작스레 나타난 대령상궁을 보고 숙용 장씨를 모시는 조 상궁은 흠칫 놀랐다. 은밀하게 온 것도 아니고 이 시각에 대전에 있어야 할 대령상궁이 공식적으로 나타났다는 것은 필시 왕에게 뭔가 좋지 않은 일이 생겼다는 것이었다.

"다급한 일인 듯하니 마마께 아뢰겠습니다. 잠시만 기다려 주십시오."

조 상궁은 조금 전 잠자리에 든 장녹수를 깨우기 위해 서둘러 안으로 들어갔다.

"어찌한다?"

기다리는 대령상궁은 초조했다. 이미 궁궐 안 모든 곳을 뒤졌으니 이제 남은 곳은 장 숙용의 처소뿐이었다. 하지만 결코 만만치 않은 그녀에게 연유를 설명하지 않고 어떻게 수색을 할 수 있을 것인가. 온몸을 짓누르는 중압감에 대령상궁의 이마에는 땀방울이 맺혔다.

"대체 무슨 일이냐?"

대령상궁이 나인들 스무 명을 이끌고 왔다는 조 상궁의 말에 장녹수는 잠이 확 달아나는 것 같았다.

"마마, 전하께서 급히 한 여인을 찾고 계십니다. 지금 궁인들이 모두 흩어져 그 여인을 찾고 있사옵니다. 이곳도 예외가 될 수 없으니 찾아볼 수 있도록 하여주시지요."

워낙에 체구가 당당해 상선과 함께 서 있으면 마치 형제가 나란히 서 있는 듯한 대령상궁이었다. 그러나 그런 당당한 체구로도 한 줌도 되지 않는 장녹수 앞에만 서면 자꾸만 작아지는 것인지 알 수가 없었다.

"뭐라, 자네가 지금 내 처소를 뒤지겠다는 것인가? 이 밤중에?"

장녹수는 네가 이제 참말 미친 것이냐는 얼굴로 가소롭다는 듯 되물었다. 장녹수는 수더분하고 여린 듯 보이지만 표독스러운 가시를 지닌 꽃이었다.

"나인들의 처소는 따로 살필 것이니 지금 이곳에 있는 아이들과 마마의 방만 잠시 살펴보고 가겠습니다."

대령상궁은 표독스러운 살기를 세우며 자신을 위협하는 장녹수에게 사실대로 말하고 싶었으나 입을 굳게 다물었다. 장숙용에게는 누구를 찾고 있는 것인지 절대 알려서는 아니 된다는 왕의 엄명이 있었던지라 감히 발설할 수 없었다.

"대체 어떤 계집을 찾고 있다는 것인가?"

"찾을 때까지 외부에 알리지 말라는 어명이 계셨습니다."

마음 같아서는 전하께서 너에게만은 절대 알리지 말라 하셨다고 속 시원하게 말하고 싶었지만 목울대까지 치밀어 오른 그 말을 간신히 삼켰다. 미친 폭군을 왕으로 섬기며 대령상궁 자리에 살아남아 있는 것은 아무나 할 수 있는 것이 아니었다. 독한 인내심이 없다면 도저히 불가능한 일이었다.

"하!"

느물느물 능구렁이 같은 대령상궁의 황당한 대답에 장녹수의 자존심은 여지없이 무너져 내렸다.

"마마!"

"외부, 내가 언제 전하의 외부인이 되었던가?"

치밀어 오르는 분노로 장녹수의 눈꼬리는 날카롭게 치켜 올라갔다.

"화급을 다투는 일이니 속히 허락하여 주시지요."

비수처럼 날아드는 장녹수의 눈빛이 사지를 바늘로 찌르는 것 같았다.

"자네가 지금 나를 능멸함인가?"

"그럴 리가 있겠습니까?"

온몸을 찍어 누르는 압박감에 온몸에 식은땀이 났지만 대령상궁은 우직한 뚝심을 발휘했다.

"내가 허락하리라 보는가?"

지금 이 궐 안에서 그녀에게 유일하게 거리를 두는 대전의 상궁이자 상궁들의 우두머리인 대령상궁었으니 심기가 편할 리 없었다. 이미 속이 꼬일 대로 꼬인 장녹수는 도끼눈을 뜨고 눈앞에 소처럼 버티고 서 있는 대령상궁을 노려보았다.

"마마, 따르는 궁인들이 많습니다."

이대로는 밤이 새도 아니 될 일이었다. 하수는 싸우자고 덤비지만 고수는 한 발 물러설 때를 아는 법이었다.

"지금 내 앞에서 궁인들을 앞세워 시위를 하자는 것인가?"

"소인은 그저 전하의 어명을 그대로 전하고 있을 뿐입니다."

임금을 손에 쥐고 뒤흔드는 장녹수가 허락하지 않는 한 아무리 대령상궁이라 할지라도 이곳에서 한 발짝도 더 들어갈 수 없음을 알고 있었다. 대령상궁은 떨리는 목소리로 이는 결코 자신의 뜻이 아님을 강조했다.

"좋다, 일단은 허락하겠지만 자네는 필히 이 일을 해명해야 할 것이네."

"찾아보아라!"

장녹수의 말이 떨어지기 무섭게 대령상궁은 궁인들을 곳곳에 나눠 들여보냈다. 나인들은 흩어져 처소 구석구석을 샅샅이 뒤졌지만 끝내 속치마를 벗어던지고 도망친 여인을 찾지 못했다.

"없습니다, 마마님!"

처소를 샅샅이 뒤져 본 나인들이 달려와 아무도 없다는 것을 알리자 대령상궁의 얼굴은 창백해졌다.

"어찌하는가, 찾는 계집이 없는 것 같은데?"

팔짱을 끼고 서서 대령상궁의 얼굴에 낙심한 빛이 역력하게 떠오르는 것을 지켜보던 장녹수는 입가에 조소를 띠며 빈정거렸다.

"이만 물러가겠습니다, 마마!"

대령상궁은 올 때와는 달리 무거운 발걸음을 돌려 희정당으로 향했다. 따르는 궁인들 역시 풀죽은 모습으로 그 뒤를 따라갔다.

"깊은 밤 이렇게 무리수를 둬 가며 궁궐을 발칵 뒤집어 놓은 계집이 누구일까? 어떤 계집이기에?"

장녹수는 직감적으로 상황이 미묘하게 돌아가고 있다는 것을 알아차렸다.

마치 죽으러 가는 것처럼 느린 걸음으로 희정당을 향해 가는 대령상궁과 궁인들의 뒷모습을 바라보던 장녹수는 알 수 없는 서늘한 기운에 몸을 떨었다. 뭔가 좋지 않은 예감이 온몸을 스멀거리며 타고 올랐다.

"대체 무슨 일일까요? 가서 알아볼까요?"

장녹수의 눈치를 살피던 조 상궁이 답답한 마음에 넌지시 물었다.

"저 천 년 묵은 구렁이 같은 것이 저리 입을 꽉 처닫았는데 자네가 가본들! 아랫것 단속을 얼마나 하였을 것인데!"

장녹수는 분한 마음에 입술을 지그시 깨물었다.

"이대로 그냥 주무실 것입니까?"

"그럴 수야 없지, 전하께서 내게 알리지 말라 하였다지 않느냐? 워낙에 몰라도 된다 하면 더 알고 싶은 것이 사람의 마음인 것을!"

그러나 장녹수는 여자의 직감으로 느낄 수 있었다. 위험이 닥쳐오고 있다는 것을. 그러니 이대로 넘어갈 수는 없는 일이었다.

"예?"

"말해주지 않겠다면 내가 알아낼 수밖에!"

잠시 좋지 않은 예감에 몸서리치던 장녹수는 다시 감춰 둔 손톱을 세우며 붉은 입술을 깨물었다.

"분명 어디선가 들어본 소리였다."

머릿속을 아무리 더듬어 보아도 좀처럼 생각이 나지 않았다.

희정당으로 돌아온 이융은 주안상을 내오라 이르고는 생각에 잠겨 있었다.

"언제쯤이었을까?"

아무리 생각해 봐도 분명 어디선가 들어본 음이었다. 하지만 딱 거기까지였다. 입에서만 뱅뱅 맴돌 뿐, 어디서 어떻게 들었던 것인지는 떠오르지 않았다.

"그 누구에게도 발설하지 말라 단단히 일렀겠지?"

이융은 보기 드물게 신중했다.

"예, 전하! 모두에게 입조심을 시켰으니 심려치 마옵소서!"

그런 왕의 모습을 보자니 자칫 언제 이 일로 목이 달아날지 모르겠다는 생각에 상선은 목덜미가 저절로 서늘했다.

"그래, 그래야지."

서시를 찾기 전까지는 그 여인의 미모에 대해 그 누구에게도 절대 말하지 않을 생각이었다. 혹여 장 숙용이 그 여인의 미모에 대해 알게 된다면 이융이 찾기도 전에 쥐도 새도 모르게 사라질 것이었다.

"분명 들어본 소리였는데. 상선!"

입안을 맴돌며 잡힐 듯 말 듯한 음에 연연하던 이융이 상선을 불렀다.

"예, 전하!"

"가서 피리를 부는 아이를 데려 오너라, 피리 연주를 듣다

보면 뭔가 떠오르는 것이 있지 않을까 싶구나.”

이용은 잠시 초조한 마음을 달래보려고 상선을 흥청들이 기거하는 취흥원으로 보내 향피리를 잘 부는 흥청 하나를 데려오라 하였다.

“예, 전하. 다녀오겠습니다.”

상선은 왕의 분노를 잠재울 수 있다면 무엇이라도 할 것이었다. 그는 그 길로 피리 연주자를 데리러 취흥원으로 직접 달려가 향피리 연주자를 데리고 왔다.

“전하, 분부하신 대로 향피리 연주에 최고라 하는 흥청을 데려왔습니다!”

상선이 주안상을 든 나인들을 앞세우고 들어오며 고하였다.

“들라!”

“전하께서 승은을 내려 천과로 임명된 흥청이옵니다.”

당나라 현종의 예술적 재능과 호화로운 부를 동경했던 이용은 그가 삼천 명의 궁녀를 거느리며 조비연 이사사라는 애첩을 거느리고 후원에서 유희를 즐긴 것을 부러워했다.

조선의 왕인 자신 역시 그리 못할 것이 없다고 생각한 이용은 현종의 유희를 그의 목표로 삼았다. 현종을 능가하기 위해서 이용은 기존의 장악원(掌樂院: 조선시대 궁중에서 연주하는 음악과 무용에 관한 일을 담당한 관청)의 정원을 두 배로 늘이고 원각사로 옮겨 가흥청 이백 명, 운평 천 명, 광희 천 명을 상주시켜 총률 사십 명에게 날마다 가무를 가르치게 했다.

이 기녀들을 뽑아 들이기 위해 전국에 채홍사를 파견하였다. 그녀들은 오로지 조선의 왕, 이용 한 사람의 쾌락적 욕망을 만족시키는 것이 주된 임무였다.

"향피리라!"

장악원에는 이용이 특히 좋아하는 피리 연주를 위해 향피리, 당피리, 세피리를 부는 여인들이 지천으로 널려 있었다. 물론 풀피리를 부는 여인들도 있었지만 여태껏 이용의 예민한 음감을 만족시킨 이는 없었다.

"전하, 천과 목란이옵니다."

홍청이라도 다 똑같은 홍청이 아니었다.

홍청에도 엄연한 계급이 있어 왕의 승은을 입어 동침한 천과와 그렇지 못한 지과가 있었고 동침은 하였으되 만족스럽지 못한 반천과가 있었다.

목란이 성은을 입고 이용과의 만족스러운 동침을 치르고 천과가 되었던 것이 일 년 전이었다. 꼭 일 년 만에 다시 왕의 부름을 받은지라 목란은 설레는 마음으로 자신이 치장할 수 있는 모든 것들을 동원해 공들여 단장을 했다. 게다가 치장하지 않아도 있는 그대로도 어여쁠 방년 열여덟이었다.

목란은 큰절을 올리며 잘생긴 왕의 용안을 살며시 훔쳐보았다.

그녀는 오랜 시간 이 사내를 그리워했었다. 궁궐에 끌려온 이후 오랫동안 재주를 갈고 닦았다. 언젠가 왕이 오시는 날 그 앞에서 연주하게 된다면 최고의 피리 소리를 들려주리라. 해서 꼭 승은을 입고 최고의 홍청인 천과가 되리라 다짐했었다.

정말 기적처럼 그런 날이 왔고 그토록 소망했던 승은을 받고 동침을 하였으나 그뿐이었다. 단 하룻밤을 끝으로 이융은 다시 그녀를 찾지 않았다. 만약 오늘밤 그의 마음을 얻지 못한다면 또다시 이 사내를 그리워하는 날들만이 남아 있을 것이었다.

"연주하라!"

그러나 이융은 그동안 승은을 내린 많고 많은 여인 중에 하나인 목란을 기억조차 하지 못했다. 이융은 스스로 술을 따르기 위해 술병을 들었다.

"전하, 소인이!"

이융이 목란에게 눈길조차 주지 않자 상선은 당황했다.

날이 날이니만큼 상선은 취흥원 안에서도 피리 연주에 최고라고 총률들이 입을 모아 추천하는 목란을 데려왔다. 게다가 이융은 이전에도 피리를 잘 부는 여인들을 특별해 귀히 여겼기에 연주회를 자주 열었었다. 그때 목란의 연주를 들은 이융이 최고라 칭찬하였고 그 덕분에 승은을 입어 왕과 동침한 천과가 되었던 것이었다. 상선은 심사숙고해서 그만큼 분명한 이를 데려왔으니 이융의 미친 광기를 가라앉힐 수 있으리라 생각했다.

"여민락이옵니다."

목란은 호흡을 가다듬고 이융이 특히 좋아한다고 알려진 <여민락>을 연주하였지만 그는 그다지 감흥을 받지 못한 것인지 무덤덤하게 술잔을 기울일 뿐이었다.

"그만, 그만! 그것도 연주라 하는가!"

"저, 전하! 하오시면 다른 곡으로 연주를 하겠사옵니다!"

온 정성을 다하였건만 생각지 못한 이용의 반응에 놀란 목란의 얼굴은 납빛으로 변하고 말았다. 목란은 서둘러 다른 곡으로 연주하려고 향피리를 고쳐 잡았다.

"치워라!"

그러나 미친 폭군의 마음을 되돌리기에는 이미 늦은 일이었다.

"아!"

이용의 손에든 술잔이 그대로 날아가 목란의 이마를 강타하였고 그 바람에 그녀는 그대로 주저앉고 말았다.

"짐의 마음을 움직이지 못하는 것은 연주가 아니다!"

지금은 그 어떤 것을 연주한다 하여도 이용의 마음을 채울 수 없을 것이었다. 그도 어렴풋이 그것을 느끼고 있었지만 공연히 애먼 곳에 화풀이를 하는 것이었다.

"미천한 것이 재주가 모자라 죽을죄를 졌습니다."

그동안 이런 경우를 숱하게 보아온 목란이었다. 자칫 목숨을 부지하기도 어려운 상황이라는 것을 깨닫자 그녀는 머리를 바닥에 조아리며 자신의 재주가 미천하다 용서를 빌었다.

"되었다!"

"전하! 용서하여 주시옵소서!"

장악원 누구에게도 지지 않을 향피리 연주 재주를 지녔다고 자부해온 그녀였지만 지금 이 순간만은 어쩔 수 없었다. 아무리 재주가 있다 한들 살아 있지 못하다면 아무 소용없는 것이었다.

"꼴도 보기 싫다! 물러가거라!"

그 어떤 듣기 좋은 피리 소리를 낸다 하여도 이미 이용의 귓가에는 꿈결에 들은 그 풀피리 소리만 맴돌고 있었다. 참으로 이상한 것은 누가 지었는지도 모를 그 곡을 이용이 흥얼흥얼 따라하고 있다는 것이었다.

"망극하옵니다, 전하!"

"되었으니 가라 하지 않더냐?"

향피리 연주가 나빠서가 아니라는 것을 잘 알고 있었으니 그가 아무리 미친 폭군이라 하여도 목란을 벌하고 싶지는 않았다. 참으로 신기하게도 아직까지 그 풀피리의 효험이 남아 그 음을 흥얼거리기만 해도 미칠 것 같은 분노가 가라앉는 것 같았다.

"성은이 망극하옵니다!"

이용의 명이 떨어지자 목란은 감히 왕의 용안을 볼 엄두도 내지 못하고 그대로 뒷걸음질 쳐 물러나왔다.

"어찌 되었느냐, 아직도 그 여인을 찾지 못했느냐?"

"그것이 궁궐 안 어디고 찾아보지 않은 곳이 없다 하는데, 어디로 숨었는지 알 길이 없다 하옵니다."

"생각해 보니 그리 찾아서는 아니 되겠다."

갑자기 무슨 생각을 한 것인지 이용의 입가에 소년 같은 천진한 미소가 번졌다.

"예, 하면 어찌해야 하겠습니까?"

상선은 멀쩡하게 제정신으로 돌아온 것 같은 왕이 신기했다. 조금 전까지 펄펄 뛰던 기세로 보아 오늘밤도 누군가의 피를 보고야 침수에 들겠구나 하였는데 다행스러우면서도 영문을 알 수 없는 일이었다.

"지금 당장 궁궐 안 모든 여인들에게 알려라. 초적을 연주하는 재주를 겨루는 대회를 열 것이니 하나도 빠짐없이 참석하라고 말이다."

"풀피리를 부는 재주를 겨루는 대회를 여시겠다는 말씀이시옵니까?"

상선은 모처럼 붉게 충혈된 눈빛이 사라지고 눈동자에 총기가 도는 왕을 보았다.

"그렇다, 최고의 재주를 가진 이에게 패물과 땅, 그리고 귀인의 첩지를 내릴 것이라 하여라!"

"헉! 첩지까지!"

미친 폭군의 시대라 하였지만 어찌 보면 임금 하나만 바라보며 살고 있는 궁궐 안 수백 명의 궁녀들과 장악원의 수천 명의 여인들에게는 기회의 세상이기도 했다. 운 좋게 왕의 눈에 드는 날에는 신분 상승은 물론이요, 그에 걸맞은 부를 하루 아침에 거머쥐는 것이었다.

"당장 시행하라!"

"예, 전하! 참으로 좋은 생각이십니다."

엄청난 재물과 땅, 거기에 첩지까지 내리겠다는 이융의 말에 상선은 입이 딱 벌어졌지만 지금으로선 왕의 뜻대로 하는 것이 도망친 여인을 찾는 제일 좋은 방법 같았다.

"너도 그리 생각하느냐!"

"그러하옵니다, 전하! 묘수도 이런 묘수는 없사옵니다!"

일단 피를 보지 않고 이 밤을 지나게 되었으니 다행도 이런 다행이 없었다.

"그렇지?"

이용은 아무리 생각해 보아도 이런 방법을 찾은 자신이 신기했다. 아무래도 조선의 서시를 맞이하려는 좋은 징조인 것만 같았다.

"최고의 초적 연주자를 뽑는 연회라!"

흥분한 이용은 자리에서 일어나 안절부절못하고 희정당 안을 오락가락하였다. 이제 금방이라도 눈앞에 그 여인이 환하게 웃는 모습으로 나타날 것만 같았다.

"이상하네?"

그것을 지켜보던 상선은 밖으로 나오며 고개를 갸웃거렸다.

"무엇이 말입니까?"

때마침 장 숙용의 처소에서 돌아온 대령상궁이 알쏭달쏭한 얼굴로 나오는 상선을 잡고 물었다.

"전하께서 말일세, 대체 어떤 여인을 보았기에 하루아침에 저리 온전한 모습으로 돌아오시는지 모르겠단 말일세."

"온전한 모습이요?"

상선이 하는 말이 무슨 뜻인지 도무지 알 수 없는 대령상궁은 뚱한 얼굴로 다시 물었다.

"그저 풀피리 소리에 이끌려 가 얼핏 본 것이 전부인데 말일세."

상선은 알 듯 모를 듯한 말을 남기고 새벽부터 있을 <최고의 초적 연주자를 뽑는 연회>를 준비하기 위해 부지런히 나갔다.

"뭐라는 것이냐? 그나저나 하늘로 솟았나, 땅으로 꺼졌나, 그 여인은 어디로 간 것일까?"

겨우 숨을 돌리고보니 뭔가에 홀린 듯한 밤이었다. 대령상궁은 후들거리는 다리를 두드리며 긴 한숨을 내쉬었다.

"서둘러라, 희정당으로 갈 것이다!"

"예, 마마!"

말해주지 않으니 직접 알아보리라 마음먹은 장녹수가 조 상궁을 앞세우고 희정당으로 들어섰을 때, 충철위의 군사들을 이끌고 원종혁이 다가왔다.

"어디로 가시는 것입니까, 마마."

원종혁은 허리를 숙이며 깍듯이 예를 갖췄지만 매서운 눈빛으로 장녹수를 노려보고 있었다.

"몰라서 묻는가?"

원종혁이 묻는 말에 간결하게 되묻는 장녹수의 눈빛은 싸늘했다.

"산책을 하시기에는 야심한 시각입니다."

그는 장녹수도 함부로 대할 수 없는 충철위의 수장이었다.

이용이 신하들의 역모를 염려하여 내금위를 새롭게 개편한 호위부대 충철위의 수장이었으니 지금 원종혁의 권세는 하늘을 찔렀다.

"전하를 뵈어야겠으니 길을 열게."

오늘따라 여기저기서 자신의 앞을 막아서는 이들이 나타나니 장녹수는 어이가 없었다. 당황해서인지 오뚝 선 콧날 아래 붉고 도톰한 입술이 부들부들 떨리고 있었다.

"안 됩니다!"

"뭐라?"

지금껏 왕을 제 치맛자락 안에 품고 살던 장녹수였다. 누릴 수 있는 모든 권력을 제 손에 쥐고 있던 장녹수에게 오늘밤은 악몽이었다.

"전하께서는 오늘밤 누구도 들이지 말라하셨습니다. 그만 처소로 돌아가시지요."

청천벽력 같은 원종혁의 말을 들은 장녹수는 일시에 핏기가 가시며 휘청거렸다.

"전하께서 그러셨을 리가……!"

참담한 절망이 장녹수에게 두려움으로 엄습해 왔다.

뼛속까지 무신인 원종혁은 부들부들 떨며 요사를 떠는 장녹수를 앞에 놓고도 눈도 꿈쩍하지 않았다.

"대체 어떤 년을 들였기에?"

말 그대로 하늘이 무너지는 것 같았다.

"일단 돌아가시지요, 마마."

"닥쳐라!"

아무래도 상황이 여의치 않다는 것을 눈치 챈 조 상궁이 달 랬지만 소용없었다.

"전하께 전하시게, 돌아가 기다리겠다고!"

장녹수는 모멸감으로 창백해진 얼굴로 꼭 쥔 손을 부들부들 떨며 말없이 원종혁을 노려볼 뿐이었다.

"예, 마마."

정중하게 대답한 원종혁은 차가운 바람을 일으키며 돌아서 가버렸다.

"괜찮으십니까, 마마? 그만 돌아가시지요."

분에 못 이겨 손을 부들부들 떨며 서 있는 장녹수에게 조 상 궁은 처소로 돌아가자 하였다. 뒤에 줄줄이 서 있는 나인들 보 기에도 민망했던 것이다.

"아니, 이대로는 못 간다."

하지만 장녹수는 잠시 그대로 서서 이 사건의 전말을 알아 낼 방법을 생각 중이었다. 입술을 얼마나 꼭 물었던지 피가 맺 힐 지경이었다.

"저것이 무엇이냐?"

바로 그때였다. 이융에게 쫓겨난 목란을 데리고 엄 상궁이 나오고 있었다.

엄 상궁은 얼마나 혼쭐이 났는지 다리가 풀려 휘청거리는 목란을 가마에 태워 보내기 위해 따라 나온 것이었다. 그 모습 을 물끄러미 보고 있던 장녹수의 눈이 먹잇감을 발견한 여우처럼 번쩍거렸다.

"글쎄요, 홍청인 것 같습니다만."

조 상궁이 그렇게 중얼거리는데 장녹수는 이미 그네들을 향해 걷고 있었다.

"네 이름이 무엇이냐."

눈 깜짝할 사이에 가마 앞까지 다가선 장녹수는 목란을 향해 다짜고짜 물었다.

"예?"

멍하니 보고 있던 목란은 자신의 눈앞에 서 있는 사람이 누구인지를 알아보고 새파랗게 질렸다. 바로 호환마마보다 무섭다는 장녹수, 숙용 장씨였다.

"네가 누구냐 묻고 있지 않더냐!"

"마, 마마!"

어디서 나타난 것인지 귀신처럼 곁에 서 있는 장녹수를 발견한 목란은 놀라 온몸을 벌벌 떨었다. 장녹수의 악행은 이미 여인들 사이에서 모르는 이가 없을 정도였다. 그런 장녹수가 이 야심한 시각에 코앞에 나타났으니 귀신을 만난 것보다 더 두려웠던 것이었다.

"말을 못 알아 처먹는 것이야? 모르는 척하는 것이냐!"

장녹수는 다짜고짜 목란의 뺨을 후려치기 시작했다.

"어흑!"

그 바람에 균형을 잃은 목란은 장녹수의 치맛자락을 잡고 쓰러졌다. 찌이익 소리를 내며 장녹수가 입은 비단치마가 살짝 찢어졌다.

"조 상궁!"

"예, 마마!"

평소 이런 장녹수의 행태를 지켜보아 너무 잘 알고 있는 조 상궁이 얼씨구나 대답했다.

"이년이 내 치맛자락을 찢어놓았구나, 당장 끌고 가 한칼에 죽여 버려라!"

"예, 마마!"

상전이나 수발드는 상궁이나 손발이 척척 맞아 들어갔다.

"마마, 전하의 승은을 입은 천과이옵니다."

안하무인이라 해도 이상하지 않을 장녹수의 행패에 놀란 엄 상궁이 얼결에 나서고 말았다. 미친 폭군의 세상에서는 절대 하지 말아야 할 일을 하고 만 것이었다.

"네년이 감히!"

장녹수는 이때를 기다렸다는 듯이 엄 상궁의 뺨을 후려갈겼다. 그 여린 몸 어디서 그런 괴력이 나오는 것인지 갑작스러운 봉변에 엄 상궁도 나가떨어지며 장녹수의 치맛자락을 밟고 말았다.

"마, 마마!"

쓰러진 엄 상궁이 얼얼하게 맞은 뺨을 감싸 쥐고 억울한 눈빛으로 올려다보았다.

"한데, 이를 어찌하느냐, 너도 내 치맛자락을 밟고 있구나?"

장녹수는 싸늘하게 웃으며 엄 상궁을 내려다보고 있었다.

달빛 아래 그녀는 흡사 천 년 묵은 구미호처럼 보였다.

다음 날, 날이 밝아오자 궁궐 안은 발칵 뒤집혔다.

그날 아침 궁궐 안의 화제는 단연코 '풀피리를 불 수 있느냐, 없느냐'였다.

희한하게도 풀피리를 불 수 있거나 없거나 궁궐 안에 기거하는 여인이라면 지위와 나이를 불문하고 모두가 연회에 참가해야 한다는 것이었다. 상선들과 궁인들이 바쁘게 몰아친 덕분에 날이 밝아올 무렵에는 궁궐 안 사람들 중에 <최고의 초적 연주자를 뽑는 연회>가 열린다는 사실을 모르는 이가 없었다.

"최고의 초적 연주자로 뽑히면 귀인의 첩지까지 내린다는 거야?"

궁녀들은 삼삼오오 짝을 지어 <최고의 초적 연주자를 뽑는 연회>에 대해 이야기를 나누고 있었다.

"그렇다니까! 그야말로 한방에 팔자 고치는 거지."

궁녀뿐만 아니라 무수리에 각심이까지 모여 한바탕 이야기 꽃이 피었다.

"허이구, 거서 뽑히면 월매나 좋을껴?"

어찌되었거나 궁궐 안 여인들을 모아 <최고의 초적 연주자를 뽑는 연회>가 열리고 거기서 뽑히면 한순간에 그 고단한 삶에서 벗어나 장녹수처럼 된다는 것이었으니 희소식도 이런 희소식이 없었다. 미친 폭군과 장녹수에게 시달리던 궁녀들은 없는 재주라도 만들고 싶을 지경이었다.

"하여간, 여인네들이란! 첩지는 무신!"

채색내관 만국은 여인들이 삼삼오오 짝을 지어 술렁대는 궁궐 안을 천천히 걸어가고 있었다. 특별한 궁녀들의 성교육을 담당하고 있는 채색 내관이니 만큼 만국은 걸음걸이 또한 범상치 않았다.

"딱 봐도 삼척 오푼은 넘겠고 허리도 잘록하니 몸이 실버들처럼 낭창낭창……."

엉덩이를 실룩대며 유유자적 걸어가는 만국의 바로 앞으로 아름다운 맵시를 지닌 궁녀가 눈에 들어왔다.

"근게, 앞에 가는 항아님! 나줌 봐바여!"

미인에 대한 촉이 유난히 발달한 만국은 걸어가는 궁녀의 뒤태를 유심히 재보다가 급하게 불러 세웠다.

최근 몇 년 동안 여인들의 미의 기준은 바로 채홍사들이 운평과 흥청을 선발하는 기준이었다. 왕은 자신이 키가 크고 호리호리한 체구를 가진 탓인지 키가 큰 여인을 좋아했다. 그래서인지 키가 삼척 오푼이 넘는 여인들만 선발한 것이었다.

"저 말입니까?"

지밀에서 찾는다 하여 급히 나가는데 뒤에서 부르는 소리에 사인은 아차하고 놀라서 돌아보았다.

"흠머!"

거무칙칙한 낯빛에 송충이 같은 시커먼 눈썹, 다닥다닥한 주근깨, 아름다운 몸매와는 달리 경악할 만한 사인의 얼굴을 본 만국이 더 놀라고 말았다.

"워매! 이럴 땐 어째야 쓰는겨? 어찌 저런 몸에 저런 얼굴이 나온겨?"

일만의 미녀를 거느린 왕이 사는 이 궁궐 안에 아직도 저런 못난이가 살고 있을 줄이야, 꿈에 나올까 무서울 정도의 외모에 당황한 만국의 입이 저절로 벌어졌다.

"예?"

대놓고 못났다 무안을 주는 채색내관을 쳐다보던 사인이 인상을 팍 썼다.

"허어! 그런 얼굴이라도 펴고 있는 것이 그나마 낫겠으! 펴 펴!"

사인의 일그러지는 얼굴을 보고 있던 만국은 기겁을 하며 손 사례를 쳤다.

"어찌 그러십니까. 그러면 혹, 저를 찾으셨습니까?"

이번엔 사인의 곁에 서 있던 풍만한 체구의 이슬이 물었다.

"아녀, 아녀! 이러다 눈 버리겠다! 가! 워이! 가!"

온갖 미색을 갖춘 여인들을 뽑아 왕이 원하는 명기로 만드는 것이 바로 채색내관의 일이었다. 늘상 미인들을 가까이 보고 살던 만국에게 저런 못난이와 뚱뚱이들을 보는 것은 그야말로 폭거였다.

"하면 쉰네들은 이만 물러가겠습니다."

못난이 사인이 꾸벅 절하고 돌아서자 곁에 서 있던 뚱뚱이 이슬이도 따라갔다.

"당최 내 기준으루는 이해가 안 가! 어찌 저리 몸과 얼굴이 따로 노는겨?"

앞서 가는 사인의 뒤태를 다시 한 번 꼼꼼히 재보던 채색내관 만국은 알 수 없다는 듯 고개를 절레절레 저었다.

一 章 · 최고의 초적 연주자 대회

그 시각 바람에 갈기가 날리는 붉은 명마를 타고 궁궐로 오
는 한 선비가 있었다.

 선비는 한 손으로 가볍게 쥔 고삐로 말을 부드럽게 재촉하
며 가슴을 쭉 펴고 찬 공기를 마셨다.

 "섬리야, 이곳은 이제 공기조차 얼어붙은 듯하구나!"

 '섬리'는 진나라 황제의 애마 이름을 따서 붙인 선비의 말 이
름이었다.

 어린 시절 세자인 이융에게 날아온 살수들의 화살을 대신
맞은 적이 있었다. 성종은 세자의 목숨을 구해준 고마움에 그
에게 명의 사신이 가져온 서역 대완(지금의 페르시아)의 말을
하사했었다. 섬리는 자신의 목숨이 경각에 달려 있다 해도 선

비의 휘파람소리에 목숨을 걸고 달려오는 명마 중에서도 명마였다.

"그래도 어찌하겠느냐, 어명으로 들라 하니 갈 수밖에!"

그가 유일하게 마음을 터놓는 벗에게 한탄처럼 속삭인 선비는 발뒤꿈치로 가볍게 말의 옆구리를 자극하며 빠르게 달려갔다.

"이려!"

사내답게 선이 굵고 호쾌하게 생긴 칠척 장신의 헌칠한 선비는 궁궐 앞에 말을 멈추고 날렵하게 뛰어내렸다.

"얼마 만에 오는 궁인지!"

선비는 가쁜 숨을 몰아쉬는 말의 갈기를 부드럽게 쓰다듬으며 씁쓸한 눈으로 대궐의 문을 바라보았다. 섬리는 그런 제 주인이 좋은 것인지 부드럽게 몸을 비벼왔다.

잔잔히 부서지는 초가을 햇살 아래 서 있는 대궐의 모습은 그야말로 한 폭의 수묵화였다.

"한데 섬리야, 내 어째 오늘은 살아서 돌아갈 것 같지가 않구나."

잠시 햇살 아래 서 있던 선비는 비장한 얼굴이 되어 궁궐 안으로 발걸음을 옮겼다.

가슴에 기린을 수놓은 흉배가 달린 예복이 썩 잘 어울리는 사내였다. 서책만 파서 얼굴이 허연 서생들과 달리 햇빛에 보기 좋게 잘 그을은 얼굴은 범접할 수 없는 위엄이 있었고, 서늘한 이마와 사나워 보일 정도로 치켜 올라간 날렵한 눈썹 아래

자리한 눈 속에서 빛나는 눈매는 베일 듯 날카롭고 매서워 냉정하고 차갑게 느껴졌다.

선비의 예감은 아주 정확하게 들어맞았다.

그가 들어서면서부터 용상 위의 이융은 줄곧 먹잇감을 사냥하려는 짐승의 눈빛으로 노려보고 있었다.

"신 이역, 부름을 받고 전하를 뵙습니다!"

대전에 든 선비는 최대한 몸을 낮추고 형제가 아닌 군신의 예를 다하였다.

"어서 오너라, 진성대군! 궁에는 오랜만이지?"

하나 용상 위에 앉은 이융이 보기에는 그 또한 아니꼬웠다. 빈정이 상한 융은 다리를 다시 꼬며 빙글빙글 웃는 낯으로 선비를 내려다보았다.

"예, 전하!"

그동안은 주로 사냥터로 불러 그의 목숨을 두고 내기를 해오던 왕이 오늘은 어인 일인지 궁궐로 불렀다.

"그래, 어쩌하냐? 네가 오늘은 살 것 같으냐, 죽을 것 같으냐?"

이융은 그리 묻고는 씽긋 웃었다.

"아아! 아우에게 실수를 했구나. 다시 묻겠다. 오늘은 네가 내기에 이길 것 같으냐, 아니면 내가 이길 것 같으냐?"

자신은 너무 예민한 예술혼을 가지고 있어 감정의 기복이 심해 살짝 우울해지는 순간이면 또 어떤 일을 벌일지 모른다는 것을 잘 알고 있는 이융이었다. 혹 그럴 일은 없겠지만 조금 뒤 있을 초적 연주회에서 그 여인을 찾지 못한다면 또 기분이 어찌 될지 뻔한 일이었다. 이용은 그 분기를 삭이자면 뭔가 재미난 놀이가 필요하다고 생각했다.

"신이 어찌 전하를 이길 수 있겠습니까?"

이것이 그가 받아들인 숙명이라는 것을 알기에 선비는 차라리 담담했다.

"역아! 이리하자, 만약 조금 뒤 있을 초적 연주자를 뽑는 경연에서 내가 찾는 그 여인을 찾으면, 뭐 그리 한다면 너는 돌아가도 좋다."

"예?"

이 미친 왕은 언제나 이런 식이었다.

밑도 끝도 없고 앞뒤도 없는 내기를 던져두고 목숨을 걸라고 한다.

그래서 어떤 날은 제 기분에 맞으면 큰 집을 지어주겠다 하다가 중신들의 반대로 길길이 뛰기도 하고 또 어떤 날은 제 마음에 맞지 않는다 하여 당장이라도 모든 것을 빼앗을 듯 길길이 뛰니 선비로서는 도무지 종잡을 수가 없었다.

"하나, 그 여인을 찾지 못한다면 너는 나와 사냥터로 가 말달리기 내기를 하는 것이다."

이용에게 눈앞에 서 있는 이역은 처음부터 미운 놈이었다.

어려서 이역이 아장아장 걷기 시작했을 때 이용과 동시에 넘어진 적이 있었다. 정현왕후는 본능적으로 아직 어린 이역을 먼저 안았겠지만 이용은 그것이 제 어머니가 아니라 그런 것이라는 생각이 들었다. 아마도 그때부터일 것이다, 이역이 싫어진 것은.

그런 이융의 마음을 눈치챈 것인지 어린 이역은 정현왕후의 본가에 가서 자랐다.

몇 년이 흘러 오랫동안 떨어져 있던 이역이 돌아왔지만 이융은 어린 녀석이 단단하게 보이는 것도, 활달한 것도, 지나치게 말을 잘 타는 것도 마음에 들지 않았다. 그날도 이역을 골탕 먹이려고 연못가에 데리고 나갔는데 폐비 윤씨의 아들이 왕위에 오를 것을 두려워한 대신들이 이융의 암살을 시도했고 하필이면 그때 그를 밀쳐내고 이역이 화살을 대신 맞은 것이었다. 그 충격으로 이융은 그 얼마간의 기억을 모두 잃었지만 이역이 그를 살린 것은 엄연한 사실이었다.

"하나, 기마술이라면 전하를 따를 자가 없사온데 신이 어찌?"

"뭐 진다면 너는 오늘 죽어줘야겠지!"

진성대군이 왕위를 노린다는 소문이 돌때마다 그를 은밀하게 죽이려 하였지만 번번이 실패하였다. 이역은 어려서부터 자신을 키워준 정현왕후의 아들이었다. 게다가 이융의 목숨을 구해준 일도 있었다. 확연히 드러나는 죄상도 없이 정실 왕후의 자식을, 게다가 자신의 목숨을 구해준 그를 죽일 수도 없는 일이었다.

하나, 오늘은 달랐다. 이융은 기필코 이놈을 죽이고 말 것이라고 다짐하였다.

"전하!"

선비는 뜨거운 것이 울컥 차올라 잠시 그대로 서 있었다.

또 왕의 손바닥 위에서 그의 목숨을 놓고 또 한바탕 널뛰기를 하게 생겼다.

❀　　❀　　❀

"어휴, 십년감수했네."

덩치에 어울리지 않게 발꿈치를 들고 종종걸음 치던 이슬은 채색내관 만국의 시야에서 벗어난 것을 확인하고 두툼한 가슴을 쓸어내렸다. 그러나 사인은 작은 입을 굳게 다물고 앞만 보고 걷고 있을 뿐이었다.

"얼레, 야는 천하태평일세?"

"이슬아! 네 눈에는 지금 내가 천하태평으로 보이냐! 비장해 보이지는 않고?"

사인은 그제야 큰 숨을 내쉬며 소맷자락에 넣어둔 작은 목면 수건을 꺼내 이마에 맺히는 식은땀을 눌러 닦았다.

"큭큭!"

하얀 수건으로 이마를 다소곳이 찍어내는 사인을 가만히 보고 있던 이슬은 큭큭 대며 웃었다.

"뭐가 잘못됐어?"

땀을 닦던 사인이 깜짝 놀라 되물었다.

"읍, 아니구먼! 잘못된 데는 없는 거 같다."

사인을 살펴보던 이슬은 터져 나오는 웃음을 간신히 삼키며
아니라고 고개를 흔들었다.

"그러면 어찌 그래, 가뜩이나 놀란 가슴 철렁했잖니?"

사인은 뾰로통해진 얼굴로 이슬을 향해 눈을 흘겼다.

"그게 말이지, 아무리 봐도 지금 그 얼굴이 비장하지는 않단
말이지. 히히!"

이슬은 그냥 봐도 너무 웃기게 생겨 웃음보가 터지는 사인
의 얼굴을 보며 쿡쿡 웃었다.

"여보세요! 박가 나인까지 어찌 이러시오? 그쯤 해두시오!"

듣고 보니 사인도 우스운지 그제야 굳어 있던 입매에 웃음
기가 돌았다.

그나마 이리 살갑고 다정한 벗님이라도 있으니 이 고달픈
궁궐살이에 가끔은 웃기도 하는 것이었다.

"그나저나 초적 연주자를 뽑는다는 것은 뭔 소리래?"

"그러게."

"궁궐은 또 어찌 이리 어수선하고? 사인이 너는 뭐 아는 거
없냐?"

머리가 땅에 닿기만 하면 누가 업어 가도 모를 만큼 깊은 잠
에 빠지는 이슬은 밤사이 온 궁궐이 발칵 뒤집혔다는 것을 전
혀 몰랐다. 하긴 어젯밤 궁인들이 이슬이 거처의 방문을 열었
을 때도 같이 자던 방 동무 기향만 일어났을 뿐 그 아수라장에
서도 코를 골며 자던 이슬이었다.

"그, 글쎄……."

여기저기 모여서서 쑥덕거리는 궁녀들을 발견한 이슬이 그렇게 물으며 돌아보자 사인은 자신의 남색 치마에 묻은 먼지를 털며 딴청을 피웠다.

"뭣들 하느라 예서 이리 빈둥거리는 것이야!"

상선을 도와 곧 열릴 연회를 총괄 지휘하던 엄 상궁은 저만치서 두런거리고 있는 사인과 이슬을 발견하고 한달음에 쫓아왔다.

"예, 지금 가던 길입니다요."

게으름을 피운다고 야단맞을까 두려워 얼른 고개를 숙이던 이슬은 엄 상궁의 뺨에 난 붉은 손자국을 발견하고 의아해졌다.

"침방 나인 미옥은 좀 어떠하냐?"

"나인 박가 미옥은 자리에서 일어설 수도 없어 이제는 대소변도 받아내는 지경입니다."

사인이 같이 방을 쓰는 방 동무 미옥의 상태에 대해 차분하게 설명했다.

오랫동안 사인과 같은 방을 써온 미옥은 오래전부터 장기가 좋지 않아 고생하였는데 이제는 그저 죽기만을 기다리는 실정이었다. 결국 내일모레면 궁궐을 나가 병든 궁인들이 모여 죽기를 기다리는 경복궁의 북문인 신무문 밖 질병가로 나갈 예정이었다.

"그럼 미옥은 할 수 없고 오늘의 초적 연주 대회는 사인이 너도 참석해야 한다. 대령상궁 마마님께서 특별히 당부하셨다."

"마마님께서요? 하나 그리해서는 아니 될 것인데요?"

"궁녀고 각심이고 무수리고 간에 궁궐 안에 살고 있는 여인이라면 모두가 참가하라는 주상전하의 어명이 계셨다."

"예, 마마님!"

엄 상궁은 자꾸만 자신의 뺨을 힐끗 거리는 이슬이 때문에 열없어 말이 끝나기 무섭게 돌아서 가버렸다. 어차피 찾아야 하는 여인은 정해져 있으니 연회를 다 준비할 필요야 없겠지만 궁 안에 여인들을 모아두고 왕이 살피고 난 뒤가 문제였다. 만약 그 여인을 찾아낸다면 그 이후가 문제였다. 그 이후에 준비해야 할 어마어마한 것들은 생각하기도 싫었다.

"대체 누가 엄 상궁 마마님 뺨을 저리도 대차게 때렸을꼬?"

대전의 큰 상궁인 대령상궁 김씨와 그 아래 엄 상궁은 누구나 다 아는 실세였다. 실세 중에도 실세인 엄 상궁의 뺨에 누가 감히 저토록 큰 손자국을 냈을까.

덩치와 다르게 눈치로 먹고 사는 이슬은 그 잠깐 사이에 머리를 굴리기 시작했다.

"그러게."

"그러게라니요! 윤가 사인님, 어지간하면 묻혀 살고 싶은 것은 알겠는데 어찌 매순간 내놓은 답변이 '글쎄', '그러게'가 전부란 말이오? 참으로 실망이오!"

"큭! 듣고 보니 미안하네."

"장녹수! 그 구미호가 틀림없네!"

이슬은 순식간에 용의자를 추리고 그 용의 선상에 일순위로 장녹수를 올려놓았다.

"참말?"

사인은 이슬의 빠른 추리에 감탄했다.

"틀림없을걸!"

궁궐 안에 무슨 사건이 일어나면 덩치와는 달리 언제나 날카롭게 예측과 추리를 거듭하여 정확한 해답을 내놓는 이슬이었다.

"일단 빨리 들어가 보자, 이러다 목이 달아나겠다."

생각지도 않게 많은 사람들 앞에 나서게 된 사인은 잠시 당황했지만 그냥 부딪쳐 보기로 했다.

"아휴! 난 목도 굵은데 어찌 맨날 이렇게 간당간당거린다냐?"

후들거리는 다리를 이끌고 사인이 휘청거리며 앞서가자 이슬은 자신의 굵은 목을 감싸 안고 연회장으로 들어갔다.

"아이구머니! 저것들은?"

궁녀 하나가 비명을 지르자 모든 궁녀들의 시선이 일제히 사인과 이슬을 향해 쏠렸다.

"못난이 나인 윤가 사인과 뚱뚱이 나인 박가 이슬이네!"

"못났다, 못났다 어찌 저리도 못났을꼬?"

일찌감치 몰려와서 풀피리를 불어본다, 옷매무새를 만진다, 법석을 피우던 생과방 나인들이 주춤거리며 들어서는 사인과 이슬을 보며 쿡쿡거리며 웃어댔다.

"세상에, 미친 거 아니니? 예가 어디라고! 지밀나인들 망신은 저것들이 다 시켜요!"

"놔두게, 인생 한방일세! 혹 아는가?"

"한방에 목이 달아나겠지!"

지밀나인들은 한술 더 떠서 대놓고 손가락질을 하며 같은 식구들인 사인과 이슬을 비웃었다.

"그래, 그래! 잘들 나섰어! 온 궁궐에 예쁜 것들은 죄다 여기 모였구먼!"

어느 세상이나 '여인의 미모는 곧 힘'이라는 불변의 법칙이 존재하는 것인지.

이런 봉변이 하루 이틀이 아닌지라 이슬과 사인은 태연하게 빈자리로 가 섰다.

"별일 없어야 할 것인데."

이슬은 잔뜩 주눅 들어 서 있는 사인의 손을 꼭 잡았다.

"다행이야, 네가 있어서."

차가운 손을 타고 온 이슬의 따뜻한 온기가 싸늘하게 닫힌 사인의 마음을 달래주었다.

"주상전하 납시오!"

시위소리와 함께 이융은 희정전 앞에 쳐진 대차(장막) 아래에 놓인 용상에 앉았다.

"가까이 오라!"

마음이 급한 이융은 상선을 가까이 불러 뭔가를 일렀다.

"어차피 찾는 이는 따로 있으니 모두가 피리를 불 필요는 없겠지."

상선의 귀에 대고 그렇게 속삭인 이용은 의미심장한 미소를 지었다.

"모두가 풀피리를 부는 것이 아닙니까, 전하?"

이용의 말에 놀라 눈이 휘둥그레진 상선의 가슴을 철렁하게 하는 소리가 등 뒤에서 또 한 번 들려왔다.

"상선 영감! 이리 요란한 연회를 열면서 어찌 우리 후궁들에게는 아무런 기별도 넣지 않은 것이오?"

이용과 상선이 뜨악해서 돌아보니 장녹수가 열네 명의 후궁을 이끌고 나타난 것이었다.

절차를 밟아 뽑힌 후궁들과 달리 예술적 재능으로 왕을 녹여 첩지를 받은 장녹수는 후궁들 사이에서 늘 따돌림을 당했지만 오늘은 모두가 하나가 되어 그녀를 따라왔다.

그만큼 왕의 어심을 사로잡은 그 여인이 궁금했던 것이다. 이제 이 자리에 없는 것은 오로지 중전 신씨뿐이었다.

"무에 그리 중대한 일이 생겼다고 이리 우르르 몰려오는 것이오?"

"전하께서 이리 서두르시는 것을 보면 분명 큰일인 것이지요."

이용은 후궁들을 몰고 나타나 시위를 하는 장녹수가 못마땅하기는 했지만 그래도 그간에 쌓인 정으로 그녀의 허물을 덮었다. 사실 이용이 은애한 것은 이리 영악하고 패악스러운 장녹수였으니 그 또한 어찌할 것인가.

"하면 시작하겠습니다요!"

장녹수가 왕의 곁을 차지하고 후궁들도 제각기 자리를 잡고 앉자 최고의 초적 연주자를 뽑는 연회가 시작되었다.

"자, 모두 그 자리에들 앉으시게! 허고 첫째 줄부터 천천히 일어나 전하께서 허락하는 이들만 초적을 불어보는 것일세."

상선이 그렇게 지시하자 이융은 일어선 여인들의 인물을 하나하나 살폈다.

하나 자세히 볼 것도 없었다. 용상에 앉기 전부터 이미 쭉 살펴보았지만 그의 눈에 들어오는 여인이 단 하나도 없었다. 서시의 미모를 가진 여인이라면 어디에 있어도 주위가 환하게 빛날 것이 틀림없었다.

"너 불어 보아라!"

개중에 미모가 조금 된다 싶어 피리를 불어 보라 시키면 그나마 나뭇잎을 말아서 입에 물고 불어야 하는데 마는 방법조차 제대로 알지 못했다.

"치워라!"

"되었다!"

"그만! 그만!"

슬슬 바닥을 드러내기 시작한 인내심이 이융을 미치도록 짜증스럽게 했지만, 조선의 서시를 찾겠다는 일념으로 버티고 있었다.

'이토록 간절한 것이었어?'

곁에서 지켜보는 장녹수에게도 그 여인을 찾겠다는 절박한 이용의 마음이 절절하게 전해져 왔다.

'어여쁜 여인이 이토록 많은데, 대체 왜? 그 계집이 무엇을 가지고 있기에!'

장녹수는 실체도 알 수 없는 그 여인에게 맹렬한 질투를 느끼고 있었다.

사인은 자신의 차례 다가오자 얼굴이 창백해지며 손이 덜덜 떨렸다.

"너 오늘 간장 너무 발랐어, 짠내가 말도 못해."

사인의 손이 덜덜 떨리는 것을 보고 있던 이슬이 코를 잡으며 살며시 속삭였다.

사실 간장은 요즘 궁녀들 사이에서는 인기 품목이었다. 물론 사인이 간장을 바르는 것은 조금 다른 용도였지만 살을 빼기 위해 온몸에 바르는 궁녀들이 많아 제조상궁이 그런 용도로 간장을 훔쳐 갈 것이면 각자의 집안에서 가져다 쓰라 엄포를 놓을 지경이었다.

어찌 보면 궁궐 안 여인들은 아름다워진다면 못 할 것이 없는 무서운 여인네들이 사는 곳이었다.

"없다!"

이용이 아니다, 없다 외칠 때마다 궁인들은 초조해졌다.

한 줄씩, 한 줄씩 여인들이 일어섰다 다시 앉을 때마다 궁녀들의 입에서도 어쩔 수 없이 허탈한 탄식이 새어나왔다. 혹시나 하고 기대하던 대박의 기운이 역시나 하며 사그라지는 순간인 것이었다.

그리고 드디어, 사인과 이슬의 차례가 되었다.

"이 안에 없다면 대체 어디에 있다는 말인가?"

수천 명의 여인들을 다 살펴봐도 자신이 찾는 여인이 없자 이용은 거의 발작을 일으키기 직전이었다. 특별한 여인에게 집착하는 것은 아버지 성종보다 한술 더 뜨는 이용은 다른 것은 다 포기해도 여인은 포기할 수 없었다.

"다음!"

이용은 제대로 보지도 않고 다음이라 외치며 치워버리라고 손짓했다.

"너, 너는? 김 상궁! 김 상궁!"

하필이면 그때 일어선 그 줄을 훑어보다가 사인을 발견한 이용은 경악해서 대령상궁을 찾았다.

"예, 전하!"

"저, 저 못난 것이 어디서 나타난 것이냐?"

십여 년 전에 마주친 뒤로 통 보이지 않더니 어디서 나타난 것인지 알 수가 없었다.

"전하께서 저 아이를 치우라 하셔서 서사상궁 밑으로 보냈었는데 요즘 지밀에 일손이 딸려 잠시 데려왔습니다. 한데, 전하께서 궁인은 모두 참석하게 하라시니……."

대령상궁이 앞으로 나서 조용히 대답하자 왕은 그제야 기억이 났다.

"이제야 생각이 나는구나. 부제조상궁 덕에 살아 있는! 쯧 쯧!"

이용은 그제야 생각이 났다. 언젠가 점심의 낮것상으로 차려온 온면을 먹다가 문 앞에 실습 나온 사인이 서 있는 것을 무심결에 보고 입안에 든 면을 다 뱉어버렸었다. 박박 얽은 듯한 얼굴에 저놈의 점들은 어찌 저리 많은 것인지 꿈에 볼까 무서웠었다.

"너는 부제조상궁에게 평생 고마워해야 할 것이다!"

부제조상궁은 바로 사인의 이모였다.

그 자리에서 당장에 쫓아내려 하였으나 지금의 대령상궁이 부제조상궁을 봐서 참으시라고 애걸하는 바람에 간신히 서사상궁 밑으로 보냈던 것이다.

"전하, 당장 서사상궁에게 돌려보낼 것이니 노여움을 푸소서!"

"그래, 그리해라!"

이용은 그렇게 말하며 사인을 치워 버리라는 듯 손을 털었다.

그러자 여기저기서 터져 나오는 웃음을 참느라고 옷고름을 제 입에 틀어넣거나 얼굴이 붉어지도록 입술을 깨무는 여인들이 보였다.

"예, 전하!"

십 년을 골방에 박혀 궁 안의 문서와 교서, 궁중 발기, 편지들을 대필하거나 서책을 베껴 쓰는 일만 하다가 아주 잠시 모습을 드러낸 것뿐인데, 세상은 그때나 지금이나 어찌 이리도 모진 것일까. 순간 사인은 이렇게 살아가느니 차라리 이 자리에서 흔적도 없이 사라지는 것이 낫지 않을까 싶었다.

그러나 얼른 손을 내밀어 그런 사인의 마음을 다독거리는 것은 여전히 이슬이었다.

"흐흐흣!"

이용의 옆에 앉아 있던 장녹수는 터져 나오는 웃음을 간신히 참으며 저만치 고개를 숙이고 서 있는 엄 상궁을 힐끗 보았다. 엄 상궁이 말해준 덕에 지금 장녹수는 이 자리에 앉아 재미난 구경을 하는 중이었다.

"그렇다 하더라도 풀피리를 불어보게 하시는 것이 어떻겠습니까?"

장녹수는 정작 찾고 싶은 여인은 찾지 못하고 못난이 나인을 보며 펄펄 뛰는 왕이 고소해 살짝 약을 올렸다.

"저리 못난 것이 풀피리를 불 줄이나 알겠느냐?"

이용은 성난 심기를 가라앉히려고 고개를 돌리며 혀를 찼다.

"전하! 못생긴 것이 죄입니까? 저리 못생긴 것이 있으면 이리 꽃같이 생긴 것도 있는 것이지요."

장녹수는 제 얼굴을 가리키며 쿡쿡 웃었지만 이곳에 모인 모든 여인들은 다 알고 있었다. 왕의 후궁 중에 장녹수의 인물이 제일 처진다는 것을. 장녹수야말로 궁인들에게 왕의 총애는 미모와 큰 상관이 없다는 것을 보여준 좋은 사례였다.

"못생긴 것은 죄지! 죄고 말고!"

"하면 그 옆에 조금 풍만한 나인은 어떻습니까?"

장녹수는 재미있어 죽겠다는 얼굴로 생글거리며 사인의 옆에 선 이슬을 손가락으로 콕 집어 가리켰다.

"뚱뚱한 것도 죄다!"

"어머, 전하! 너무하십니다. 현종이 총애하던 양귀비도 풍만한 여인이었습니다?"

"그건 현종의 취향이고! 과인은 서시처럼 여리여리한 여인이 좋다!"

장녹수가 살살 약을 올리는 바람에 이융은 그만 욱해서 본심을 내뱉고 말았다.

"서시라, 전하의 어심에 서시가 있었군요!"

장녹수는 그제야 왕이 찾는 여인이 서시를 닮았을 것이라 직감하였다.

"당장 저것을 치워라! 당장!"

번번이 장녹수의 세 치 혀에 놀아나 속내를 들키고 말면서도 또 넘어갔다 생각하니 이융은 울화가 치밀고 말았다.

"너희는 속히 나가거라!"

왕의 불호령에 놀란 대령상궁이 사인과 이슬을 데리고 밖으로 나가자 이융은 분기를 참지 못하고 용상에서 일어섰다.

"여기는 없다! 다 그만 두어라!"

"아니, 이 많은 후궁과 흥청들을 두고 또 어떤 이를 찾기에 이러시는 것인지, 나 원 참!"

"특별한 여인을 모르는 척 버려두는 것은 예가 아니다!"

이융은 언제나 미인에 대한 예를 갖추어 그들을 귀히 대접하는 것을 큰 낙으로 살고 있었다.

"어련하시겠습니까?"

화가 나서 나가버리던 이융의 뒤를 따르던 장녹수가 무슨 생각을 했는지 엄 상궁을 불렀다.

"예, 마마!"

이미 대전의 비밀을 다 알려준 엄 상궁은 혹시라도 대령상 궁의 눈에 띨까 얼른 뛰어갔다.

"아까 그 못난이를 찾아 오늘 밤 지밀에서 시중들게 하게."

"예에? 하나 전하께서!"

"그런 못난이가 있어야 내 미모가 더 돋보이는 것이야."

장녹수는 소맷자락에서 둥근 도자기 함을 건넸다.

"이, 이것이 무엇입니까?"

"내 사람은 내가 챙겨야지. 발라두게! 그리두면 흉 지겠네."

"예, 마마!"

병 주고 약 준다더니 엄 상궁은 하는 수 없이 약함을 받았지 만 앞으로의 일이 큰일이라고 생각하였다.

"못난 것도, 뚱뚱한 것도 죄가 되는 더러운 세상! 죽자, 죽어. 살아서 뭐하겠냐!"

위험천만한 곳에서 간신히 살아 나온 사인은 울적한 자신의 기분을 풀어주려는 이슬이 고마워 피식 웃었다.

"그래, 죽자, 죽어! 굵은 네 목은 내가 졸라 주마!"

"아악!"

사인이 달려들어 두 손으로 굵은 목을 조르자 이슬은 좋다 고 깔깔거렸다.

"야, 솔직히 장녹수가 나한테 손가락질할 일은 아니지 않냐, 사실 살 빼면 내가 훨씬 낫지!"

사인의 기분이 좀 나아진 것 같아 보여 신이 난 이슬은 앞뒤 없이 떠들어대다 갑자기 입을 딱 다물어 버렸다. 사인은 새파랗게 굳어지는 이슬의 얼굴을 보고 심상치 않은 인물이 나타났구나 싶어 돌아보니 정 상궁이 서 있었다.

"이모님!"

"예가 어디라고 이모님이야?"

어디 하나 구겨진 곳 없이 정갈하게 차려입은 당의 자락에 두 손을 모아 넣고 엄한 얼굴로 노려보고 있는 정 상궁의 위엄에 눌린 이슬은 찔끔해서 금세 고개를 숙였다.

"따르거라!"

"예, 마마님!"

정 상궁은 차가운 얼굴로 뒤를 따르라 이르고는 꼿꼿하게 허리를 세우고 가버렸다.

"나 먼저 갈게."

"그래도 피붙인데 조금만 살갑게 해주면 안 되나, 쉬운 사람이 하나 없구만!"

사인의 얼굴에서 웃음기가 가신 것을 본 이슬이 혀를 찼다.

세상에 단 하나뿐인 피붙이고 그나마 궁궐에 같이 있으니 얼마나 좋을까마는 정 상궁이 사인을 대하는 것은 냉혹하리만치 차가웠다.

"저럴 거면 밖에서 살게 두지 궁에는 왜 업고 들어와서 저 어여쁜 애를 저리 만들어!"

부제조상궁이면 그 위세를 이용해서라도 사인을 편하게 만들어 줄 수도 있을 것인데 아무리 눈치로 먹고 사는 이슬이라도 이해가 되지 않았다.

"이 모든 사달이 혹 너 때문이냐?"

자신의 처소로 사인을 데려간 정 상궁은 자리에 앉기 무섭게 다그쳤다.

"아마도……."

잔뜩 주눅 든 사인은 될 대로 되라는 심정으로 고개를 끄덕였다.

"아마도? 아마도라니, 그것을 말이라고 하느냐! 그러다 잡혔으면 너와 나는 죽은 목숨이다! 너에겐 네 이모의 삼십 년 세월이 아무것도 아닌 것처럼 보이는 게야!"

정 상궁은 이 자리에 오르기 위해 궁에 들어와 지금까지 삼십 년을 고스란히 바쳤다. 한데 그 세월을 눈앞에서 놓쳐 버리게 생겼으니.

"아니란 거 아시잖아요!"

"아닌데, 어찌해서 이런 일을 벌여?"

정 상궁이 내지르는 새된 목소리에 사인은 잠깐 눈썹을 찡그렸다가 다시 폈다. 짙게 그린 검은 눈썹이 참말 송충이가 꿈틀거리는 것 같았다.

"분명 잠을 자고 있었는데 어인 영문인지 눈을 떠보니 연못가에 서 있었습니다. 갑자기 사람들이 몰려드는 것을 보고 정신이 들어 무작정 달리고 달려 서고로 들어가 밤새 일을 하는 척하고 있었던 것입니다."

"하면 잠결에 돌아다녔더란 말이냐?"

낮은 목소리로 조근조근 설명하는 사인의 말을 듣고 있던 정 상궁의 낯빛이 점점 파리해졌다.

"그런 것 같습니다."

"이런 일이 자주 있었더냐?"

"아닙니다, 처음이었습니다."

"몸이 허해져서 그런 것이다. 내 약을 지어 보내겠다. 네 몸을 보호하는 것도 너 자신이 해야 하는 일이다. 누구도 대신할 수 없는 일이란 말이다!"

"예, 마마님!"

"큰일이 아니더냐? 멍청한 것, 잠자리 하나를 건사하지 못하고!"

사인은 잔뜩 잔소리를 늘어놓고 일어서는 정 상궁을 부축해 일으켰다.

"조심할 것이니 심려하지 마세요."

사인이 그만 물러간다고 인사를 하다가 자신을 측은하게 보는 정 상궁의 눈과 마주쳤다.

천천히 돌아서 나오는데 가슴이 시려서 저절로 깊은 한숨이 나왔다.

서운한 마음이 들어서 가슴이 시린 것이 아니었다.

"이모가 있어서 나는 어떤 순간에도 행복하다!"

정 상궁은 지난 십수 년 사인을 보호하려고 모아놓은 돈들을 주저 없이 허물어 필요한 곳에 입막음을 했고 사인이 잘못될까 날마다 가슴을 졸이며 살고 있었다. 그러면서도 이를 악물고 일해 부제조상궁의 자리에 올랐다. 아무것도 모르던 어린 시절엔 무작정 원망했던 모든 것들이 이제 세상을 알게 되니 사랑이었다는 것을 알아 아프고 시린 것이었다.

❀　　❀　　❀

왕이 이끄는 행렬을 따라 사냥터에 도착하였을 때, 이미 해는 지고 저 멀리 보이는 산은 붉은 노을빛에 물들고 있었다.

"섬리야, 잠시 쉬어가자!"

선비는 어떤 경우라도 동요하지 않고 행렬을 따라 걷고 있던 섬리를 세우고 잠시 먼 산을 바라보았다.

"저 산은 변함이 없건만……."

산자락을 물들이고 있는 붉은 빛 노을에 그리움이 묻어 있었다.

성종에게 섬리를 하사받고 처음으로 달려보러 나왔던 그날이 생각났다. 선비는 어쩌면 이 모든 악연의 시작은 그날이었는지도 모르겠다는 생각이 들었다. 그날도 노을이 지는 저 산 언저리는 저리 붉었고 처음으로 제 말을 갖게 된 사내아이는 세상 모든 것을 얻은 것 같았었다.

"섬리야, 기억나느냐? 너와 함께 처음으로 달렸던 곳이다."

어찌 알고 모여든 것인지 까마귀들이 말들의 긴 울음소리에 놀라 떼 지어 날아올랐다.

축축하게 가라앉은 무거운 공기는 금방이라도 뭔가를 쏟아낼 것처럼 그의 목덜미를 끈끈하게 조여들었다.

"어쩌면 이것이 마지막 대결일지도 모르겠구나."

선비는 섬리의 갈기를 어루만지며 혼자 중얼거렸다.

함께 생사의 고비를 넘나들던 전우에게 건네듯 그렇게 마지막 인사를 건네자, 무언가를 직감한 것인지 이미 그와는 한 몸이나 다름없는 섬리의 심장이 빠르게 뛰고 있었다.

그동안 그는 이융의 부름을 받고 생사를 건 수많은 시험을 치러냈다.

참으로 기막힌 일이었다.

차라리 전쟁터를 누비는 장수였다면 활과 검을 들고 당당히 겨루고 말 것을, 이융은 그를 자신의 손바닥에 올려놓고 시험하고 또 시험해 왔다.

그러나 이번 말달리기 시합은 길이 보이지 않았다. 이융이 이기게 된다면 당연히 패하였다는 연유로 죽일 것이고, 그가 이긴다면 조금의 예우도 없이 임금을 능멸하였다는 죄목으로 죽일 것이었다.

"너는 오직 살아남아라!"

잔인한 그 한마디 명을 받은 날부터 언젠가는 이 순간이 오리라는 것을 이미 예감하고 있었던 것인지도 모르겠다는 생각이 들었다.

"그래, 아우야! 지금 네 마음은 어떠하냐?"

말 위에 앉아 앞서가던 이용이 돌아보며 물었다.

"네 마음이 어떠냐 묻지 않더냐?"

선비가 잠시 생각에 잠겨 대답이 늦어지자 이용은 노기 띤 목소리로 다시 물었다.

"본시 마음이라는 것이 어찌 생긴 것인지 알지 못하니, 이런 순간엔 어떤 마음이 들어야 하는 것인지 생각 중이었습니다."

선비는 이용과의 대결에서 처음으로 속내를 내보였다.

어쩌면 그가 이번엔 마지막 벼랑 끝에 서 있음을 알고 처음으로 동요하고 있는 것인지도 몰랐다.

"허, 허! 지금껏 내가 하문하고 답한 중에 가장 긴 대답이었다."

진성대군과의 대결에서 처음으로 승기를 잡았다는 생각에 이용의 목소리는 들떠 있었다.

군사들이 두 갈래로 갈라지며 길을 만들었고 그 길 끝 장대한 노송나무에 먼저 도착하는 이가 이기는 것이었다.

출발선에 선 선비는 잠시 동요했던 호흡을 고르며 서 있었다.

자비심이라곤 털끝만치도 없이, 오직 그를 죽일 목적으로 잔혹하게 펼쳐지는 한바탕 광대놀음에 마지막 광대가 되어 담담하게 서 있었다.

말고삐를 단단히 쥐고 그를 바라보는 이용의 눈에는 살기가 서려 있다.

"출발!"

병사의 손에 들린 깃발이 내려가자 두 사람은 동시에 출발했다.

"섬리, 이제 달려보자!"

깊은 숨을 들이쉬며 발뒤꿈치로 말의 옆구리를 차고 고삐를 가볍게 흔들어 말을 몰았다.

섬리는 기세 좋게 달려 나갔고 그는 몸을 앞으로 숙여 바람의 저항을 줄여주었다.

와아아!

함성 소리와 함께 질주하는 두 마리의 말은 주인과 한 덩어리가 되어 앞으로 달려 나갔다. 이용이 앞서 가면 군사들이 '와아아'하고 고함을 쳤고 선비가 앞서 나가면 후폭풍이 두려운 그들은 숨을 죽였다.

거대한 노송이 가까워지자 섬리는 거친 숨을 뿜어내고 있었다.

마침내 섬리가 먼저 노송 앞에 도착할 것이었다. 하나, 그래서는 안 되는 것이다.

그러나 여기서 멈춘다면 죽음뿐이다. 어차피 이 자리에서 꼬꾸라져 죽는다 해도 그 어떤 미련도 없겠지만 여전히 생생히 울려 퍼지는 그 한마디 명이 그의 숨줄을 붙잡는다.

"너는 오직 살아남아라!"

머리를 타고 이명처럼 울려오는 그 목소리에 가슴에 통증이 느껴졌다. 더 이상 머뭇거릴 시간이 없었다. 선비는 말고삐를 잡은 손에 힘을 주었다.

"섬리야, 다음 생에서는 내가 말이 되고 너는 내 주인이 되어 우리 다시 만나자!"

그는 상투 동곳 뒤에 숨겨 꽂아둔 긴 대침을 뽑아 말의 숨골에 깊숙이 찔러 넣었다.

부지불식중에 당한 일이라 섬리는 억 소리 한 번 못 내고 그대로 꺼꾸러졌다.

'오직 살아남는 것만이 목표인 냉엄한 현실에서 쓸데없는 감정은 사치에 불과하다!'

먼지와 땀으로 얼룩진 선비의 얼굴이 일그러지며 어떤 순간에도 울지 않았던 눈에서 굵은 눈물이 흘러내렸다.

도착점을 바로 앞에 두고 달리던 말이 땅을 울리며 쓰러지는 바람에 선비도 그대로 튕겨나가 버렸다. 너무 다급해 미처 낙법을 사용하지 못했던 것인지, 아니면 제 손으로 단 하나의 벗마저 죽여 버렸다는 충격 때문인지, 그는 끔찍한 통증을 느끼며 정신을 잃었다.

二章 · 문을 나서다

드디어 문을 나왔다.

　궁을 나갔다 와도 좋다는 출패를 받아든 순간, 사인의 눈에
는 궁궐 어디에도 없던 문들이 보이기 시작했다. 창덕궁 후미
진 북쪽에 있는 궁인들만 드나든다는 요금문. 그것은 누군가
에게는 그저 붉은색으로 칠한 한 칸짜리 나무문에 불과하겠지
만 사인에게는 결코 풀 수 없는 거대한 결계와 같은 것이었다.
언제부터인지 그녀는 대궐의 문들을 보지 않았다.

　중신들이나 드나드는 돈화문과 금호문은 아예 볼 필요조차
없었고, 왕에게 바른 정치를 하라고 간언한 내관들과 충신들
의 목이 베어져 수시로 내 걸리는 단봉문은 공포의 대상이었
으니 애써 피하는 문이었다. 그리고 정작 궁인들이 드나드는

요금문은 사인에게는 없는 문이었다. 감히 꾸어 볼 수도 없었던 꿈이었다, 궁녀가 궁궐 밖을 나가 본다는 것은.

문턱을 넘어서는 순간 출패를 쥐고 있는 사인의 손이 떨렸다. 드디어 궁궐을 나왔다. 떨리는 입술 사이로 안도의 한숨 같은 것이 흘러나왔다. 문을 나서며 무심코 바라본 하늘은 청명했다. 정말 끝없이 맑고 청명해서 어쩐지 이 모든 것이 꿈결처럼 느껴졌다.

금방이라도 이 모든 것은 꿈이었다고 누군가 사인의 어깨를 흔들며 깨울 것만 같았다.

사인은 천천히 돌아서 조금 전 자신이 나온 문을 마주 보았다.

죽어 시신이 되어서야 나가 볼 수 있을 줄 알았는데 진정 이것이 꿈은 아니겠지. 터져 나올 것 같은 기쁨의 비명을 삼키느라 숨을 들이쉬었다.

"저 항아님은 안 가고 뭐하고 있는 거여?"

요금문을 지키던 수문장은 고개를 갸웃거렸다. 문 앞에서 멍하니 서 있는 궁녀는 한눈에 보기에도 낙제점이었다. 비쩍 마른 체구에 얼굴 가득 박힌 점들, 궁궐을 통틀어 생각해 보아도 저렇게 못난 궁녀는 본 일이 없었다.

대체 저 꼴로 어찌 지밀에 붙어 있었는지 의아한 일이었다.

요즘이 어떤 세상인가. 왕이 음탕한 생활을 즐기기 위해서 전라도, 경상도, 충청도 전국에 채홍준사를 파견하여 용모가 아름다운 여인을 강제로 징발하는 세상이다. 게다가 운평에게도 그 아름다움의 정도에 따라 아홉 등급을 매긴다는데 저 궁녀는 뭘 믿고 저 모양으로 지지리 못생겼단 말인가. 하기는 저러니 가마라든가 따르는 방자나 각심이 하나 없이 궁궐을 나서는 것이리라. 그리 짐작하고 보니 하는 짓도 좀 모지리같아 보여 수문장은 딱하다는 듯 혀를 끌끌 찼다.

"잘 다녀 오슈!"

궁궐 문을 지키는 문지기가 사인에게 소리쳤다.

"예, 고맙습니다."

깜짝 놀란 사인은 꾸벅 절하고 얼른 돌아섰다.

그녀는 뚜벅뚜벅 몇 발자국 걷다가 하늘을 올려다보았다.

간지러운 아침 햇살이 끝없이 부서져 내려 눈을 제대로 뜰 수가 없다. 몇 번이고 눈을 깜빡거리고 나서야 사인은 간신히 눈을 뜰 수 있었다. 늘 서고에 갇혀 서책 필사만 하다 보니 대낮에 하늘을 올려다 본 것이 언제인지도 모르겠다.

"하늘을 올려다보는 것만으로도 살맛 나는 세상인 것을!"

햇살에 익숙해져서야 사인은 우두커니 서서 눈앞에 펼쳐진 세상을 바라보았다.

순간 세상에 모든 소리가 사라진 듯 적요했다.

"참말 내가 궁을 나왔어."

저도 모르게 입가에 간지러운 웃음이 피어났다.

오늘 아침 진시(辰時), 해가 뜨자 사인은 세안을 하고 죽을 조금 먹은 뒤에 깨끗이 손질해 놓은 옷으로 갈아입었다. 여전히 옥색 저고리에 남색 치마. 그렇다고 특별히 좋은 옷으로 갈아입는 것도 아니었지만 사인은 가지고 있는 제일 깨끗한 옷으로 골라 입고 싶었다.

"부모의 상을 당하면 상궁들에게는 백일 정도까지 휴가를 주지만, 그리 긴 휴가를 쓰다가는 진급에서 밀리기 십상이지. 나인들은 제각각이지만 너에게는 열흘의 휴가가 주어졌다."

이모는 사인의 옷고름을 다시 묶어 주며 말했다.

"예, 알고 있으니 심려하지 마세요."

"몸조심하고 잘 다녀오너라."

이모는 막상 사인을 혼자 보내려니 마음이 놓이지 않는 모양이었다.

"걱정일랑 붙들어 매세요. 제가 누구예요, 사인이에요. 대비전의 똑똑이 윤가 사인!"

사인은 짐짓 씩씩한 척 너스레를 떨어보였다.

"똑똑이는 무슨! 대비전에서는 똑똑인 줄 알았더니 지밀로 옮겨가서는 멍청이가 다 된 것을! 쯧! 제발 경거망동하지 말고……."

이것저것 마음에 걸리는 것이 많았던 이모는 다시 한 번 눈을 흘겼다.

"됐네요, 제발 거기까지만 하세요!"

사인은 얼른 이모의 손에서 출패를 빼앗아 들고 궁궐을 나섰던 것이다.

"괜찮아, 나는 할 수 있어. 세상이 무섭다고 이 궁궐 안보다 두려울까."

사인은 쓰개치마를 머리끝까지 끌어 올려 푹 눌러쓰고 들고 나온 보퉁이를 가슴에 꼭 끌어안았다.

"이제 어디부터 가볼까?"

잠시 어디로 먼저 갈까 망설이던 사인은 일단 궁을 나가면 그동안 해보지 못했던 것들을 다 해보고 오라던 이슬의 조언을 떠올리고는 조선의 모든 것이 있다는 운종가로 방향을 잡았다.

"자유다!"

고개를 돌려 서사상궁이 그려 주었던 운종가 쪽을 바라보았다.

사인은 손에 꼭 쥐고 있던 종이를 펼쳐 서사상궁이 그려 준 길들을 들여다보았다. 오늘따라 글을 읽고 쓸 수 있도록 가르쳐준 서사상궁이 이렇게 고마울 수가 없었다. 지밀나인들이야 그렇지 않지만 궁녀 중에는 글을 모르는 이들도 많았다. 이모가 워낙 글을 읽고 쓰는 것을 좋아해 사인은 아주 어릴 때부터 서사상궁을 스승으로 모시고 글을 배웠다.

"운종가에 가면 우선 선전(비단전)을 찾으라고 했지."

사인은 궁궐로부터 한 걸음이라도 더 멀리 떨어지고 싶어 뛰다시피 걸었다. 금방이라도 누군가 쫓아와 사인의 목덜미를 낚아채며 다시 궁으로 데리고 들어갈 것만 같아 부지런히 발걸음을 옮겼다.

궁궐에서 운종가로 가는 길은 더없이 넓고 깨끗하게 정리되어 있었다.

어째서 민가가 별로 없을까 생각하던 사인은 그제야 왕이
궁궐 주위의 민가를 모두 철거하는 문제로 조정이 시끄러웠던
것을 기억해냈다. 숨기고 싶은 것이 많았던 왕은 백성들이 궁
궐을 쳐다보는 것을 원치 않았다. 그래서 궁궐과 인접해 있어
궁궐 문을 바라볼 수 있는 민가나 궁궐을 내려다볼 수 있는 곳
에 있는 집들을 모두 철거해 버렸고 거기 살던 사람들은 고작
쌀 한두 섬을 주고 내쫓아 버렸다.

지밀나인 사인이 모시는 이용은 그런 왕이었다. 워낙에 이
해할 수 없는 일들이 한두 가지가 아니었기에 서고에만 틀어
박혀 내 할 일만 하고 살면 된다고 생각해 온 사인이었지만 귀
를 닫고 살 수는 없었다.

육조거리를 지나 운종가로 들어서니 길목마다, 골목마다 수
많은 사람들이 흥청거렸다. 팔도의 물산은 다 이곳으로 모여
드는 것 같았다. 또한 길거리에 난전들도 많아서 포목 장수, 미
투리 장수, 빗 장수, 온갖 장수들도 다 모였다. 사인은 그 북새
통 속 장 골목을 정신없이 걸었다. 보는 것마다 신기한 것들 천
지라 마음 같아서는 모두 만져보고 구경하고 싶었지만 궁녀의
행색으로는 그럴 수가 없었다.

무명필과 주단바리가 펼쳐진 비단전 앞에 서서 빛깔 고운
명주를 구경하고 있는데 화려한 차림의 여인들이 지나갔다.
짙은 분 냄새, 탐스러운 가채에 삐뚜름히 눌러쓴 육각모, 꼭 죄
는 저고리 위로 가느다랗게 드러나는 팔의 곡선, 한껏 부풀린
치마. 얼핏 보아도 여염집 아낙들은 아니었기에 사인은 곱게

치장한 그녀들에게서 눈을 뗄 수가 없었다.

사인은 숨을 한번 크게 들이 쉬고 선전 안으로 들어갔다.

"어서 오이소!"

선전을 지키는 총각이 달려 나와 인사하다 궁녀임을 확인하고는 한 발 물러섰다. 자칫 궁녀에게 잘못했다가는 무슨 사달이 날지 모르기에 미리 몸을 사리는 것이었다.

"곱기도 하지, 세상에!"

선전 안에는 공단, 대단, 사단, 우단 등 각종 비단류에서부터 궁초, 생초, 운한초 등의 생사로 만든 직물류가 벽 쪽으로 가지런히 걸려 있고 도리불수주, 통해주, 팔량주 등의 각종 명주 옷감들은 막대기에 걸려 길게 늘어뜨려져 펄럭이고 있었다. 화려하게 펄럭이는 비단에 마음을 빼앗긴 사인은 비단 자락을 손바닥으로 쓸어보고 몸에 대보기도 하였다.

"항아님, 찾으시는 것이 있으시오?"

한발 떨어져 따라다니며 사인이 하는 양을 지켜보던 총각이 물었다.

"아, 내 정신 좀 봐. 혹 여기 지어둔 옷도 있습니까?"

"있기는 하지만 누가 입을 것이오?"

"저, 그냥 사다 주려고 하오. 나만 한 체구를 가졌는데……."

"기다려 보시오."

사인의 체구를 대충 훑어보던 총각은 안으로 들어가 옷을 한 벌 들고 나왔다.

"사실, 이것이 누가 부탁한 것인데 벌써 한 달째 가져가지를 않아서 항아님께 드리는 것이니 다른 말은 하지 마소."

"그러믄요, 고맙습니다."

옷을 받아든 사인은 펼쳐서 이리저리 살펴보았다. 연한 물빛 삼회장 저고리에 진달래빛 치마, 어느 집 규수의 치마저고리가 틀림없었다. 사인은 단아한 빛깔의 치마저고리를 취한 듯 바라보다 돈을 치르고 비단전을 나섰다.

"보나마나 저가 갈아입을 것이면서! 그나저나 그 항아님 참으로 박색일세."

선전의 총각은 촌스러운 외모에 어울리지 않는 고운 옷을 사들고 가는 궁녀의 뒷모습을 보며 혀를 찼다.

"일단 갈아입을 옷은 샀고, 한데 어디서 옷을 갈아입는다?"

옷 보퉁이를 꼭 껴안은 사인은 마땅한 곳을 찾아 주위를 두리번거렸다. 마침 선전 옆의 계단을 올라가니 창고로 보이는 곳의 문이 열려 있었다. 운종가의 행랑 건물들은 보통 이층으로 지어져 일층에서는 물건을 팔고 이층은 창고로 사용하고 있었다.

"아무도 없습니까?"

계단을 올라간 사인은 열린 문틈 사이로 고개를 디밀고 안을 들여다보았다.

켜켜이 쌓여 있는 옷감 더미를 보니 선전의 창고가 틀림없었다. 고개를 빼고 이리저리 살펴봐도 인기척이라곤 없으니 옷을 갈아입기에는 안성맞춤이었다. 주위를 살피며 창고 안쪽으로 들어간 사인은 빛이 스며드는 곳에 자리를 잡고 앉아 조용히 옷을 벗기 시작했다.

"허?"

그러나 공교롭게도 그곳에는 또 한 사람이 옷을 갈아입고 있었으니 바로 운종가의 이름난 한량으로 알려진 류건이었다. 그가 막 옷을 다 갈아입고 바지의 대님을 매고 있는데 때 아닌 불청객이 스며든 것이었다. 인기척을 내기에도 이미 늦은지라 류건은 숨을 죽이고 앉아 있었다. 그는 여인이 분명한 이가 옷을 갈아입고 있으니 마땅히 눈을 감아야 하는 것이라 생각은 했지만 마음과는 달리 눈은 감아지지 않고 외려 눈에는 점점 힘이 들어갔다.

"숭칙하구먼!"

그도 그럴 것이 옷을 갈아입는 그 여인이 참으로 희한한 것이었다. 처음 창고에 들어올 때는 스며드는 빛에 얼핏 보아도 박색이 틀림없는 궁녀였다. 구부정한 몸매에 다닥다닥한 점들, 우스꽝스러운 눈썹, 그의 입에서 탄식처럼 새어나온 말처럼 숭칙하기까지 했다.

"아니!"

그러나 지금 옷을 갈아입는 그 여인은 처음과는 달리 허리를 쭉 펴니 몸매는 늘씬하고 키는 훤칠한 것이었다. 게다가 저고리를 벗으며 드러나는 속살은 뽀얗고 매끈한 것이 여간 탐스러운 것이 아니었다.

류건이 그래도 어느 정도의 자제력이 있었기에 망정이지 하마터면 일을 치를 뻔했다. 그는 목젖에 넘어가는 뜨거운 침을 소리 없이 삼키며 숨죽였다.

"허어, 또 무엇을 하려는 것이야?"

그가 지켜보는 것을 알 리 없는 여인은 옷을 다 갈아입자 이번엔 봇짐 속에서 미안수 병과 수건을 꺼내 놓았다. 병을 흔들어 수건에 미안수를 묻히더니 면경을 들여다보며 얼굴을 꼼꼼히 닦기 시작했다. 그러자 이게 웬일인가, 천하의 류건도 잠시 제 눈을 의심할 수밖에 없었다. 여인의 얼굴을 점령했던 많은 점들과 숯검댕이 같은 눈썹을 닦아내자 맑고 투명한 피부가 드러났다. 얼핏 보기에도 눈에 확 띄는 미색이 틀림없었다.

얼굴을 닦아내고 머리를 정갈하게 다듬은 여인은 면경을 들고 자신의 모습을 이리저리 비춰보았다. 그런대로 만족스러웠는지 보퉁이를 챙긴 여인은 서둘러 창고를 나갔다. 류건은 마치 홀린 듯했지만 다시 생각해 보니 분명 저 궁녀에게 무언가 사연이 있는 것이 틀림없다는 생각이 들었다.

류건은 봇짐을 메고 대나무 지팡이를 들고 일어나 창고를 나갔다. 조금 전 그 궁녀가 저만치 가고 있었다. 새물내가 물씬 나는 옷을 입은 그녀의 발걸음은 가뜬했다. 진달래빛 치맛자락이 바람에 나풀대는 것이 마치 구름을 밟고 가는 저녁노을 같았다. 딱히 갈 곳이 없는 듯 주위를 둘러보던 류건은 궁녀의 뒤를 천천히 따라갔다.

선전의 창고를 나선 사인은 명주를 파는 면주전, 무명을 파는 면포전, 베를 파는 저포전 근처를 기웃거리고 있었다. 선전에 들렀다가 운 좋게 새로 지은 옷은 구해 입었는데 새 옷을 입고 보니 분단장에 필요한 연지를 갖고 싶은 욕심이 생겼던 것이다.

그러나 운종가의 시전에는 천여 칸이 넘는 행랑이 있었고 어디에서 무엇을 팔고 있는지 사인이 알 리 없었다.

"아씨, 혹 찾으시는 것이 있소?"

바로 그때였다. 등 뒤에서 웬 사내의 목소리가 들려왔다. 쨍한 목소리에 저도 모르게 고개를 돌린 사인은 사내의 묘한 행색에 깜짝 놀라고 말았다. 의금부 나장들이 입는 까치등걸이에 노란 초립을 쓰고 허리춤에는 색색의 천을 길게 늘어뜨려 마치 궁궐의 사당패들 같았다.

"저 말입니까?"

다른 이에게 하는 소리인가 주위를 둘러보던 사인이 되물었다.

"예, 아씨 말이오. 여기저기 기웃거리시는 것이 시전에는 처음 나오시는 것 같은데 그렇게 해가지고 천 개가 넘는 이 행랑에서 원하시는 것을 어찌 찾으시겠소? 말씀만 하시면 소인이 도와드리겠소."

사내는 이 운종가와 딱 어울리는 활기찬 목소리로 떠들어댔다.

"뉘신데 저를 도와주시겠다는 것입니까?"

어려서부터 모르는 이가 잘해주는 것은 경계해야 한다고 귀에 딱지가 앉도록 들어왔던 사인이었다. 사인은 경계의 눈빛으로 사내를 훑어보며 한 발 물러섰다.

"아, 저로 말씀드릴 것 같으면 이 운종가를 손금 보듯 꿰고 있는 여리꾼이올시다. 아씨께서 원하시는 곳을 말씀만 하시면 알아서 착착 모시겠소."

"여리꾼?"

도무지 들어본 일이 없는 말이었다. 네 살에 이모의 등에 업혀 궁궐에 들어간 뒤로 제대로 바깥 생활을 해본 적이 없는 사인이 모르는 말들도 많을 것이다.

"아니 여리꾼도 모르시오? 이 아씨가 세상 물정을 이리 몰라서야! 큰일 났네, 큰일 났어!"

당최 모르겠다는 얼굴로 자신을 보는 사인이 기가 막힌 여리꾼이 탄식을 했다.

"혹 가게를 찾아주는 분이십니까?"

"바로 그거요. 손님을 찾으시는 점포로 모셔다 드리고 삯을 받는 것이 내 일이라오."

"사실 저는 육주비전에 있는 분전(粉廛)을 찾고 있습니다. 찾아주실 수 있겠습니까?"

"육주비전의 분전이라? 따라오시오."

사인의 말에 사내는 '옳다구나'하며 신바람이 나서 앞장서 걸어갔다.

"여리꾼? 거참 신통한 이도 다 있네. 내 인생에도 저런 여리꾼이 있으면 좋으련만! 이 길로 가라, 저 길로 가라 알려주면 좀 좋을까."

사인은 여리꾼 덕분에 수월하게 분전을 찾을 수 있었다.

"손님 모시고 왔소!"

여리꾼이 신바람 나게 들어서자 퇴청에 앉아 있던 여주인이 사인을 아래위로 훑어보며 일어섰다.

"찾는 것이 있나 보이소!"

여주인은 사인에게 그렇게 말하고는 여리꾼을 데리고 점포 앞으로 나갔다. 손님을 데려온 여리꾼의 구전을 흥정하려는 것이었다. 분전 안에는 백분뿐만 아니라 연지, 머릿기름, 밀기름, 향, 미안수와 거울, 족집게, 모시실, 수건, 경대가 진열되어 있었다. 사인이 미안수 병을 들고 향을 맡아보고 있을 때 점포 안에 있던 여인네 하나가 다가왔다.

"아따, 만날 오이꼭지를 문질렀나 낯빛이 아주 뽀얗구만요?"

뽀얗게 분을 펴 바르고 갈매기처럼 그려놓은 눈썹이며 붉은 연지를 볼에 찍어 바른 솜씨가 예사롭지 않은 여인은 백옥 같은 사인의 낯빛을 자세히 들여다보며 감탄을 금치 못했다.

"제가 오이 꼭지를 문지른 것을 어찌 아셨습니까?"

사인은 자신의 낯빛을 보고 단번에 오이꼭지로 얼굴을 문지른 것을 알아보는 여인을 신기하다는 듯 바라보았다. 궁궐 안에서는 아침마다 쌀뜨물에 세수를 하고 밥하는 솥단지에 뜨거운 김을 쐬고 녹두를 갈아 붙이며 살결이 고와지기 위해 노력하는 궁녀들로 야단법석이었다. 그러나 얼굴에 없는 주근깨를 그려 넣고 못난이처럼 분장을 해야 하는 사인에게 그런 것들은 그야말로 그림의 떡이었다. 고작해야 이슬이가 몰래 훔쳐온 오이를 들고 와 얇게 저며 얼굴에 붙일 때 꼭지를 주워 얼굴에 문지르는 것이 전부였다.

"나가 이래뵈도 운종가 최고의 매분구라요. 이리 앉아보란께요, 내 아주 딴 사람으로 만들어줄란께!"

사인의 손을 잡아끌어 자리에 앉힌 여인은 커다란 짐 보따리를 풀고 갖가지 분과 연지, 머릿기름 같은 것들이 들어 있는 바구니를 꺼냈다. 사인은 호기심이 넘치는 눈빛으로 자신을 매분구라 소개한 여인의 물건들을 들여다보았다. 매분구(賣粉嫗), 사인도 집집마다 돌아다니며 분을 파는 매분구라는 말은 들어본 일이 있었다.

선왕 대에 망오지라는 여인이 분을 팔며 다니다가 권중린이라는 벼슬아치에게 뇌물 청탁을 했다는 일로 조정이 한바탕 시끄러웠다는 말도 들었다. 여인은 후다닥 안으로 들어가 세숫대야에 물을 떠오더니 사인의 얼굴을 직접 뽀득뽀득 소리가 날 때까지 씻겼다. 사실 궁궐 안에서 못난이로 살아온 것도 신물이 나는데다가 운종가 제일의 매분구라니 믿어보기로 한 사인은 해주는 대로 맡겨두고 있었다.

"꿀 찌꺼기를 펴발랐나? 어찌 이리 살결이 곱다요?"

"그건 바르지 않았습니다. 쉽게 구하기 어려운 것이라⋯⋯."

"아따, 그라믄 타고 나셨소잉!"

"타고나다니, 그건 분명 칭찬이지요?"

궁궐 안에서만 지내다보니 어려서 입궁한 궁녀들은 한양 말을 쓰는 이가 대부분이었다. 사인은 입에 착착 감기는 매분구의 정겨운 말투가 재미있다고 생각하며 피식 웃었다.

"자고로 미녀는 삼백, 살결, 치아, 손은 하얗고, 삼흑이라 했으니 머리카락과, 눈동자, 눈썹은 검어야 하고, 삼홍! 입술과 볼 손톱은 붉어야 된다고 했소이. 헌게 낯빛부터 뽀얗게 가꿔 주는 이 미안수를 발라주고!"

매분구는 사인의 얼굴에 미안수를 바른 뒤에 꿀 찌꺼기를 펴 발랐다가 잠시 시간이 흐른 뒤에 떼어내었다. 사인은 오늘 새벽, 잡히면 죽을지도 모르는 그 절체절명의 순간에도 궁 밖으로 나간다는 생각에 들떠 목욕을 하며 몸에 바른 간장들을 다 씻어 냈었다. 이렇게 누워 생각해 보니 목욕을 하기를 정말 잘했다는 생각이 들었다.

"참으로 솜씨가 좋으시오."

제 손으로 만져보아도 몰라보게 하얘지고 촉촉해진 살결에 면경을 들여다보던 사인도 감탄하고 말았다.

"아따, 나가 달래 운종가 최고의 매분구라 하겠소?"

톡톡톡.

솜에 묻힌 분꽃 가루가 볼을 스치니 달콤한 분꽃 내음이 코끝을 찌른다.

분 향기에 취한 사인의 눈꺼풀이 스르르 내려앉았다.

여인은 사인의 머리에 아주까리 밑기름을 바르고 참빗으로 눌러 한 올 흐트러짐 없이 곧게 뒤로 모아 총총하게 땋아 자주색 댕기로 묶어 주었다. 머리를 매만지고 연지가 들어 있는 청자 꽃함의 뚜껑을 열었다. 창백한 얼굴에 생기가 돌도록 붉은 홍화꽃 가루를 기름에 갠 연지를 손가락에 묻혀 양쪽 볼에 살짝 문질러 주고는 입술에도 정성껏 바른 다음 기름에 갠 눈썹먹으로 눈썹을 그려 주었다.

사인은 면경 속에 비친 자신의 모습이 점점 변해가는 것을 황홀하게 바라보았다.

아름다운 여인에게만 관대한 왕, 이융. 왕이 거느리는 그 많은 여인 중에 둘째가라면 서러운 궁궐 제일의 못난이 궁녀. 그것이 그동안 사인을 따라다니던 별호였다.

네 살에 어머니를 잃은 사인은 이모의 등에 업혀 대비전의 애기 나인으로 궁에 들어왔다. 어린 사인은 얼굴도 예쁘장하고 총명하여 인수대비는 물론 대비전 궁녀들의 귀염둥이였다. 파란만장한 세월을 살아내며 자식을 왕위에 올린 대비는 말년의 쓸쓸함을 사인의 재롱으로 달래곤 했다.

"미인단명이라, 경국지색의 너의 미모가 너를 죽이겠구나."

그러나 어느 날 대비의 부름을 받고 잠시 들렀던 청운스님의 그 한마디에 사인의 운명은 바뀌고 말았다.

"아가, 언젠가 네가 너의 이름을 찾고 제자리로 돌아가 행복해지려면 너는 그 얼굴로 살아서는 아니 된다."

앞날을 보는 눈이 있었던 청운스님은 일찍이 인수대비의 둘째 아들인 자을산군이 왕위에 오를 것을 예견했었다. 뿐만 아니라 이융의 생모인 윤씨의 사사도 반대했었다. 이미 궁중에 불어올 피바람을 보았던 모양이었다. 그런 스님의 말이었기에 사인의 이모는 쉬이 넘길 수 없었다.

"스님의 뜻을 따르겠습니다. 좋은 방법이 없겠습니까?"

결국 정 상궁은 어린 사인이 크게 앓는 일이 있자 얼마간 궐 밖으로 피접을 시켰다. 그리고 사인이 살아남기 위해서는 못난이로 살아야 한다는 것을 충분히 교육시킨 뒤에 다시 궁으로 데리고 왔다.

"에그머니나 숭칙해!"

　얼굴이 살짝 얽은 못난이의 모습으로 다시 궁궐에 들어온 사인은 이후 아주 오랜 세월을 궁궐 최고의 못난이 궁녀로 살 수밖에 없었다.

　늘 예쁜이라고 귀여움만 받던 사인이 억울해서 울음을 터트릴 때면 정 상궁은 엄하게 나무랐다. 그 어디에도 기댈 곳 없는 궁녀로 살아가기 위해서는 그저 있는 듯 없는 듯 살아가는 것이 최고라고도 했었다. 이용이 왕위에 오르고 사인이 궁궐 안 못난이로 불리기 시작하며 천덕꾸러기가 되어 가고 있을 때에도 이모는 그저 살아남아야 한다고 몇 번이고 거듭해 당부했었다.

　이모의 말이 맞는 것인지 알 수 없었지만, 어쨌든 사인은 아름다운 여인을 최고로 아는 왕의 궁궐에서 이 아름다운 얼굴을 감추고 '궁궐 최고의 못난이'로 오늘까지 살아남았다.

"시상에, 이런 미인이 어찌 이제야 나타났을꼬, 진즉에 알았더라면 벌써 궁궐서 한자리 꿰찼을 것! 참말 곱소이!"

　단장을 마친 매분구는 사인을 이리저리 돌려보며 칭찬을 아끼지 않았다. 그동안 지지리 박색이라는 말만 듣고 살았던 사인은 쑥스러웠지만 여덟 살 이후 처음으로 들어보는 곱다는 말이 싫지 않았다.

사인이 분전 안에서 매분구에게 단장을 받고 있을 때 저만치서 삿갓을 쓴 류건이 대나무 지팡이를 짚고 느릿느릿 걸어오고 있었다. 비록 걸음은 느리지만 눈빛만은 날카롭게 시전 구석구석을 살핀다. 분전 앞을 서성이던 류건은 찾는 것이 있는지 연신 주위를 두리번거리다가 좌판에 놓여 있는 인절미 하나를 집어 들었다.

"떡 참 맛나겠다?"

삿갓을 뒤로 젖혀 놓다가 떡 파는 여인과 눈이 딱 마주친 류건은 유들유들하게 웃으며 떡을 입으로 가져갔다.

"치아라, 마! 금일은 류건이 아니라 류건이 할애비가 와도 안 되는구먼!"

그러자 떡장수 여인이 류건의 입으로 들어가는 떡을 빼앗으며 버럭거렸다. 류건은 운종가 사람이면 누구나 아는 한량이었다. 사람 좋고, 놀기 좋아하고, 돈 잘 쓰고, 수 년 전부터 기방 골목이며 운종가를 주름잡고 있으니 이렇게 떡 하나 집어 먹는 것쯤이야 인사치레였다.

"이래도?"

여인이 버럭거리거나 말거나 류건은 눈을 찡긋하더니 기가 차서 멍하니 있는 그녀의 손을 잡아 떡을 제 입에 넣는다.

"아! 이런 개양반!"

여인은 남세스러워 주위를 두리번거리며 류건의 등짝을 한 대 탁 쳐주고 말았다.

"한 대 맞았으니 떡 하나 더 먹어도 되겠네!"

맞은 곳이 아프다는 시늉을 하며 잔뜩 찡그린 류건은 슬그머니 손을 뻗어 이번엔 쑥개떡을 하나 주워들었다.

"내사 아직 개시도 못 했구만!"

"이런! 아직 개시도 못하면 어쩌누, 오가며 먹게 좀 싸줘."

개시도 못 했다는 여인의 푸념에 류건은 그래서야 쓰냐는 듯 손 사레를 쳐가며 소맷자락에서 엽전 한 닢을 꺼내 여인의 손에 쥐어 주었다. 한량질에 재미를 붙인 류건이 떡장수와 옥신각신 하고 있을 때 곱게 분단장을 마친 사인이 조금 더 커진 보따리를 안고 분전을 나왔다.

"허! 여인이란 그저 가꾸고 봐야 한다더니! 거참, 맹랑히도 어여쁘네!"

별 생각 없이 힐끗 보던 류건은 몰라보게 달라진 사인의 미모에 깜짝 놀라고 말았다. 운종가에 유명한 한량인 그도 이제껏 그 어디에서도 본 일이 없던 놀라운 미모였다. 제가 그처럼 빼어난 미인인 것을 아는 것인지 모르는 것인지 분전에서 나온 사인은 한결 밝아진 표정으로 허리를 쭉 펴고 당당하게 걸었다. 사인의 곁을 지나는 사람들은 모두가 그녀의 미모에 감탄하며 한 번씩 돌아보았다.

"뉘더러 하는 소리여?"

갓 쪄낸 인절미를 썰려고 칼을 잡던 여인이 주위를 두리번거리며 물었다.

"혼자 하는 말이야!"

실없이 중얼거리던 자신이 머쓱해진 류건은 그렇게 퉁명스럽게 받아치고는 천천히 걸음을 옮겼다. 딱히 사인을 미행할 생각은 없었지만 그의 발이 그녀의 뒤를 따르고 있었다.

"물러나시오! 비키시오!"

분전을 나온 사인이 걷고 있을 때 어디선가 다급하게 외치는 소리가 들려왔다.

떠들썩한 소리에 놀라 돌아보니 열댓 명이 넘는 사내들이 말을 타고 달려오는 것이 보였다. 운종가를 지나는 행인들 모두 옆으로 비켜섰지만 이렇게 사람 많은 시전에 말을 타고 오는 이들이 있으리라고는 생각도 못한 사인만 그 자리에 우두커니 있었다. 말을 탄 무리들은 사인을 발견하지 못하고 떠들면서 다가오고 있었다. 털모자에 짐승 가죽으로 만든 반비를 입은 것으로 봐서는 종친가나 궁궐을 드나드는 사냥꾼들이 아마도 매를 사냥하는 관청인 응방에서 매를 잡아오는 것이 틀림없었다. 지금의 왕은 사냥에 미쳐 있었다. 사냥에 쓸 매를 잡아들이기 위해 응방에 속한 매사냥꾼인 시파치를 늘여 궁궐에도 수시로 드나들게 하니 그들의 권세가 안하무인이었다.

바로 그때였다.

"조심하시오!"

외침과 함께 사인이 들고 있던 보퉁이가 어디론가 쑥 빠져나갔다. 놀라 눈을 치뜨고 보니 저만치 민상투를 튼 사내 하나가 낚아챈 보따리를 들고 뛰어가고 있었다.

"어, 어?"

아직 사태를 파악하지 못한 사인이 어, 하는 찰나 그녀의 곁을 지나 한 선비가 바람을 일으키며 달려갔다.

"내, 내 보따리!"

가까스로 정신을 차린 사인도 덩달아 소매치기를 따라 뛰었다. 잠시 상황을 지켜보던 류건도 그제야 뭔가를 발견한 듯 놀란 얼굴로 후다닥 달려갔다. 사인이 뛰어가니 조금 전 자신의 곁을 스쳐갔던 선비가 갑자기 옆길로 들어가 버렸다. 시야를 가리던 선비가 사라지자 저만치 달려가고 있는 소매치기가 보였다. 사인이 아무리 빨리 따라간다고 하더라도 이대로 가다가는 영영 놓쳐 버리고 말 것이었다.

"옳거니!"

사인은 재빨리 주위를 둘러보다 좌판에 가지런히 놓여 있는 나무 방망이들을 발견했다. 젓가락이나 쇠막대를 찾고 있던 사인은 아쉬운 대로 그것도 괜찮겠다 싶어 작은 나무 방망이 하나를 집어 들었다. 여인들의 손에 잘 맞도록 깎아 놓은 방망이를 집어 든 사인은 그 자리에 우뚝 섰다. 걸음을 멈추고 서서 호흡을 가다듬은 사인은 제 보따리를 낚아채 달려가는 사내를 향해 방망이를 던졌다. 사인의 손을 떠난 방망이는 휙휙 소리와 함께 원을 그리며 날아가더니 정확하게 사내의 등짝을 딱 때렸다.

"허억!"

난데없이 날아온 방망이에 등짝을 후려 맞은 사내는 운종가 한가운데 대자로 쭉 뻗어버렸다. 날아온 방망이가 등짝을 때

렸기에 망정이지 머리를 맞았다면 멀쩡히 살아 있기는 어려웠을 것이다. 서고에서 심심할 때마다 화살을 병속으로 던져 넣는 투호 놀이를 시작으로 이것저것 던져 맞추는 것을 재미로 하던 것을 이렇게 써 먹을 줄 누가 알았을까.

"저, 저런! 아니 저를 어쩐다니?"

자신이 던진 방망이에 사내가 쓰러진 것을 본 사인은 안타까운 표정을 지어보이며 손바닥을 탁탁 털었다.

"허!"

벌레 한 마리 못 죽일 것 같은 곱고 참한 규수가 방망이를 저리 잘 던지다니, 지켜보던 장사꾼의 입이 딱 벌어졌다.

"아프겠다!"

사인은 자신을 멍하니 보고 있는 장사꾼을 보다가 쑥스러운 듯 중얼거렸다.

"아따! 그 아씨 솜씨가 보통이 아닐세!"

졸지에 나무방망이를 내준 장사꾼은 소매치기를 때려잡은 사인의 솜씨에 감탄을 금치 못했다.

"이를 어째? 아니 방망이를 구경한다는 것이 그만! 어찌 저것이 저리로 날아갔는지, 송구합니다! 값은 치르겠습니다."

"아이고, 그럴 것 없소. 내 저것을 주워다가 집안에 가보로 쓸 것인게!"

사인이 미안해하며 값을 치르려 하자 방망이 장수는 그럴 것 없다며 만류했다. 방망이 장수와 잠시 이야기를 나눈 사인이 자신의 보따리를 찾으러 한 발자국 옮기려 할 때 바닥에 뻗어 있던 소매치기가 어느새 정신을 차리고 몸을 일으켰다.

"네 이놈!"

때마침 지름길로 나온 선비가 도망치려던 소매치기의 손목을 낚아채 사인의 보따리와 자신의 태사혜를 빼앗았다. 등짐 뒤에 매달아 두었던 신을 소매치기가 떼어간 것이었다. 하얀 도포를 입은 선비는 다시 한 번 몸을 일으키려고 버둥대는 소매치기의 머리를 손에 들고 있던 접선으로 살짝 내리쳤다. 분명 슬쩍 내리친 것 같은데 소매치기는 머리가 툭 떨어지며 그대로 정신을 잃고 쓰러져 버렸다.

"고맙습니다, 이 은혜를 어찌 갚아야 할지."

조신하게 차려입은 여인이 방망이를 던져 사내를 때려잡은 것이 창피했던 사인은 소매치기를 잡은 것을 뒤늦게 샛길로 나타난 선비의 공으로 돌려 버렸다.

사인의 목소리에 소매치기로부터 사인의 보따리를 빼앗은 선비가 일어섰다. 훤칠하게 큰 키였다. 사인이 가볍게 인사하고 눈을 들었을 때 짙은 속눈썹에 쌓인 날카로운 눈이 그녀를 보고 있었다. 섬뜩하도록 싸늘하고 무표정한 얼굴, 어쩐지 낯이 익은 선비의 얼굴이 사인의 눈길을 잡았다. 갑자기 머릿속이 맑은 천공처럼 고요해지는 것 같았다,

"대체 그런 솜씨는 어디서 익힌 것이오?"

무심코 사인의 얼굴을 본 선비는 처음 보는 아름다운 그녀의 미모에 내심 놀랐다.

사실 그는 이런 일에 나설 사람이 아니었다. 워낙에 귀찮은

일에 휘말리는 것도, 남의 눈에 띄는 것도 싫어하는지라 오늘도 뭘 모르는 소매치기가 자신의 태사혜를 낚아채지만 않았어도 그냥 지나쳤을 것이었다. 둘러대기도 귀찮았던 선비는 손에 들고 있던 보따리를 척 안겨주었다.

"아, 보셨습니까? 그게, 그러니까……."

사인의 입술은 무언가 말하고 싶은 것이 있는 듯 달싹거렸지만 소리가 되어 나오지 못했다.

"워메! 만석아! 너 어째 그리 누웠다냐?"

사인이 선비의 얼굴에 잠시 넋을 놓고 있을 때였다. 어디선가 우렁우렁한 목소리가 들려왔다.

"이런!"

소리가 들려오는 쪽을 돌아보던 선비의 짙은 눈썹이 살짝 찌푸려졌다. 운종가의 무뢰배 자모전가(子母錢家) 패거리들이 무리를 지어 뛰어오고 있었다.

스무 명 정도 되는 패거리들은 우락부락한 덩치에 험상궂은 얼굴이 그야말로 멧돼지 떼 같았다. 뒤를 봐주는 운평들의 권세를 등에 업고 무서울 것이 없는 자들이었다. 게다가 하나하나가 일당백을 감당하는 용맹스럽고 무예가 뛰어난 자들이었다. 운종가에서는 저들을 당할 자들이 없다고 알려져 있었다. 하필이면 그 소매치기가 자모전가 패거리일 줄이야. 귀찮게 되었다는 얼굴로 팔짱을 끼고 바라보던 선비가 물었다.

"그 방망이로 대략 몇 명이나 해치울 수 있소?"

"예에?"

사인은 이 무슨 당치도 않은 소리냐는 얼굴로 선비를 올려다보았다.

"뛸 수 있겠소?"

선비는 느닷없이 사인의 손목을 잡아챘다.

"예? 도망을 갑니까?"

사인이 날마다 베껴 쓰던 숱한 연애소설 속의 남자들은 이런 경우 멋지게 여인을 보호하며 싸우는 것이 대부분이었다. 그런데 이 선비는 대체 무엇을 하는 것인지 사인은 참으로 실망스러웠다.

"하면 누가 싸우겠소?"

"아, 이런 게 아닌 것 같은데?"

얼결에 선비에게 손목이 잡힌 사인은 그와 함께 운종가를 질주했다.

"아니 어찌 궁녀임에 틀림없는 저 여인이……."

멀찍이 떨어져 사태를 관망하던 류건은 사인이 방망이를 던져 소매치기를 때려눕히는 것을 보고 잠시 의아해했지만 그들을 놓칠세라 서둘러 뛸 수밖에 없었다.

그러나 운종가를 제 손바닥 보듯 훤히 들여다보는 자모전가 패거리들이 그들을 그대로 놓칠 리 없었다. 두 방향으로 갈라져 샛길을 타고나온 장정들이 사인과 선비의 앞길을 막아섰다.

"잡아라!"

외치는 소리와 함께 날아드는 사내들의 발길질을 피해 선비가 제 몸을 현란하게 피할 동안, 사내들 사이를 그대로 슬쩍 빠져 나가려던 사인은 상황이 여의치 않자 좌판에 놓인 것들을 손에 잡히는 대로 던지기 시작했다.

"어이쿠, 조롱박의 위력이 저 정도일 줄이야!"

하필이면 사인의 손에 잡힌 조롱박은 날아가 한 사내의 코에 맞아 그대로 산산조각이 나버렸고 사내 역시 뒤로 자빠지고 말았다.

"허, 힘도 좋소?"

선비는 사인의 손에서 날아온 조롱박이 사내의 얼굴에 맞으며 코피를 터트리는 것을 보고 적잖이 놀랐다.

"그, 그것이 어찌 던지다보니 그만!"

놀라는 선비 보기 민망했던 사인은 수줍은 듯 고개를 숙이며 속삭였다.

"아휴, 이제는 안 되겠네요!"

그러나 또다시 패거리들이 달려들었기 때문에 이번에는 사인도 우물쭈물할 틈이 없었다. 이번엔 사인이 선비의 손목을 끌고 뛰기 시작했다. 그러자 선비는 그런 사인을 끌고 날아갈 듯 내달렸다.

"세상에!"

한 번 호되게 당한 사인 역시 혼비백산하여 선비의 손을 꼭 잡고 번잡한 시장통을 내달렸다.

사인과 선비는 내처 달려 쫓아오는 무뢰배들을 따돌리며 피맛골로 들어섰다.

"도망치는 데는 남다른 재주가 있으십니다?"

선비에게 손목이 잡힌 채 긴 돌담을 따라 뛰는 사인의 눈에 담벼락에 늘어진 빨간 앵두꽃이 들어왔다. 누군가 위험으로부터 저를 구하기 위해 손을 잡고 함께 뛰고 있다는 사실이 신기했다. 이 사소한 접촉에도 가슴이 울렁거렸다. 치맛자락을 날리며 뛰어가는 사인의 입가에는 싱그러운 웃음이 피어났다.

"이제, 되었소!"

선비는 주막으로 들어가 사람들 사이에 섞이고 나서야 자신이 처음 보는 처녀에게 손목이 잡혀 있음을 깨달았다.

"아!"

달리던 선비가 우뚝 멈춰서는 바람에 사인은 그의 가슴에 얼굴을 부딪치며 덩달아 서 버리고 말았다. 놀라 숨을 들이마시는 사인의 눈에 들어온 것은 사내의 툭 불거진 목젖과 딱 벌어진 어깨였다.

"제가 어쩌다보니 선비님의 손, 손목을……."

사인이 얼굴을 붉히며 선비의 손목을 꽉 쥐고 있는 자신의 손을 내려다보았다.

"여인에게 손목이 잡혀보기도 처음이요."

선비는 아직도 꽉 쥐고 있는 사인의 손을 머쓱한 얼굴로 내려다보았다. 공연히 잡힌 손목에 신경이 쓰였다.

"이곳에서 잠시 있다가 나가는 것이 좋겠소."

선비는 자신이 왜 이 낯선 여인에게 손목이 잡혀 같이 뛰었는지 아무리 생각해도 알 수가 없어 더 당황하고 말았다. 그는 자신이 어쭙잖게 누군가를 도운다거나 할 처지가 아님을 누구보다 잘 알고 있었다. 그렇다고 도움을 받아본 적도 없었다. 그런데 어찌하여 이 여인과 나란히 뛰고 있었는지 아무리 생각해도 모를 일이었다.

"어찌 되었건, 선비님이 아니었으면 낭패를 당할 뻔하였습니다."

고맙다는 인사를 챙기며 사인은 다시 한 번 선비를 찬찬히 보았다. 사내라고는 내관들 몇 명과 밤에 잠깐 오며 가며 어쩌다 본 내금위 군사들이 전부이니 그저 이제껏 본 중에 제일 잘생겼다는 것은 알 것 같았다.

"서책만 읽으셨나 봅니다."

긴장한 사인은 보퉁이를 끌어안으며 처마 밑에 주(酒)라고 쓴 주등이 대롱거리는 것을 올려다보았다. 사인이 호기심 어린 눈빛으로 주막 구석구석을 살피고 있을 때 선비가 다시 입을 열었다.

"서생이니 서책이야 읽지 않겠소. 한데, 어찌 그러시오?"

"아니, 싸울 생각은 없고 도망만 치시기에!"

사인은 아무리 생각해도 실망스러웠다. 하필이면 세상에 나와 처음 만난 사내가 이리도 허약한 서생이라니, 내가 베껴 쓴 그 많은 소설 속의 늠름한 사내들은 다 허상이었더란 말인가. 생각하니 저절로 한숨이 나왔다.

"선비는 아무나 붙잡고 싸우는 것이 아니오."

여인에게 그런 말을 들으면 자존심도 상하고 부끄럽기도 하련만 선비는 아무렇지도 않은 듯 평상에 걸터앉았다.

"그렇습니까."

"일단 들어왔으니 앉읍시다."

선비가 자리를 권하자 사인도 평상 위로 올라가 들고 있던 쓰개치마와 보따리를 내려놓고 앉았다.

"장가를 갔다 오나? 이기 얼마 만에 오는 기가?"

사인이 막 자리를 잡고 앉으려 할 때 우렁우렁한 목청이 주막의 초가지붕을 넘어 울려 퍼졌다. 술상을 봐가지고 가던 주모가 주막을 들어서는 류건을 반갑게 맞았다.

"아무리 반가워도 그렇지, 귀청 떨어지겠네!"

류건은 깜짝 놀라 주막 안의 객들을 살폈다.

"아, 내가 이런다니까!"

주모는 대수롭지 않은 얼굴로 웃었고 류건은 못 말린다는 듯 고개를 흔들며 사인이 있는 평상을 지나쳐 마루로 올라가 앉았다.

"국밥이나 한 그릇 말아주게. 얼른 먹고 가게!"

"그래. 내 퍼뜩 차리줄낀게 고 앉았거라!"

류건과 한바탕 너스레를 떨고 난 주모는 선비와 사인이 앉아 있는 쪽으로 다가왔다.

"뭘로 드실라우?"

"국밥 두 그릇 주게."

선비는 고개도 들지 않고 국밥 두 그릇을 주문했다.

류건도 국밥을 시켜놓고 마루에 걸터앉아 사인이 앉아 있는 평상 쪽을 힐끗 보았다. 사인과 마주 앉은 사내는 고개를 숙이고 있어 얼굴은 잘 보이지 않았지만 섬뜩하리만치 차분하게 가라앉는 낮은 목소리가 시끌벅적한 주막과는 어울리지 않았다. 류건의 시선은 선비가 들고 있는 접선에 머물러 있었다.

"자, 뜨거운게 조심들 하소!"

설설 끓는 장국밥 뚝배기 두 그릇을 얹어놓은 개다리소반을 든 주모가 엉덩이를 흔들며 평상으로 다가오며 소리쳤다. 그렇게 설레발을 치며 왔건만 주모는 상을 내려놓다 사인의 보따리를 툭 치고 말았다.

"에그머니!"

앞에 앉은 여인이 안고 있던 보따리가 툭 떨어져 자신의 발밑으로 굴러오자 잠시 보고 있던 선비는 얼른 허리를 숙여 그것을 주워 올렸다.

"괜찮소?"

선비는 주워 든 보퉁이를 사인에게 내밀었다. 아름다운 여인이라도 그중엔 사나운 기운이 엿보이는 여인도 있고 매서워 보이는 여인도 있건만 이 여인은 한눈에 보기에도 어디 한 점 악한 구석이 없는 고운 얼굴이었다. 여인에게 관심도 없는 그가 보기에도 이 난국에는 절대 눈에 띄어서는 안 될 외모를 갖고 있는 여인이었다. 선비는 잠시 모두의 시선을 끄는 이 여인과 이렇게 함께 앉아 밥을 먹어도 될 것인가 하는 생각을 했다.

"아, 예!"

사인은 보퉁이를 받아들다 선비와 시선이 자연스럽게 부딪쳤다. 무표정하고 싸늘한 얼굴을 한 선비가 뜻밖에도 괜찮으냐고 물어오니 저도 모르게 입술 꼬리가 올라가며 가지런한 이가 드러났다.

"어메, 이를 어째야 쓸꼬. 내가 이리 덜렁이요."

"다행히 병도 깨지지 않았고 다른 것들도 상하지 않았으니 괜찮습니다."

보퉁이 속에 든 미안수가 든 병이 깨지지 않았는지 만져보던 사인은 안도의 한숨을 내쉬며 웃었다.

"얼굴 맹키로 마음씨도 참말 곱소. 맛나게 드시요!"

인사치레 칭찬을 한껏 퍼부은 주모가 가고 나자 사인은 숟가락을 들고 뚝배기에 들어 있는 고기와 밥을 잘 섞어 맛을 보았다.

"맛있네?"

사인의 입에서 감탄이 새어나왔다. 장국밥은 궁궐 안에서는 맛 볼 수 없는 것이었다. 가마솥에 푹푹 고아낸 국물 맛이 입에 착 감겼다. 다시 한 번 입술 꼬리가 살짝 올라갔다. 가지런한 이가 드러나는 싱그러운 미소였다.

일단 먹어두자는 생각에 묵묵히 국밥을 먹고 있던 선비는 사인이 장국밥을 먹으며 '맛있네'를 연발하는 것을 보자 눈살을 찌푸렸다. 선비가 보기에는 국밥 한 그릇에 맛있다고 수선을 떠는 것도 이상했지만 조금 전 그 봉변을 당하고도 저리 겁없이 천진하게 웃을 수 있다는 것이 더 놀라웠다.

"주모!"

서둘러 내온 상을 들고 오자 류건이 눈을 반짝이며 주모를 쳐다봤다.

"와? 내는 니 그런 눈빛 무섭다!"

"저기 저 아씨 본 적이 있소?"

"언제, 첨 보는데?"

류건의 말에 주모가 국밥을 맛나게 먹고 있는 사인을 돌아보았다.

"아, 주모도 첨 보는구먼."

"뉘만? 니가 알아서 뭐할 낀데?"

류건이 실망한 얼굴로 고개를 들자 주모는 운종가의 한량이 또 뭔 수작을 하려는 것인지 기가 찬다는 표정으로 혀를 끌끌 찼다.

"내가 딱히 뭐를 하겠다는 건 아니지!"

류건이 실없이 중얼거리자 주모가 입을 삐죽거리며 눈을 길게 흘긴다.

"뭐할 거 아니만 알아서 뭐하는데! 국밥이나 처무라!"

"하, 내가 이 대접을 받으면서 돈 주고 국밥 사먹는다!"

"지랄하네!"

주모가 정겨운 욕지거리를 퍼부으며 밥상을 탁 내려놓고 가자 류건의 얼굴은 다시 굳어지며 국밥을 노려보았다.

사인과 선비가 국밥을 거의 다 먹고 났을 때 보부상들이 밀어닥치기 시작했다.

"이제는 나가 봐도 될 것 같소."

말 한마디 없이 국밥을 다 비우고 주모를 불러 밥값을 치른 선비는 묵직해 보이는 등짐을 지고 일어서며 사인을 보았다.

"봉변을 당할 것을 구해주시고 초면에 국밥까지 얻어먹었으니 큰 신세를 졌습니다."

사인 역시 국밥을 다 비우고 쓰개치마로 몸을 가리고 얼굴만 내놓은 채 서 있었다.

"어디로 가시오?"

"꼭 살 것들이 있어서."

사인은 그렇게 말하며 수줍게 인사했다.

"하면 이만!"

예서 머뭇거릴 틈이 없다는 듯이 선비는 서둘러 돌아섰고 사람들이 북적거리는 주막이 낯설었던 사인도 서둘러 그곳을 나왔다.

"잘 먹었소, 주모!"

사인과 선비가 주막을 나서자 다음 순간 류건도 몸을 일으켰다.

주막을 나선 사인과 선비는 각각 반대방향을 향해 걸어갔지만 어차피 그 길은 어디로 가도 운종가로 다시 나가는 길이었다.

三章 · 우연한 동행

"저, 이 댕기는 얼마나 합니까?"

운종가로 다시 나간 사인은 마치 세상 밖으로 처음 나온 어린아이마냥 이리 기웃, 저리 기웃거렸다. 사람들도 구경하고 신기한 물건들도 구경하며 아직 제대로 한번 보지도 못한 피붙이들에게 줄 물건들을 샀다. 그러는 사이 사인의 보퉁이는 점점 불어나 이제는 커다란 보퉁이가 두 개나 되었다.

먼 길 갈 것인데 짐이 너무 많아 후회가 되기는 했지만 이미 값을 치르고 사들인 물건을 무를 수도 없는 일이었다. 쓰개치마까지 쓰고 보퉁이를 두 개나 들고 있으니 불편하기 짝이 없었다.

피맛골을 빠져나온 지 얼마 지나지 않아 이상하게도 선비의 눈에 사인의 뒷모습이 들어왔다. 쓰개치마를 쓰고 있었지만 선비는 그 여인임을 한눈에 알아봤다. 그저 한 번 만났던 것뿐인데 이렇게 사람 많은 운종가에서 쓰개치마를 쓴 여인의 뒷모습만 보고 단번에 그 여인임을 확신하다니 아무리 생각해봐도 이상한 일이었다. 더 이상 저 이상한 여인과 부딪쳐 엮이고 싶지 않아 주막을 나설 때에도 먼저 나왔건만 어찌 예서 또 만난단 말인가.

선비는 이상한 마음이 들어 사인을 하염없이 바라보았다. 한시가 바쁜 때이건만 선비는 이상하게도 그대로 지나치질 못했다.

사인은 먹음직스러운 중국 과실을 파는 가게에 들러 벗나무 가지로 싼 몇 가지의 중국 과실을 샀다.

"이상하네, 왜 뒷골이 근질근질하지?"

과실을 사고 다시 걸어가던 사인은 어쩐지 뒷골이 근질거리는 느낌에 돌아보았지만 아무도 없었다.

"아무래도 누가 보고 있는 것 같아? 어, 저기가 그곳이구나!"

서사상궁은 운종가에 가면 지전은 가 볼 필요가 없다고 펄쩍 뛰었다. 몇십 년을 종이와 살아왔는데 궁을 나가서까지 종이 파는 곳엘 가볼 연유가 뭐냐는 거였다. 하나 사인은 지전에 들어가 꼭 확인할 것이 있었다.

점포 진열대 위에는 크고 두껍고 질긴 장지, 넓고 긴 대호지, 얇고 질긴 죽청지, 강원도 평강의 눈처럼 새하얀 설화지, 잠자리 날개처럼 얇은 선익지, 서신용 화초지, 전라도 순창의 상화

지, 상소용 상소지, 도배용 초도지, 궁중 서신용 궁전지, 두루
마리로 된 시를 적는 시축지, 능화문을 찍는 능화지까지 온갖
종이들이 가득 쌓여 있었다.

"계시오?"

안으로 들어서 주위를 둘러보아도 파는 사람이 보이지 않기
에 사인은 진열대에 나란히 놓여 있는 서책들을 구경했다. 사
인이 서사상궁에게 받아 필사해 주었던 책들도 제법 눈에 띄
었다.

"찾으시는 책이라도 있습니까?"

그러자 검은 휘장이 젖히더니 잿빛 면 옷을 입은 사내가 어
슬렁어슬렁 다가오며 사인을 아래위로 살피는 것이었다. 가뜩
이나 우락부락하게 생긴 사내가 훑어보는 시선이 여간 불편하
지 않았다.

"이곳 주인어른 되십니까?"

"예, 어찌 그라시는교? 아씨?"

보기 드문 미인을 본 사내의 눈이 가늘어지며 함박웃음이
피어났다.

"혹 <후궁>이라는 서책이 있습니까?"

"<후궁>이야 최고로 잘나가던 책이지요! 일만 명의 여인 중
에 왕을 휘어잡은 단 하나의 여인! 호호, 사실 이건 우덜끼리
이바군데."

사내는 서책들 사이를 뒤적여 <후궁>을 찾으며 목소리를
낮췄다.

"이 소설에서 말하는 일만 명의 여자야 왕의 흥청, 운평들일 것이고 여기에 후궁이야 당연히 장녹수, 고것이 아니겠수? 혹 그 짝으로 연관이 있는 것은 아닌교. 그랬다가는 내 당장 끌려가 요절이 날 것인데! 아, 여기 있네!"

사내는 멀리 갈 것도 없이 손 닿는 곳에서 서책 다섯 권을 찾아 내밀었다.

사인이 서책을 받아 만져보니 얼마나 많은 사람들이 읽었는지 책모서리가 많이 닳아 있었다.

"사람들이 안 빌려 봐서 돈도 몇 푼 못 받았다더니……."

"그기 뭔소린교? <후궁>은 <왕세자의 첫사랑>이 나오기 전까지 최고로 잘나가는 연애소설이었구만!"

"아! 그래요? <왕세자의 첫사랑>을 사람들이 그리 좋아합니까?"

"하무요! 난리, 난리요! 내가 볼라고 한 권 빼났는데 드릴까요?"

"예!"

사인은 반가운 마음에 고개를 끄덕였다.

"아이고 빨리 이 권이 나와야 할낀데 감질나서 원!"

"아이고, 내 새끼!"

사내가 탁자 밑에 감춰뒀던 서책을 내밀자 사인은 얼른 두 손으로 받아 가슴에 꼭 품어 보았다.

"내 새끼?"

사내는 여전히 실눈을 뜨고 사인을 살피며 물었다.

"그, 그것이⋯⋯."

막상 대답을 하려니 면구스러워 사인은 그만 말문이 턱 막히고 말았다.

사인은 얼굴이 드러날까 두려워 애꿎은 쓰개치마만 더욱 단단히 틀어쥐었다. 그러자 뭔가 이상하다는 낌새를 느낀 것인지 사내가 느물거리며 다가왔다.

"아이구, 이래 가까이서 보니 이 아씨 여간한 미인이 아닐세. 어째, 이리로 좀 앉아서 오붓하게 이바구도 좀 나누면서, 우째서 <왕세자의 첫사랑>이 아씨 새낀지 말씀해 주시지 않겠는교?"

사내가 엉큼하게 수작을 걸어오는데 화를 내며 야단을 칠 수도 없고 미치고 팔짝 뛸 지경이었다. 뭐라 대꾸도 못 하고 우두커니 서 있는 게 얼마나 한심하게 보일 것인가. 사인은 입술을 깨물었다.

바로 그때였다.

"이, 이런 처죽일 인사! 고단새에 또 수작질이냐, 수작질이!"

검은 휘장이 획 열리며 덩치가 넉넉하게 생긴 여인이 소맷자락을 둥둥 걷어붙이고 뛰어나왔다.

"아니, 당신 언제 왔나?"

사내는 뜨끔했던지 여인의 튼실한 손목을 잡으며 빙글빙글 웃었다.

"아이고! 니 이래 또 수작질할까 봐 내사 아무 데도 못 간다!"

여인이 사내에게 잡힌 손목을 팩 뿌리쳤다.

"아이고, 여편네가 발끈하기는. 하여간 성미 한번 고약하다니까. 장사를 하다 보면 그럴 수도 있는 거지, 안 그런교, 아씨?"

사내는 도움을 청하는 눈으로 사인을 힐끗 쳐다보았다. 눈을 동그랗게 뜨고 보고 있던 사인은 깜짝 놀라 별 생각 없이 고개를 끄덕여 주었다.

"됐으니께 고만 들어가 봐요!"

"아! 알았네, 알았어. 아씨 그럼 책 빌려가지고 가소!"

사내가 사인을 힐끗 거리며 안으로 들어가자 여인은 언제 그랬냐는 듯 체구에 어울리지 않는 부드러운 눈웃음을 지으며 다가왔다.

"그래, 뭘 사러 오셨소?"

"저, 그게요……."

사인이 말끝을 흐리자 여인은 그녀를 아래위로 훑어보더니 나직한 목소리로 물었다.

"궁에서 나오셨소?"

"예, 예?"

여인의 뜻밖에 물음에 사인은 벼락을 맞은 것처럼 펄쩍 뛰었다. 얼굴에 궁녀라고 쓰여 있는 것도 아니고 궁녀의 옷을 입은 것도 아닌데 어찌 알았을까 싶어 사인은 자신의 몸을 다시 한 번 찬찬히 훑어보았다.

"그럼 그리 차려입었다고 모를 줄 아셨소?"

여인은 기가 찬다는 얼굴로 혀를 찼다.

"그리 표가 납니까?"

사인이 다시 묻자 여인은 대답 대신 고개만 절레절레 흔들며 무언가를 가지러 안으로 들어갔다.

"옜수!"

휘장 안으로 들어갔던 여인이 나오며 서책을 싼 뭉치를 내밀었다.

"아, 저는 필사할 서책을 받으러 온 것이 아닙니다!"

눈치는 백단인데 사람 마음은 전혀 읽지 못하는 여인에게 사인은 그런 것이 아니라고 손사래를 쳤다.

"하면 뭐요?"

여인은 사인이 원하는 것이 무엇인지 도무지 짐작이 가지 않았다.

"저기 말입니다……."

"어찌 그러시오?"

사인이 부르자 장부에 무언가를 적으려 하던 여인이 그녀를 물끄러미 바라보았다.

"이 〈후궁〉 다섯 권의 책값으로 서사상궁님께 얼마나 주셨습니까?"

"예에?"

"사실은 제가 이 책을 지은 십오야(十五夜)입니다."

서당 개 삼 년이면 풍월을 읊는다고 사인도 소설의 필사만 근 십 년을 하다 보니 내가 직접 써보자 하고 이야기를 지어봤던 것인데 어느 날 서사상궁이 읽어보더니 그럭저럭 종이 값은 하겠다고 가져갔던 거였다.

"예에, 하면 서사상궁님이 말씀하시던 항아님이?"

"예, 맞습니다."

"하이구야! 십오야를 이리 만나게 될 줄이야? 반갑수!"

여인은 사인의 손을 잡고 흔들며 반가워 어쩔 줄을 몰랐다.

"예에!"

"한데, 그렇게 많이 팔린 <후궁>의 책값도 모르셨소?"

여인은 참으로 어이가 없다는 얼굴로 되물었다.

"예."

"내가 서사상궁님께 전한 것만 도성에 집 열 다섯 채 값이란 말이오! 장안에 책 좀 읽는다 하는 사람들은 남녀노소를 불문하고 다 읽었소. 그래서 그 여시 같은 장녹수년이 하는 짓이나 궁궐 안 사정도 빤히 알게 된 것이고! 한데, 그걸 어찌 모를 수가 있소?"

"예에?"

사인은 그제야 모든 것을 깨달았다.

심심해서 서고에 있는 책들을 한 권 한 권 읽다 보니 어느새 그 많은 서책을 다 읽고 말았다. 그런데 막상 서책을 읽고 그 의미를 생각하다 보니 지금 돌아가는 세상이 답답하게 느껴지는 것이었다. 골방에 박혀 필사만 하는데도 이슬을 통해 전해 듣게 되는 장녹수의 악행들이 울화가 치밀고 답답해 그때마다 소설로 엮었던 것인데 그것이 이런 큰 사달을 낼 줄이야.

숨기고 싶은 것이 많은 왕은 백성들이 궁궐을 쳐다보는 것도 싫어서 궁궐과 인접해 있는 민가들을 모두 철거해 버렸다. 그런데 골방에 박혀 십년을 필사만 해온 세상물정 모르는 궁녀 하나가 연애소설을 통해 왕과 장녹수의 일은 물론, 궁궐 안 사정까지 시시각각 백성들에게 나발을 불어대고 있던 것이었다.

"아, 이럴 어쩐다니?"

사인은 눈앞이 노래지며 어지러웠다. 어쩌면 이대로 영영 궁에서 멀리 도망쳐야 할지도 모르겠다는 생각도 들었다.

"그래도 그렇지, 그 많은 재물을 혼자 꿀꺽한 서사상궁을 그냥 둘 수는 없지."

자신에게는 연습용 종이 값만 던져 줬던 <후궁>이 얼마나 많은 이에게 읽혔는지를 알고 울컥했다.

"열정적으로 써보라더니, 믿을 사람 하나 없구나!"

그것도 모르고 사인은 서사상궁이 잘한다고 격려하자 밤낮을 가리지 않고 열심히 써서 다섯 권의 책을 만들었던 거였다. 속 같아서는 당장 궁으로 쫓아가 서사상궁을 붙잡고 따지고 싶지만 사인은 꾹 참았다.

"어찌 그러시오? 물이라도 한잔 드릴까요?"

돌아가면 그냥 있지 않겠다고 생각하며 입술을 지그시 깨무는데 여인은 붉어진 얼굴로 미친 사람처럼 중얼거리다 다시 멍하니 서 있는 사인이 딱해 보였다.

"예."

여인이 물을 가지러 들어가자 사인은 서책들을 뒤적이며 앉아 있었다.

"시상에 내가 서사상궁님을 그리 보지 않았더니만 참 너무하네. 앞으로는 항아님이 직접 서책을 들고 요금문 앞으로 나오시우. 하면 내 서책을 받고 그 자리에서 셈을 치르고 오겠수!"

쟁반에 물그릇을 받쳐 들고 나온 여인이 물을 건네며 제안했다.

"예, 그리하겠습니다."

사인은 세상물정 모르고 살아온 자신이 부끄러워 얼굴이 붉어졌다.

"그런데 항아님! 내 십오야를 만나면 꼭 물어보고 싶은 것이 있었소."

"예? 무엇을 말입니까?"

바짝 타는 속을 시원하게 적시고 물그릇을 내려놓는데 여인이 호기심 어린 눈으로 물었다.

"<후궁>은 장녹수 이야기지요. 딱 봐도 알겠더만! 하면 이번에 나온 <왕세자의 첫사랑>이 혹시 지금의 주상전하 이야기요? 그 미우라는 여인은 진짜 있었던 사람이라요? 앞으로는 어찌 됩니까?"

"아, 아닙니다. 그저 이야기일 뿐입니다. 저는 이만 가봐야겠습니다."

생각지도 않은 물음에 당황한 사인은 서둘러 자리에서 일어났다.

"아, 예. 우리는 이야기가 너무 진짜 같아서 우리 임금 첫사랑 이야긴 줄 알았지요! 찾으시는 분들도 그 뒷이야기가 궁금해서 죽습니다요! 다들 그 얘기만 하느라 입 아플 정도라니까. 이리 오셨으니 이 책은 하나 가져가십시오. 저희는 필사본들이 몇 권 있으니!"

여인은 서둘러 일어서는 사인의 손에 <왕세자의 첫사랑> 필사본을 한 권 쥐어주었다.

"고맙습니다."

사인은 책을 받아 들고 허리를 숙여 고맙다고 인사하고는 뒤도 돌아보지 않고 도망치듯 그곳을 나왔다.

사인이 나가자 휘장 뒤에 서서 주인 여자와 그녀의 대화를 조용히 듣고 있던 류건과 지전의 주인 남자가 밖으로 나왔다. 두 사람 모두 크게 놀란 표정이었다.

"이제야 자네가 그토록 찾던 십오야를 찾았네!"

주인 남자는 사인의 뒷모습을 물끄러미 보고 있는 류건의 어깨를 톡톡 건드렸다. 그동안 <왕세자의 첫사랑>을 지은 이가 누군지 알려달라고 조르던 류건이 때맞춰 나타난 것이 신기했다.

"예, 형님!"

류건은 운종가 한량이고 보니 심심할 때마다 지전을 찾아 이것저것 서책을 읽었고 그러다 어느 날 <후궁>과 <왕세자의 첫사랑>을 본 것이었다.

"그런데 <왕세자의 첫사랑>을 지은 이는 대체 왜 찾던 것인가?"

"뒷이야기가 궁금해서 말입니다."

"뭐어?"

십오야를 그토록 찾더니 정작 눈앞에 나타나니 덤덤한 류건의 대답에 주인 남자는 어이없다는 듯 바라보았다.

"꼭 사야 할 것이 있다더니, 진정 사고 싶었던 것이 그 연정소설이었소?"

지전 문 앞에 팔짱을 끼고 서 있던 선비는 죄지은 것처럼 허겁지겁 나오는 사인을 보고 퉁명스럽게 물었다. 품위 있고 고고하게 생긴 규수가 연정소설을 빌려들고 나오는 것을 보니 조금은 실망스러웠던 것이다.

"이, 이것은 산 것이 아니라, 주기에 받은 것입니다!"

사인은 들고 있던 서책을 얼른 감추며 공연히 죄지은 사람처럼 뜨끔해서 말을 더듬고 말았다.

"주기에 받다니? 쑥스러워도 그렇지, 장사하는 사람들이 거저 줄 리가 있겠소?"

"그것이 그러니까…… 에잇, 그만 두십시오!"

애써 상황을 설명하려고 올려다보던 사인은 자신을 한심하게 내려다보는 선비와 시선이 딱 마주쳤다. 그 눈빛을 보자니 갑자기 빈정이 상해 버렸다.

"한데 신기하기도 하지, 선비님을 예서 또 뵙네요?"

"그러게 말이오."

사인은 찔끔하기는 했지만 그래도 다시 만난 선비가 반가워 인사를 건네려던 참이었다. 그녀의 앞으로 환도를 비스듬히 찬 사내가 종이를 들고 지나가고 있었다. 사인의 뒤에서 그들을 보고 있던 선비의 눈이 먹잇감을 발견한 매처럼 날카롭게 빛났다. 얼핏 보기에도 우락부락해 보이는 사내가 사람의 얼굴이 그려진 용모파기를 들고 지나가는 것을 본 선비는 슬며시 사인의 곁으로 붙어 섰다.

"그 사이 어찌 짐이 이리 늘었소?"

선비는 사인의 손에서 재빨리 보퉁이 하나를 빼앗아 들고는 앞서 걸었다.

"아, 아닙니다. 혼자 들고 갈 수 있습니다."

"여인이 혼자 들고 가기에는 많은 짐이오. 어차피 나가는 길이니 가는 곳까지 들어드리리다."

선비는 만류하는 사인을 힐끗 쳐다보고는 자의 반 타의 반 다시 앞만 보고 걸었다.

"하, 하오나 ……."

사인은 다시 한 번 거절하려 하였지만 더 이상 돌아보지 않고 앞만 보고 걷는 선비 때문에 당황스러웠다. 그러나 선비의 걸음이 워낙에 빨라 부지런히 따라 걸을 수밖에 없는데다가 사실 짐이 무거워 공연히 많이 산 것인가 후회하던 참이라 못 이기는 척 그냥 따라갔다.

사인의 짐을 들고 걸어가며 주위를 살피던 선비는 거리 이곳저곳에 흩어져 누군가를 찾느라 분주한 사내들을 발견하고는 흑립을 더 깊이 눌러썼다. 선비는 홀로 운종가를 벗어나기는 어렵겠다는 생각에 사인의 걸음걸이에 자신을 맞춰야겠다고 생각했다.

"어디로 가시오?"

무거운 짐을 넘기고 가벼운 발걸음으로 사뿐사뿐 걷고 있는 사인의 곁에 나란히 걷던 선비가 무뚝뚝하게 물었다. 잠시 이 낯선 이를 믿어도 괜찮을 것인지를 생각하던 사인은 결심한 듯 입을 열었다.

"강릉으로 가는 길입니다만, 사실 초행길이라 어찌 가면 좋을지 물어물어 갈 생각입니다."

소매치기로부터 구해주고 무뢰배들이 쫓아오는 급박한 상황에서 그녀를 버리지 않고 같이 도망쳐 준 사람이었다. 사인은 어쩐지 신뢰가 가는 이 선비를 믿기로 결정했다.

"강릉? 강릉은 뭔 길인데? 보아하니 아직 혼례도 올리지 않은 규수인 듯한데 어찌 혼자 길을 나선 것이오?"

이렇게 아름다운 규수가 홀로 그 먼 곳으로 간다는 것이 믿기지 않아서 여간해서는 남의 일에 관심도 없는 선비였지만 꼬치꼬치 물었다.

"저는 달리 피붙이가 없이 이곳 이모님 댁에 머물다가 강릉에 일이 있어 가는 길입니다. 어찌하다 보니 혼자 길을 나설 수밖에 없는 사정이 생겼습니다."

"그렇소?"

"선비님은, 어느 쪽으로 가십니까?"

"나는 성문 밖에 스승님을 뵈러 가는 길이오."

"하면 같은 방향입니까?"

"아마 그럴 것이오."

"참으로 잘 되었습니다."

그가 같은 방향으로 간다는 말에 사인은 손뼉이라도 칠 듯 기뻐하는 기색이 역력했지만 선비는 아무렇지 않게 가던 길을 계속 가고 있을 뿐 별다른 내색이 없었다.

"무엇이 잘 되었다는 것이오, 나는 고작 성 밖까지 갈 뿐이고 아가씨는 강릉까지 간다하지 않았소?"

이상하게 이 여인에게 자꾸만 신경이 쓰이고 덩달아 없던 말수까지 늘어가는 자신에게 당황한 선비는 일부러 더 퉁명스럽게 말했다.

"그래도 그게 어딥니까?"

"한데 규수를 어찌 불러야 하오?"

선비는 사인의 곁에 바짝 붙어 서서 이번에는 또 다정하게 말을 걸었다.

여인의 이름 같은 것은 물어볼 마음이 전혀 없었지만 바로 앞에서 용모파기를 든 사내들이 또 다가오고 있었다.

"이름 말입니까?"

사인은 그리 되뇌며 살풋 웃었다.

"아, 여인의 이름을 묻는 것이 아닌가, 내가 실례를 한 것이오?"

"그런 것이 아닙니다, 사실 지금 저의 이름을 찾아 나선 길입니다. 이름은 제가 저의 이름을 찾게 되었을 때 알려드리면 아니 되겠습니까?"

그렇게 이야기를 나누는 동안 선비는 사인과 함께 용모파기를 든 사내들 곁을 무사히 지나쳤다. 그들은 여인과 동행하는 초라한 선비가 용모파기의 주인이라고는 미처 생각지 못한 듯했다.

"그거 잘 되었구료, 하면 내 이름도 그때 알려드리리다."

"예에?"

은근슬쩍 네가 이름을 알려주지 않으니 나도 이름을 알려주지 않겠다는 선비의 말이 어이가 없었지만 사인 역시 달리 할 말이 없어 씁쓸하게 웃고 말았다.

"강릉까지는 먼 길이오. 가마라도 빌리지 그랬소?"

용모파기를 든 사내들을 겨우 따돌린 선비가 무뚝뚝한 목소리로 다시 물었다.

"가마를 빌릴까 생각해 봤지만 그만두었습니다."

"삯이 없어서 그런 것이오?"

선비는 혹여 교꾼 값이 없어서 그러는 것인가 하여 꺼낸 말이었지만 사인은 미간을 살짝 찌푸리며 그의 차림새를 보고 있었다. 여러 번 빨아 입은 듯 허름한 도포에 허리를 묶은 세조대도 무명실을 꼬아 만든 것이고, 장식도 장신구도 없는 갓도 그렇고 손에 든 접는 부채인 접선도 평범한 종이에 큰 치장 없이 선추조차도 달려 있지 않다. 사인으로서는 아무리 보아도 그리 넉넉해 보이지 않는 선비가 제게 할 소리는 아니다 싶었다.

"제가 이래봬도 가진 것은 좀 있습니다."

네 살에 궁에 입궐해 지나온 세월이 얼만데, 그동안 차곡차곡 모아온 월봉과 서사상궁이 받아온 부업거리로 소설을 쓴 것이 또 얼마인데, 그 생각만 하면 울컥 울화가 치미는 사인이었다.

사인은 다시 한 번 돌아오면 또박또박 따져 다 받아내고 말겠노라 어금니를 사려 물었다.

"하면 호위하는 무사라도 대동하는 것이 어떻겠소. 가는 길이 무척 험난한데?"

무슨 생각을 한 것인지 선비가 툭 던지듯 물었다.

"어디서 무사를 데려옵니까?"

사인이 주위를 두리번거리자 선비는 낯빛 하나 변하지 않고 능청스럽게 손가락으로 자기를 가리켰다.

"설마, 선비님을 말하는 것입니까?"

"아니 되겠소?"

선비는 말을 해놓고도 당황스러웠다. 이제껏 살아오며 지금처럼 말을 많이 해본 것은 처음이었다. 스스로도 자신이 여인과 이리도 많은 할 말이 있다는 것이 더 놀라워 실소가 날 지경이었다.

"그 근거 없는 자신감은 어디서 오는 것입니까. 싸움은 지지리도 못하더구만!"

그동안 구박만 받던 사인이 누군가를 구박하고 보니 기분이 묘했다.

구박을 하고 좀 심했나 싶어 선비의 얼굴을 보니 적잖이 충격을 받은 것 같아 마음이 언짢았다.

"뭐, 여리꾼이 되어 길 안내라도 해주신다면 강릉까지 가는 동안 필요한 여비는 제가 내겠습니다."

"여리꾼이면 어떻고 호위무사면 어떻겠소. 하나 내가 그리 멀리 갈 수는 없으니 가는 곳까지만 그리하겠소."

선비가 흔쾌히 승낙하자 사인은 잘 되었다는 듯 보따리 두 개를 내밀었다.

"여리꾼이라 하지 않았소?"

"운종가의 여리꾼은 무거운 것도 들어주며 앞장서던데요, 아닙니까?"

"그럽시다, 그럼."

선비는 마지못해 보따리를 받아들었다.

짐을 덜어버린 사인은 잠시 나른한 눈빛으로 먼 곳을 바라보다가 가슴을 활짝 열고 숨을 깊게 들이쉬었다. 청량하고 맑은 공기가 폐부를 가득 채우는 것 같다. 같은 하늘 아래건만 궁궐 안에서 마시던 피비린내 나고 무거운 공기와는 전혀 다른 기운이 느껴져 저절로 몸이 둥둥 뜨는 것 같았다.

"가마는 필요 없습니다! 저는 이렇게 탁 트인 넓은 세상 구경을 하며 훨훨 날 듯이 가는 것이 좋습니다. 비좁은 가마 안에 갇혀 곁창으로 보는 세상은 너무 작을 것 같습니다."

사인은 알 듯 모를 듯한 말을 남기고 깃털처럼 가벼운 몸놀림으로 걸어갔다.

"저러다 채홍사들의 눈에 걸리면 어찌하려고? 겁이 없는 것인지, 무모한 것인지?"

묘한 행동에 알 수 없는 말만 하는 사인을 잠시 바라보던 선비는 여전히 무표정한 얼굴로 따라갔지만 그 역시 숨을 깊게 들이 쉬었다. 섬리를 잃고 숨도 쉴 수 없이 답답했던 가슴에 간신히 숨통이 트이는 것 같았다.

❃　　❃　　❃

구중궁궐(九重宮闕) 왕의 침전엔 언제나 귀기가 흘러 그 어떤 온기 한 점 느껴지지 않았다.

왕은 기침이 잦고 유난스레 추위를 탔다. 그래서 아직 초가을이고 밖은 한낮이었건만 방 안으로 스며드는 쌀쌀한 바람을 막기 위해 창문과 출입문에 드리운 갈매색 무렴자로 인해 침전은 아직도 어두웠다.

해가 중천에 걸려서야 겨우 눈을 뜬 장녹수는 잠시 그대로 누워 곁에 잠들어 있는 왕 이융을 바라보았다. 돌아누운 이융의 단단한 등 근육을 홀린 듯 바라보다 문득 떠오른 생각에 미간을 찌푸렸다. 어젯밤 침전에 들었을 때였다. 침전의 이부자리를 보살피던 사인과 눈이 마주쳤었다. 궁궐 안에서는 보기 드문 박색이었기에 장녹수는 그 궁녀가 사인임을 단박에 알아

보았다. 칙칙한 낯빛 하며 콧잔등에 다닥다닥한 주근깨, 엉거
주춤하게 구부러진 저 어깨 하며, 못생겨도 어찌 저리 못생겼
을까. 터져 나오는 웃음을 간신히 삼켰었다.

장녹수가 앞에 서 있는 궁녀를 노려보고 있는 것을 본 엄 상
궁은 잠시 긴장했다. 기어이 데려오라 했던 사인은 부제조상
궁의 조카딸이며 동시에 대령상궁이 아끼는 아이였다. 하나
자칫 장 숙용이나 왕의 눈에 거슬리는 날에는 또 궁궐에 한바
탕 난리가 날 것이었다. 장녹수의 명을 받고 사인을 이곳으로
데려온 것을 대령상궁이 알기라도 하는 날이면……, 생각만 해
도 끔찍했다.

"무엇하느냐, 썩 물러서지 못하고……."

사인을 향해 엄 상궁의 매서운 눈초리가 날아들었다.

"아, 예. 마마님!"

놀란 사인이 서둘러 방을 나가려 할 때 이융이 들어왔었다.
그는 무엇이 언짢은 것인지 서늘한 눈매를 치켜들고 사나운
시선으로 방 안의 궁인 하나하나를 살폈다.

"벌써 오셨소?"

장녹수가 낭창한 목소리로 이융의 팔을 끌어다 금침 위에
앉혔다.

"독한 놈!"

이융은 그렇게 중얼거리며 금침 위로 아무렇게나 쓰러져 누
웠다.

"어찌 또 그러시오. 그러시다 또 울화병이 도지시겠습니다.

요즘은 안정(眼睛: 왕의 눈동자)도 뻑뻑하시다면서요. 자, 이리 누워 분을 삭여요."

장녹수는 부드러운 손길로 엎드려 있는 이융의 어깨를 쓰다듬으며 속삭였다. 바짝 긴장한 궁녀들이 살며시 방을 빠져 나가려 할 때였다. 언짢은 기운을 덮어보려고 애써 노기를 누르며 잠자리에 들었던 이융이 불쑥 치밀어 오른 울화에 답답함을 참지 못하고 이내 금침에서 벌떡 일어나고 말았다. 침전의 이글거리는 불길을 노려보는 이융의 사나운 눈매는 폭발 직전과도 같았다. 나가려던 사인도 그 자리에 얼어붙고 말았다.

"그놈은 죽어 마땅하다!"

결국에는 야수처럼 노한 이융의 목 울림이 터져 나오고야 말았다. 시퍼렇게 살기가 가득한 눈을 돌리며 이융이 기수잇(이불깃)을 박차고 일어나자 방 안은 그야말로 폭풍전야였다.

"어찌 그러십니까, 전하?"

늘 그런 이융을 곁에서 지켜보는 장녹수는 아무렇지 않았지만, 침전을 지키고 있던 엄 상궁은 잠잠하던 침전에서 터져 나온 외침에 새하얗게 질린 얼굴로 기겁하여 고개를 들이밀었다.

"전하, 자리끼이옵니다."

엄 상궁이 자리끼를 들여와 두 손으로 들이밀었다. 이융은 잔뜩 뒤틀린 마음에 그게 꼭 찬물 먹고 속 차리라는 소리 같아 화가 치밀었던 모양이었다.

"되었다, 치워라!"

치밀어 오른 울화 탓에 자리끼를 본 이융은 그릇을 빼앗아 던져 버렸고, 하필이면 그릇은 나가려던 사인의 머리를 맞고 떨어지며 요란한 소리를 내고 말았다.

"에그머니나!"

불식간에 일어난 참사에 침전을 지키는 지밀나인들과 상궁들의 얼굴은 모두 납빛이 되어버렸다. 행여나 봉변을 당할세라 그중에 마음 약한 지밀나인들은 미리부터 겁을 먹고 눈물을 뚝뚝 떨구었다. 나인들이 새파랗게 질린 채 일제히 벌벌 떨며 조아리자 냉수를 뒤집어쓴 사인이 잠시 얼굴을 들었다. 무엇 때문인지 화들짝 놀란 사인은 서둘러 얼굴을 돌렸지만 날카로운 장녹수의 눈을 피해갈 수는 없었다.

안질을 앓고 있어 눈이 침침한 이융은 미처 보지 못했지만 평소 사람들을 관찰하는 눈이 예리한 장녹수는 분명히 보았다. 물그릇을 뒤집어 쓴 궁녀의 얼굴에서 검은 물이 흘러내리며 뽀얀 낯빛이 드러나는 것을.

"수선 떨 것 없다. 모두 물러가거라!"

장녹수는 바닥에 흩어진 물을 보며 어쩔 줄 몰라 하는 지밀나인들에게 대수롭지 않게 말해 안심시키고 그만 멀리 물러나게 했다. 당장에 연유를 캐묻고 싶은 마음은 간절했지만 장녹수는 참았다.

장녹수는 왕의 마음을 사로잡고 밑바닥에서부터 그만한 위치에 오른 고수였다. 저 궁녀가 저리 한 데는 다 연유가 있을 것이라는 생각이 들었다. 혹 왕이 있는 자리에서 저 궁녀의 얼

굴을 씻겨보기라도 했다가 천하절색이 드러나면 어찌할 것인
가. 게다가 그것이 왕이 그토록 간절하게 찾고 있는 그 계집이
라면? 생각이 거기에 이르자 오늘 밤은 참자고 마음먹은 것이
었다.

골칫거리는 빨리 없애 버리는 것이 상책이겠지만 그렇다고
무모하게 일을 벌일 필요는 없었다. 저 궁녀를 잡아서 물고를
내는 것은 날이 밝은 뒤에 조용히 처리하여도 될 것이라는 계
산이 있었다.

"목욕을 해야겠네. 조 상궁에게 일러 채비하라 이르게."

지난밤 일로 인한 상념을 거두고 장녹수는 이융이 깨지 않
도록 조심스럽게 몸을 일으킨 후 엄 상궁을 불러 그렇게 일렀
다.

"마마, 목욕 준비하였습니다."

조 상궁이 알아서 조용히 목욕 채비를 마치고 찾아왔다. 눈
앞에서 궁녀가 죽어나가고 여차하면 왕이 칼을 휘두른다. 사
정이 이 정도까지 되면 제아무리 대담하다 해도 흔들릴 만도
한데 호들갑을 떨지 않고 늘 침착한 것이 장녹수의 마음에 쏙
들었다.

"고맙네, 조 상궁."

"숙용마마께서 목욕하실 것이다."

조 상궁의 말이 떨어지기 무섭게 나인들은 달려 나가 목욕
을 준비했다.

벼슬자리에서 쫓겨났다가 다시 들어오기를 수차례 거듭해 묵은 관록을 지니고 있는 임사홍은, 숙용을 잘 모시는 것이 이 살벌한 궁궐에서 조 상궁이 살아남는 길임을 강조하며 장녹수를 모시도록 명했다.

장녹수는 가난한 집안에 태어나 시집을 여러 번 갔으며, 마지막에는 제안대군(齊安大君: 예종의 둘째 아들)의 노비로 들어가 그곳에서 대군의 노비와 혼인하여 아들을 하나 두었었다. 그러다 그녀의 가무가 뛰어나다는 소문을 듣고 왕이 흥청(興淸)으로 뽑아 궁궐에 들였다.

왕의 약점과 원하는 것을 정확히 알아차린 장녹수는 그의 마음을 얻는 데 성공했다. 그 덕분에 그녀는 자신이 원하는 대로 왕을 노예처럼 부리며 막강한 권력을 누리고 있었다. 그러나 성미가 고약하다 보니 장녹수의 비위를 맞출 이가 없었다.

임사홍이 미리 마음을 써 조 상궁의 식솔들을 모두 한성으로 데려와 집 한 채를 마련해 주고 곳간을 가득 채워준 탓도 있었지만, 오랜 세월 궁궐의 웃전들을 모셔 온 조 상궁이 보기에도 장녹수는 그리 녹록치 않은 여인이었다. 이제는 한 번쯤 자신의 명운을 걸어보아도 좋을 주인을 만난 것이라 판단한 것이었다.

속내 깊은 조 상궁은 목욕통 가득 연꽃잎을 띄웠다. 장녹수가 목욕물에 청련의 꽃잎을 띄워 달라 특별히 당부했기 때문이었다.

장녹수는 비록 지금은 이융의 총애를 받아 중전을 누르는 권세를 누리게 되었지만 언제나 처음 그에게 안겨주었던 설레는 아름다움을 항시 잃지 말고 살아야 한다는 것을 본능적으로 알 만큼 영리했다. 이융은 그녀보다 젊었고 쉬이 싫증내며 아름다운 것을 탐하고 더러운 것을 질색한다. 더러운 것을 얼마나 싫어하는지, 심지어는 이틀 전 왕의 침실에 들었던 홍청악인 완화아를 겨드랑이에서 냄새가 난다는 연유로 운평으로 지위를 깎아 내치기까지 했던 것이다.

"못 보던 아이가 아닌가?"

장녹수는 목욕 시중을 드는 낯선 나인을 보며 물었다.

"웃전들의 치장을 잘 한다 소문이 자자하여 중궁전에서 데려온 아입니다. 인사드려라."

조 상궁은 궁궐 안에서는 웃전들의 치장을 제일 잘한다는 중궁전의 아리를 데려왔다. 중전을 모시는 정 상궁은 법도를 따지며 노발대발했지만 어차피 지금은 궁궐의 법도 위에 장 숙용의 권세가 있었다. 조 상궁은 장 숙용의 권세를 등에 업고 중궁전 나인을 빼내어 온 것이다. 왕의 곁에는 언제나 야심에 가득 찬 간신들과 그들이 미끼로 삼은 미인들이 들끓었다. 지금이야 어찌 되었건 사내의 마음이란 영원한 것이 아니었다. 그러나 예로부터 가꾸는 여인네를 당할 것은 그 무엇도 없는 법이었다.

"아리라 하옵니다."

"그래, 네 솜씨를 한번 보자꾸나."

장녹수는 충성스러운 조 상궁의 마음 씀씀이가 좋아 모처럼 웃어주었다.

"조 상궁."

장녹수는 연꽃잎을 띄운 따뜻한 물속에 몸을 담그며 조 상궁을 은밀하게 불렀다.

"예, 마마!"

"어젯밤 침전에서 전하께서 던진 자리끼를 뒤집어쓴 나인이 뉘인지 알아보고 이리로 데려오게!"

"예, 마마! 한데 어찌하여?"

"내 그 아이에 대해 은밀히 알아볼 것이 있네."

"너는 숙용마마의 치장을 도와라. 나는 나가서 마마께서 말씀하시는 궁녀를 찾아올 것이니……."

"예, 마마님!"

조 상궁이 나가자 아리는 들고 있던 금가루를 가져왔다.

"금이냐?"

"예? 아, 예, 마마! 예로부터 왕의 침전에 드는 여인은 모두가 금가루로 양치를 합니다. 이는 구강을 청결하게 유지해 주기도 하지만 금이 몸에 좋기 때문입니다. 또한 입……, 입맞춤을 하시는 전하께도 조, 좋기 때문입니다."

아리는 그리 일사천리로 막힘없이 대답하면서도 숙용과 왕이 진한 입맞춤을 나누는 것을 상상했는지 얼굴이 붉어졌다.

장녹수는 얼굴을 붉히며 말을 더듬는 나인을 보니 기가 막혔다. 지금 이 순간 궁궐 안에 얼마나 많은 여인들이 왕과 자신을 놓고 저런 상상을 할 것인가. 여자 팔자 뒤웅박 팔자라더니,

천한 노비 신세였던 그녀가 왕의 눈에 들어 여인이라면 모두가 부러워하는 처지가 되다니. 참으로 재미있는 일이었다.

장녹수는 더 이상 묻지 않고 아리에게 자신의 몸을 맡겨두었다.

솜씨를 보니 어떤 나인도 아리만큼 잘할 수는 없을 것이었다. 아리는 장녹수의 머리를 잘 말린 뒤에 능숙하게 빗질하기 시작했다. 기름을 바르고 참빗으로 정성껏 빗어 내려 붉은 비단 댕기로 묶어 낭자를 만들고, 분칠을 한 듯 안 한 듯 투명한 살갗으로 가꾸어 내고, 둥글면서도 정결한 이마와 날아갈 듯 짙은 눈썹을 강조했다. 그리고 새로 지은 속적삼을 입히고 숙용의 사가에서 보내온 향주머니를 채워 주었다. 오라비 장복수가 가장 좋은 향낭을 구해서 보내온 것이었다.

궁궐 안에서 '화장은 아리가 최고'라 칭송받는 그 나인이 지극정성으로 보살펴 준 덕에 장녹수는 오늘 그 어떤 날보다 곱고 아름다웠다.

장녹수의 치장을 마친 아리는 어디 빠진 곳이 없나 다시 한번 살펴보았다.

장녹수는 중전이나 입을 수 있는 분홍빛 소고의에 남치마를 입고 옷고름에는 소삼작(小三作)을 가볍게 드리웠다. 나이 서른이라는데 발그레한 뺨은 오히려 열여섯인 아리보다 더 어려 보였다. 얼굴에 홍조를 띤 탓인지 광폭하고 사악한 성정과는 달리 애틋하고 수줍게 보이기까지 하는 것이다. 아리는 어쩌면 장 숙용의 이런 모습이 사내의 마음을 휘어잡는 것이 아닐까 하는 생각이 들었다.

장녹수가 단장을 마치고 잠시 쉬고 있는 중이었다.

밖은 완연한 봄이 돌아와 있었다. 한 해 한 해가 이리도 빠르다. 겨울이 가고 봄 그리고 여름, 가을, 겨울. 그리고 또 다시 봄……. 그녀는 아직도 왕의 총애를 받고 있다. 물론 그 뒤에는 물심양면 장녹수를 돕는 임사홍과 오라비가 있었다.

난데없이 웬 여인을 찾는다 한바탕 난리를 피우긴 했지만 이융과의 사이도 여전히 좋았다.

여러 번의 계절이 바뀌었으니 조금은 소원해질 수도 있으련만, 이융은 여전히 어린아이처럼 그녀의 치마폭에 싸여 있었다. 겉으로 보기에는 대궐 안 모든 것이 안정되어 있었고 평화로워 보였다. 그러나 장녹수는 문득문득 더할 나위 없이 행복한 이 순간이 모래처럼 무너져 내릴 것 같은 두려운 마음이 들곤 했다.

"숙용마마!"

이런저런 잡생각들을 하고 있을 때, 조 상궁이 돌아왔다.

"어찌 되었는가?"

간밤의 일이 내내 마음에 걸렸던 장녹수는 조 상궁이 방 안으로 들어오기 무섭게 다그쳤다.

"간밤 전하께서 던지신 자리끼를 뒤집어쓴 것은 사인이라는 나인이라고 합니다."

"사인? 그래, 데려 왔는가?"

"그것이, 데려오지는 못했습니다."

조 상궁은 난처한 얼굴로 장녹수를 바라보았다.

"이게 무슨 소리야, 어찌하여 데려오지를 못했다는 것이야?"

일개 궁녀 따위가 감히 자신의 명을 거역하였을 리는 없고 대체 어떤 연유로 데려오지 못했다는 것인지 답답한 장녹수의 말끝이 날카로워졌다.

"사인은 어젯밤, 사가의 어머니가 돌아가셨다는 기별을 받고 오늘 아침 궁궐을 나갔다고 합니다."

"하필이면 내가 찾는데 어미 상을 당해 궁궐을 나갔다?"

"예, 그런데 마마께서 어찌 못난이라고 소문난 그 아이를 찾으시는 것입니까? 그 아이가 무슨 잘못이라도 저지른 것입니까?"

조 상궁이 보기에는 뭔가 아귀가 맞지 않았다.

그동안 장녹수가 데려오라 한 궁녀들은 대부분 미모가 뛰어나 왕의 근처에 두면 위험하다고 생각되는 아이들이었다. 그렇게 끌려온 궁녀들은 왕의 눈에 들 염려가 없는 궁궐의 후미진 복이처로 보내 버리거나 얼굴을 못 쓰게 만들어 버렸다. 그러나 오늘 장녹수가 데려오라고 한 궁녀는 궁궐의 모두가 알고 있는 못난이라 했다.

"못난이가 아니야! 고년이 부러 변색을 하고 있는 것이었어. 내 이 눈으로 똑똑히 보았단 말이다!"

장녹수의 입에서 분노에 찬 앙칼진 목소리가 터져 나왔다.

"마마?"

"그 계집의 얼굴을 가득 채운 점들이 물을 뒤집어쓰자 검정물이 되어 벗겨지는 것을 보았다. 분명 연유가 있어 얼굴을 감추고 있었던 게야!"

"예에, 하면 고것이 전하께서 찾으시는 여인이란 말입니까?"

조 상궁은 그제야 장녹수가 그처럼 사인을 찾는 연유를 알아차렸다. 지밀 안에 못난이 궁녀가 있었다는 것을 듣는 순간 뭔가 이상하다고 생각은 했었지만 변장을 하고 있을 것이라고는 미처 생각하지 못했었다.

"그 아이와 한방을 쓰는 나인을 데려와라! 하고 고향이 어디인지, 어디로 갔는지 알아보고 언제 돌아오는지도 알아보아라!"

"마마, 그것이……."

치밀어 오르는 화를 삭이지 못하고 주먹을 바르르 떨어대는 장녹수의 명에 조 상궁의 얼굴은 다시 허옇게 질렸다.

"어찌 또 그러는 것이냐!"

"제가 그 궁녀의 방을 찾아가 보았는데 같이 방을 쓰던 나인이 오랜 지병을 앓고 있었는데 차도가 없어 조금 전에 내보낸다고 소란이었습니다. 게다가 사인이라는 궁녀는 바로 부제조 상궁의 조카딸이라 합니다."

"뭐, 뭐라? 희한하기도 하지. 내가 찾는 궁녀는 어미가 죽었다고 궁궐을 나가고, 하필이면 그 궁녀는 부제조상궁의 조카

딸인데다가 같이 방을 쓰던 궁녀는 지병으로 궁을 나갔다? 그것이 말이냐 된장이냐?"

화가 들끓는 장녹수의 새청이 쨍하니 터져 나오자 기왓장이 들썩거렸다.

四章 · 소용돌이치는 여울목

이용은 얼굴에 난 부스럼 통증으로 대전에 나갈 수 없다 이르고 희정당에 앉아 열린 문으로 들어오는 부드러운 바람을 쐬며 나뭇잎을 접어 풀피리를 불고 있었다. 어느 날부터인지 이상하게 풀피리 소리가 좋았다. 그래서 전국에 공인들을 보내 초적 연주자들을 찾았다.

이렇게 풀피리를 불고 있으면 그는 어느새 티끌 하나 없이 아름답던 세자 시절로 돌아가는 것 같았다.

열아홉, 그에게도 막 보위에 오를 때는 꿈이 있었다.

오랜 시간 세자의 자리에 있으며 성종의 뜻에 눌려 살았으니 이제는 그 그늘에서 벗어나 아버지와는 무관한 인생을 살아가며 자신만의 조선을 만들어 보리라 꿈을 꾸었다.

아버지처럼 중신들과 경연하고 토론하며 힘을 소모하는 정치는 하지 않겠다고 다짐하며 강력한 왕의 권력을 꿈꾸었다.

"나는 얼마나 먼 곳까지 온 것일까?"

풀피리를 불다보니 안질을 앓고 있어 뻑뻑한 눈가에 어느새 눈물이 고인다.

어째서 풀피리를 불고 있으면 이리도 가슴이 텅 빈 것이, 이토록 가난한 마음이 드는 것인지 알 수 없었다. 그토록 많은 것을 가졌음에도 그의 것은 단 하나도 없는 것처럼 부질없이 느껴져 슬펐다.

"너는 어디에 있는 것이더냐? 내게 다시 한 번만 풀피리 소리를 들려준다면 과인이 모든 것을 줄 것인데……."

꿈에 나타난 귀신이 침을 뱉었던 그 자리에 부스럼이 생기고 다시 진물이 흘러 하얀 이용의 얼굴은 또다시 울긋불긋해졌다.

"아직도 기별이 없는 것이냐?"

처리해야 할 일이 산적해 있음에도 그가 이리 쉬고 있을 수밖에 없는 것은 기다리는 소식이 아직 오지 않았기 때문이었다.

"전하, 마의 정찬영이 들었사옵니다."

이용은 내관이 고하는 소리에 입매가 굳어졌다.

"들라 하라!"

이용은 말의 질병이나 치료하는 한미한 잡직의 마의 정찬영의 등장에 긴장하는 빛이 역력했다.

"전하!"

"그래, 뭘 좀 알아냈느냐?"

"그것이, 밤새 말의 시신을 살펴보았사온데, 별다른 증상은 없었고…….."

"머저리 같은 놈! 하면 과인의 말을 따라잡고 앞서 나가며 펄펄 날던 말이 어찌 갑자기 죽어! 그것도 마지막 지점을 한 발 남겨 놓고 죽었단 말이다!"

정찬영의 말에 이용은 눈을 부라리며 노려보았다.

"정확한 원인을 찾자면 말을 샅샅이 해체해 봐야 알겠으나, 그리 갑작스레 절명한 것을 보면 혹 숨골을 훼손한 것이 아닐까 생각되옵니다."

벌벌 떨며 그렇게 대답한 정찬영은 숨소리조차 내지 못하고 납작 엎드려 있었다.

"숨골을 훼손했다?"

정찬영의 말을 들은 이용은 시간을 되돌려 어제 섬리가 쓰러지던 그 순간으로 돌아갔다.

이용은 언제나 진성대군 이역의 그 도전적인 눈빛이 거슬렸다. 평소 이역이 역모를 일으킬까 경계해 온 이용은 여러 가지 방법으로 그를 시험하고 괴롭혔지만 그는 죽은 듯이 시키는 대로 했다. 그런 이역을 보고 있자니 이용은 점점 울화가 치밀었고 급기야는 어제야말로 꼬투리를 잡아 그를 죽여 버릴 생각이었다.

이용은 이리저리 궁리를 한 끝에 이역에게 말타기 시합을 하자고 제안했다. 평소 기마에 관한 한 따를 자가 없는 이융은 이역에게 시합에서 지면 죽이겠다고 했다. 이융의 명은 곧 조선 천지의 법인지라, 언제나 담대하던 다른 날과는 달리 새파랗게 질리는 이역의 얼굴을 보며 이융은 내심 쾌재를 불렀다. 어차피 지면 죽는 것은 당연한 것이고, 설령 이겼다고 해도 겸양의 미덕을 배우지 못해 임금을 능멸했다는 죄목을 달아 죽일 것이니 오늘에야말로 반드시 죽이고 말 것이라는 확신이 있었다.

그러나 출발점을 통과한 뒤로 매 순간마다 앞서 달리던 이역의 말 섬리가 바로 도착점을 한 발 앞두고 꼬꾸라져 버린 것이었다. 그렇게 쓰러진 말은 비명도 지르지 못하고 그대로 죽어버렸고 말에서 떨어진 이역은 그대로 실신했다.

"아직은 그저 미천한 소인의 생각일 뿐이옵니다."

"나가 찾아라, 물증을 가져오지 못하면 너도 죽을 것이니!"

이융의 한마디 명에 정찬영은 새파래진 얼굴로 휘청거리며 나갔다.

도착 지점에 당도하기 바로 직전에 죽어버린 말과 함께 혼절한 이역을 죽일 명분이 사라지자 이융은 그대로 그를 돌려보내고 궁으로 돌아왔다. 그러나 아무래도 이상하다는 생각을 떨쳐 버릴 수가 없었고 결국 마의에게 살펴보라 하였더니 어명을 받고 말을 살피던 마의가 증거는 없지만 말이 자연적으로 죽은 것은 아닌 것 같다는 것이었다. 그러면서 마의 정찬영이라면 알 수 있을 것이라고 추천했던 것이다.

만약 이역이 제 손으로 섬리를 죽였다면 참으로 독한 놈이었다. 섬리는 이역이 이융의 목숨을 구하기 위해 날아온 화살을 대신 맞은 것을 치하하기 위해 돌아가신 선왕께서 하사하신 귀한 말이었다. 이역이 그 말을 얼마나 애지중지하였는지는 말을 좋아하는 이융이 잘 알고 있었다. 그런 애마를 제 손으로 죽인다는 것은 보통의 사람으로서는 할 수 없는 짓이었다.

"독한 놈!"

이융은 다시 한 번 치를 떨었다.

❀　　❀　　❀

중간중간 용모파기를 들고 지나는 사내들을 만나기는 했지만 짐을 들고 여인과 함께 가는 선비를 의심하는 이들은 별로 없었다.

"이쪽으로 가면 좀 더 빨리 갈 수 있는데, 어떻소?"

성문을 나와 빠른 지름길로 가기 위해 으슥한 산길로 접어들었다. 비록 그동안 가볼 수는 없던 길이지만, 강릉까지 가는 길이라면 거의가 다 알고 있는지라 선비의 목적지가 있는 곳으로 질러가는 지름길로 잡은 것이었다.

"예, 그리하시지요."

사인은 별다른 고민 없이 선선히 고개를 끄덕였다.

성문을 나온 뒤로는 선비는 최대한 먼 거리에서 떨어져 이리저리 구경하는 사인을 따라갔다. 그렇게 하는 것이 사인이 더 안전할 것이라 생각한 것이었다.

"곱기도 하지! 빛깔이 어찌 이리 고울꼬?"

궁궐 밖의 바람을 쐬니 속이 트이는 것처럼 몸이 가벼운 데다가 햇살마저 좋아 사인은 몸도 마음도 풀어져 유연해졌다. 그녀는 세상 모든 것이 신기한지 길가에 자라는 들꽃 한 송이를 발견해도 걸음을 멈추고 감탄을 거듭했다. 선비가 보기에는 영락없는 예닐곱 어린 아이였다.

"선비님, 혹 이 꽃 이름이 무언지 아십니까?"

게다가 어린아이 같은 말간 얼굴로 올려다보며 꽃 이름을 묻기까지 하니 바삐 가야 하는 선비로서는 그 또한 귀찮기 짝이 없었다.

"큰구슬붕이!"

작은 종 모양의 자줏빛 꽃잎을 가진 꽃을 힐끗 보던 선비가 퉁명스럽게 대답하자 사인의 얼굴은 대번에 환하게 빛났다. 이미 오면서 머위꽃, 용담꽃, 봄까치꽃의 이름을 알려준 선비가 사인의 눈에는 신비롭게 보였다.

"아무래도 서책만 읽으시니 모르는 것이 없나봅니다?"

쭈그리고 앉아 들꽃을 들여다보던 사인이 폴짝 뛰어와 선비의 곁에서 걸으며 재잘거렸다.

"그러는 규수도 서책을 읽지 않소?"

"참, 고약하십니다. 저는 학식이 높다 칭찬을 한 것인데, 꼭 그리 제가 연정소설을 읽는다 꼬집으셔야 하겠습니까?"

"별 뜻 없이 한 소리인데 그리 들렸소?"

솔직한 사인의 말에 선비는 덤덤하게 되물었다.

어려서부터 줄곧 그를 따라다니는 위험한 위협에 익숙해지다 보니 어느새 누군가의 말을 여유 있게 듣거나 하는 것이 익숙하지 않은 것이었다.

"선비님, 연모하는 정인 같은 건 아예 없으시지요?"

"없소."

"혼인도 못 하셨지요? 하기야 누가 선비님 같은 분과 혼인을 하겠습니까?"

그동안 사인이 수많은 연담소설과 연애소설들을 필사하면서 읽은 바로는 이리 재미없고 멋도 없는 사내는 없었다. 하니 당연히 여인들의 관심을 끌 리 없을 것이고, 연모하는 여인이나 정인도 없을 것이라 생각했던 것이다. 그야말로 책상머리 연애 달인이 할 수 있는 생각이었다.

"그거야 그렇지만, 한데 내가 그리 보이시오?"

물론, 여섯 살 이후 이름을 버렸고 신분을 버렸고 가문도 버렸으니 여인에게 관심을 뒀을 리 만무했고 따라서 혼인도 하지 않았지만, 그렇다고 여인들이 따르지 않는 것은 아니었다. 아니 오히려 이렇게 무뚝뚝하고 재미없는 그였지만 가까운 곳에서는 조선 최고의 명문가의 규수가 오매불망 목을 매고, 어쩌다 기방에라도 들어서면 기생들이 앞다투어 뛰어나오니 그로서도 알 수 없는 일이었다.

"예, 척 봐도 그리 보입니다."

사인은 나오는 대로 대답하고 보니 피식 웃음이 났다. 스스로 생각하기에도 궁궐 안 최고의 못난이로 골방에서 십 년을 갇혀 살던 자신이 할 소리는 아닌 것 같았다.

"참으로 잘도 아는구려. 하면 내가 위험해 보이지는 않소?"

"길가에 핀 작은 들꽃의 이름도 모두 아시는 분이 위험한 분이실 리가 없지 않겠습니까?"

길가에 핀 들꽃의 이름 하나하나를 모두 기억하는 사내라면 작은 벌레의 목숨도 하찮게 여기지는 않으리라 생각한 것이었다. 이제 눈앞에 서 있는 선비를 온전히 믿기로 한 사인의 눈빛은 확신에 차 반짝거렸다.

"들꽃의 이름이야 조금만 관심을 갖는다면 알 수 있지 않겠소."

실제 그는 꽃 이름뿐 아니라 강과 바다의 물고기며 동물들에 관해서도 잘 알고 있었다. 딱히 필요에 의해 익혔다기보다 삶이 무료하고 답답하여 이것저것 잡다한 것들에 눈을 돌렸던 것이었다. 한데 이런 오해를 받게 될 줄이야. 신뢰에 찬 사인의 얼굴을 보던 선비는 말없이 고개를 돌렸지만 어쩐지 마음이 무거웠다.

"어?"

선비가 잠시 주위를 살펴보다 고개를 돌려보니 갑자기 사인이 시야에서 사라졌다.

혹시 자신이 눈치채지 못한 사이에 저들이 사인을 데려간 것인가 싶어 가슴이 철렁했다.

"서, 선비님!"

선비가 재빨리 주위를 살펴보고 있을 때, 수풀 더미 저 너머에서 다 죽어가는 사인의 목소리가 들려왔다.

선비가 접선 끝으로 조심스럽게 뒤엉킨 풀을 들춰보니, 풀들에 가려 보이지 않던 바위들과 벼랑 끝이 보였다. 선비는 혹시나 해서 미끄러운 바위를 지나 아래를 내려다보았다. 사인이 발만 간신히 디딜 만한 곳에 서서 두 팔로 벼랑 끝에 대롱대롱 매달려 있었다.

두려움에 떨며 올려다보는 사인과 선비의 눈이 마주쳤다.

선비는 깊은 어둠과 고독이 드리워진 눈빛에 희미하게 눈썹을 찡그리고 사인을 보았다.

뭐라고 표현할 수 없는 그 눈빛과 마주친 순간 문득 사인의 가슴이 두근거렸다.

"혹, 죽을 생각이라면 도와주겠소."

발아래는 까마득한 절벽이었다. 아니 조금 전까지 길 위에 함께 서 있던 사인이 왜 그곳에 매달려 있는 것인지 선비는 아무리 생각해도 이해가 가지 않았다.

"살려주세요!"

발아래를 내려다보다 낭떠러지인 것을 확인하고 죽을지도 모른다는 생각에 새파랗게 질린 사인의 정신으로는 다른 말을 할 처지가 아니었다.

"잡으시오!"

선비는 자신의 등짐을 나뭇가지에 걸어 두 사람이 모두 미끄러져 떨어지는 것을 방지한 뒤에 손을 뻗어 사인의 손을 잡고 끌어 올렸다.

"저 막 쉽게 죽을 생각하는 그런 사람 아닙니다."

선비의 손에 이끌려 겨우 안전한 곳으로 나오자 사인은 갑자기 억울해 볼멘 목소리로 말했다.

"죽을 생각이 아니면 어찌 그곳에 매달려 있던 것이오?"

사인을 끌어 올려놓고 겨우 한숨을 돌린 선비는 눈앞에서 사라진 여인 때문에 공연히 가슴 철렁했던 자신이 한심스러워 퉁명스럽게 물었다.

"꽃을 꺾으려다 미끄러진 것입니다. 한데 죽는 것을 돕겠다니요, 농이 지나치셨습니다."

"아니면 되었소. 나는 그저 꼭 죽고 싶다면 편히 죽도록 두는 것도 좋을 듯하여……."

진지하게 대답하려던 선비는 자신을 빤히 보고 있는 사인의 얼굴을 어색하게 외면해 버렸다.

그때였다. 선비의 귀에 어디선가 바스락하고 낙엽이 밟히는 소리가 들려왔다.

이마를 스치는 서늘한 감각에 선비는 앞서가는 사인을 보았지만 그녀는 듣지 못했는지 그저 똑같은 보폭으로 걸어가고 있었다. 선비가 다시 몇 발자국을 걸었을 때였다. 그늘 속에서 나뭇잎이 떨리는 것이 보였다. 그 움직임이 삵처럼 날렵한 것을 보면 분명 보통 길을 가는 이들은 아니었다. 선비는 손에 든 짐을 내려다보았다.

"예서 잠시 쉬어 갑시다."

"제 마음을 어찌 그리 잘 아십니까. 그렇지 않아도 다리가 아파서 말입니다."

선비의 말에 앞서 가던 사인이 돌아보며 활짝 웃었다. 그 사이에도 검은 그림자들은 나무 사이를 훌쩍훌쩍 뛰어넘어 사인과 선비의 곁으로 점점 가까이 다가왔다. 팽팽하게 날이 선 신경의 끝자락을 간신히 잡고 있는 기분이었다. 혼자였더라면 좋았을 것을, 후회가 되었지만 소용없는 일이었다.

"잠시만, 예 계시오."

우뚝 멈춰선 선비가 손에 든 짐을 내려놓자 그와 동시에 뒤따르는 그림자도 우뚝 멈추는 것이 느껴졌다. 움직임은 일사불란했으나 누군가의 실수로 땅의 나뭇가지가 밟혀 부러지는 소리가 났다. 착각이 아니었다. 선비는 바람의 흐름이 동시에 멈추는 것을 느꼈다.

"어찌 그러십니까?"

"급해서, 다녀오겠소."

선비는 대답하기 무섭게 사인의 시야에서 사라졌다.

"세상에! 소피가 얼마나 급했으면?"

선비가 눈 깜짝할 사이에 사라지자 사인은 소피가 몹시도 급했나보다 생각하며 짐들을 한쪽으로 챙겨두고 나무 그루터기에 앉았다. 숨을 크게 들이쉬니 코끝을 스치는 신록의 나무 냄새가 가슴을 툭 터주는 것 같았다.

선비는 자신이 들꽃 하나도 소중히 여기는 군자라 믿고 있는 사인에게 끔찍한 꼴을 보이고 싶지 않아 최대한 멀리 떨어지려고 빠르게 뛰어갔다. 어째서 그녀가 자신을 어찌 볼 것인지 신경을 쓰는 것인지는 알 수 없었지만 선비가 사인의 곁에서 멀어져 가자 예상대로 나무 뒤의 그림자들도 망설임 없이 그를 쫓아왔다.

"나오너라!"

사인과 적당히 멀어지자 선비는 나무 사이에 숨어 있는 그림자를 향해 낮은 목소리로 소리쳤다. 그와 동시에 선비는 세 방향에서 날아오는 그림자를 보았다. 본능적으로 선비의 손이 올라가는가 하였더니 소맷자락 사이에 숨겨져 있던 수전에서 작은 화살이 쏘아져 날아갔다. 가는 원통의 수전은 용수철을 사용하여 조그만 화살을 발사하도록 만들어졌지만 그의 사부가 좀 더 먼 거리를 날아갈 수 있도록 개량하여 정확하게만 쏜다면 위력적인 무기였다.

공중에서 화살을 맞은 두 명의 사내가 축 늘어져 땅으로 떨어졌다. 또 다른 그림자를 피해 선비의 발이 땅을 박차고 날아오르는가 하였더니 그의 손에서 짧은 비수가 햇살을 받아 반짝거렸다. 선비의 손을 떠난 비수는 허공에 아름다운 선을 그으며 날아가 복면을 쓴 사내의 이마에 정확하게 박혔다.

선비가 땅에 발을 디디고 착지한 것과 비수에 맞은 살수가 떨어진 것은 거의 동시였다. 그러자 나무 사이에서 나타난 검은 그림자들이 선비를 에워쌌다. 그들은 하나같이 검은 복면을 쓰고 검을 빼 들고 있었다.

이미 익숙해진 일이었다. 선비는 누구냐고 묻는 대신에 도포 안주머니에서 편곤을 꺼내 들었다. 곡물을 두드리는 도리깨처럼 생긴 편곤의 몸통에는 태양을 상징하는 둥글게 말린 동심원 무늬와 십장생 중의 하나인 구름이 새겨져 있었다.

"쳐라!"

명령과 함께 살수들의 검이 날아들었다.

무표정한 선비의 눈썹이 신경질적으로 꿈틀하더니 반짝이는 편곤은 상대의 머리와 비어 있는 가슴과 다리를 정확하게 가격했다. 머리가 으깨져 쓰러지는 자, 가슴을 맞아 쓰러지는 자, 한 치도 틈을 주지 않고 빠르게 공격했던 편곤이 다시 제자리로 돌아왔을 때는 살수 중 몇 명은 이미 쓰러져 있었다. 선비의 움직임이 너무 빨라 급습을 당한 살수들은 흩어져 다시 호흡을 가다듬고 쳐들어왔지만 빠르게 휘두르는 편곤의 위협에 움찔해야 했다.

게다가 앞서 덤벼든 살수는 선비의 팔이 닿을 만한 거리에 이르자 세차게 날아든 편곤에 머리가 깨져 절명하고 말았다. 그 뒤로도 호기롭게 덤벼든 살수들은 어김없이 선비의 손끝에서 현란하게 춤추는 편곤에 맞아 쓰러지고 말았다.

류건은 멀찍이 떨어져 사인과 선비의 뒤를 쫓고 있었다.

무뚝뚝하기가 나무토막 같은 선비 곁에서 재잘재잘 떠들어대는 사인의 가벼운 몸짓은 류건으로 하여금 눈을 뗄 수 없게 만들었다. 흉측한 못난이였던 그녀가 절세가인으로 아름다워지는 모습을 직접 목격한 때문일 수도 있고, 그가 애타게 찾고 있던 <왕세자의 첫사랑>을 지은 십오야라서 그런 것이기도 하겠지만, 볼 수록 점점 더 궁금해지는 여인이었다. 산길로 접어든 선비가 급히 자리를 떴을 때에도 류건은 조금 떨어진 나무에 기대서 사인을 물끄러미 보고 있었다. 그때 굶주림과 기근으로 유랑하는 거지 패거리들이 산길을 타고 내려오고 있었다.

성문을 벗어나자마자 사인의 눈에 보인 세상은 피폐하기 그지없었다. 화려하고 말끔하게 단장된 성안의 풍경과는 달리 성문 밖의 백성들은 피폐한 삶에 찌들었고 굶주림에 지친 거지들도 너무나 많았다.

"배고파, 배고파요!"

거적때기를 두른 어린아이들이 먼저 사인을 발견하고 가까이 다가왔다.

"며칠째 굶었습니다, 아씨! 한 푼 적선합쇼!"

아이들의 어머니로 보이는 여인이 손을 내밀자 측은한 눈빛으로 아이들을 보던 사인은 허리춤에 매단 작은 주머니를 열고 엽전을 꺼냈다.

"여기! 국밥이라도 사먹어요."

몇 무리의 거지 패들을 만나면서도 빨리 가자 재촉하는 선비 때문에 그들을 돕지 못했던 사인은 이번에는 그냥 지나치지 못한 것이다.

"고맙습니다!"

아이 하나가 사인의 손에서 엽전을 날름 가로채자 또 다른 아이는 금세 울상이 되어버렸다. 울먹거리는 아이가 딱했던지 사인은 주머니 안에서 엽전 하나를 더 꺼내 주었다.

"고맙구먼유, 아씨!"

아이들의 어머니가 연신 꾸벅거리며 물러서자 주위를 둘러 보던 사내 하나가 비칠거리며 다가왔다. 척 보기에도 싸움깨나 하게 생긴 사내가 나타나자 거지들도 경계하는 눈빛으로 슬슬 물러섰다.

"아이고, 어여쁜 아씨! 이놈두 한푼 줍쇼! 이놈 벌써 며칠째 술 찌꺼기만 먹었더니……."

어디서 모주 찌꺼기를 얻어먹었는지 불그레하게 취한 거지들이 사인을 둥그렇게 에워쌌다.

"아이고 적선해 주신 고마운 아씨한테 어찌 이런대유! 이러지 말아유!"

"저리 비켜! 나도 한 푼 얻겠다는데! 이놈의 여편네가!"

아이들의 어머니가 만류하고 나서자 사내는 여인을 때리기 시작했다.

멀리서 지켜보는 류건은 잠시 망설였다. 이대로 술에 취해 비틀거리는 거지 패거리들 사이에 저 여인을 내버려 뒀다가는 무슨 일이고 터지고 말 것 같은 예감이 들었다. 그러나 다음 순간 류건은 고개를 저었다. 곧 대군이 돌아올 것인데 굳이 자신을 노출시킬 필요는 없었다.

"선비님의 말을 들었어야 했는데……."

그즈음 사인은 자신을 둘러싼 거지 패거리들에게 공포를 느끼고 있었다. 선비가 말리는 데에는 다 이유가 있었던 것인데 아무 생각 없이 돈주머니를 연 것이 후회가 되었다. 사인은 일단 거지 패거리들 속에서 벗어나야겠다는 생각에 거지들이 치고받고 싸우는 사이 짐 보따리들을 안고 냅다 달렸으나 그들 틈을 벗어나지 못하고 한 사내의 손에 팔이 잡히고 말았다.

"어이, 아씨. 이대로 가면 안 되지!"

팔이 잡힌 사인의 얼굴이 새파랗게 변하며 입술이 바들바들 떨렸다. 이 상태로 가다가 어떤 꼴을 당할지 불을 보듯 뻔했다.

"주머니가 제법 두둑해 보이는데?"

사인은 있는 힘껏 팔을 잡고 있는 사내의 팔뚝을 물어뜯었다. 사인은 잡힌 팔을 힘껏 뿌리치고 바닥에 굴러다니는 나무토막을 주워 술에 취해 비칠비칠 다가서는 사내를 향해 힘껏 던졌다.

"어윽!"

사인이 던진 나무토막은 사내가 피할 겨를도 없이 입 언저리를 정확하게 맞혔고 이가 부러지며 피가 튀었다.

"아, 저를 어째! 아팠겠네."

입이 터져 피가 흐르는 사내를 보며 사인은 깜짝 놀랐다.

"이, 이년이!"

아파서 눈이 튀어나올 것 같은 사내는 앞뒤 생각할 겨를도 없이 칼을 빼 들었다.

하얀 칼날이 사인의 목덜미를 향해 곧장 내리꽂히려는 찰나, 그녀는 두 눈을 꼭 감아버렸다.

"악!"

입 주위를 무언가 치고 지나갔고 볼을 스치며 뜨겁고 건조한 바람이 일었다. 사인은 이제 죽는구나 생각했지만, 한참을 기다려도 아무 일도 일어나지 않았다. 사인이 다시 천천히 눈을 떴을 때 조금 전 그녀의 목덜미를 향해 겨누어져 있던 칼은 어느새 사라지고, 대신 모르는 사내의 얼굴이 바짝 다가와 있었다. 하얀 얼굴에 둥그렇게 쌍꺼풀이 진 눈매와 날렵한 얼굴의 윤곽, 마치 사인의 이야기 속에서 툭 튀어나온 듯 장난스러운 사내의 표정이 또렷이 보였다.

"하악!"

사인의 악문 잇새로 거친 숨결이 터져 나왔다.

아래를 내려다보니 조금 전 칼을 들고 달려들던 사내가 정신을 잃고 쓰러져 있었다.

"남의 일에 상관 말고 갈 길이나 가슈!"

쓰러진 사내를 본 거지 패거리들이 팔을 둥둥 걷어붙이고 다가섰다.

"거지들이 감히 적선하는 여인에게 덤벼들어?"

말이 떨어지기가 무섭게 류건의 대나무 지팡이가 사내의 얼굴을 가격했다. 순식간에 벌어진 일이었다. 그는 또다시 놀라서 쳐다보는 한 사내의 목덜미를 내리쳤다.

"에잇!"

그러자 거지 중 하나가 품에 감춰둔 단도를 꺼내들고 사인에게 달려들었다. 순간 그녀의 눈앞으로 류건의 옥빛 도포의 소맷자락이 넓게 펼쳐졌다.

"이런, 조심!"

사인을 안전하게 한 팔로 끌어안은 류건은 대나무 지팡이로 단도를 들고 달려드는 사내의 종아리를 가격하여 쓰러뜨렸다. 류건에게 안긴 사인이 고개를 들자 배를 끌어안고 쓰러지는 놈, 입에서 피를 토하며 쓰러져 땅에 뒹구는 놈, 난장판이 따로 없었다. 눈 깜짝할 사이에 여기저기 쓰러져 있는 거지 패거리들을 보면서도 사인은 믿을 수가 없었다. 그렇게 거칠게 싸우면서도 숨소리조차 거칠어지지 않는 사내에게 안긴 사인은 온몸에 소름이 돋았다.

땅에 쓰러져 있던 거지 하나가 기다시피 하여 도망을 쳤다.

"가, 가자!"

도저히 안 되겠다고 판단한 그들은 절뚝거리며 제각각 도망을 쳤다.

거지들이 도망치는 것을 보자 류건이 손을 내밀어 사인의 얼굴을 들어올렸다.

"이런, 피가 나지 않습니까?"

사인의 목으로 날아드는 칼을 쳐내다 살짝 스친 그녀의 입술이 터져 피가 흐르고 있었다. 두툼한 류건의 손이 사인의 입술에 묻은 피를 닦아내려고 뺨을 쓸고 있을 때였다.

"무슨 일이오?"

흠칫 놀란 류건이 소리 나는 쪽으로 고개를 돌리자 어느새 왔는지 선비가 서 있었다.

사람이 다가오는 기척을 전혀 눈치조차 채지 못했는데 선비는 바로 곁에 와 있었다.

"아, 선비님!"

선비의 목소리에 화들짝 놀라 류건을 밀쳐낸 사인은 손으로 자신의 뺨을 감쌌다. 다친 입술보다 사내의 손이 닿은 뺨이 더 화끈거렸다.

"내가 공연히 서둘러 온 게요?"

얼굴을 붉히는 사인과 눈이 마주친 선비가 퉁명스럽게 물었다.

사실 그도 자신의 입에서 불쑥 튀어나온 말에 당황하긴 했다. 아무도 모르게 살수들을 처리하고는 그녀 혼자 두고 온 것이 내심 걱정이 되어 서둘러 왔더니 그 사이 다른 사내와 노닥거리고 있는 것을 보자 불쑥 화가 나는 자신의 감정에 당황스러웠던 것이다.

"그런 것이 아니고 배고픈 아이들에게 엽전을 나눠주려다가 그만……. 이분이 아니었으면 큰 봉변을 당할 뻔했습니다."

사인이 서둘러 조금 전 있었던 일들을 설명하자 선비는 고개를 돌려 류건을 보았다.

새로 지어 입은 것이 분명한 옥빛 도포, 쪽빛 철릭, 고급 흑립에 장신구까지 온몸에 '나 좀 사는 집 자식이오' 하는 차림새였지만 선비가 보기에는 그저 허세로 보일 뿐 그에게 썩 어울리지는 않았다.

"이리 참한 아씨를 혼자 내버려 두고 다니시면 되겠습니까? 하마터면 큰일 날 뻔했습니다!"

바닥에 떨어진 물건들을 줍던 류건은 그렇게 말하며 선비를 바라보았다. 일전을 치르고 돌아온 것이 분명한데도 하얀 도포 자락에 핏방울 하나 튀지 않은 깨끗한 모습이었다.

"고맙소."

못마땅하기는 했지만 류건과 시선이 마주친 선비는 고개를 살짝 숙였다.

"<왕세자의 첫사랑>이라! 이건 나도 읽어봤습니다."

류건은 바닥에 떨어져 있던 서책을 주워 흙을 털어 사인에게 주었다.

"이 서책을 보셨습니까? 어땠습니까, 재미있었습니까?"

사인은 제가 쓴 소설을 읽었다는 첫 번째 독자를 만나자 말로 다 표현할 수 없이 반갑고 기뻐 쉬지 않고 질문을 쏟아냈다.

"예, 재미있었는데 아슬아슬한 순간에 일 권이 끝나는 바람에! 아, 참말 아쉬웠습니다! 앞으로의 이야기는 어떻게 되는지, 왕세자가 연모한 여인 미우는 어찌 될는지 아가씨는 궁금하지 않습니까?"

류건은 이야기 속에 몰입해 있는 자신을 황홀하게 바라보는 사인을 넌지시 떠보았다.

"워낙에 아름다운 연담 속 연인들은 이뤄지지 않는 것이지요. 아마도 미우와 왕세자는 어려운 만남을 이어갈 겁니다."

사인은 커다란 키에 새하얀 피부, 장난기 넘치는 귀여운 얼굴, 게다가 근사한 옷차림까지 뭐 하나 마음에 들지 않는 것이 없는 류건이 자신이 지은 소설에 푹 빠져 있다는 것이 너무 기뻐 저도 모르게 말을 쏟아냈다.

"미우는, 그 여인 미우는 어찌 될 것 같습니까?"

선비가 못마땅한 기색이 역력한데도 류건은 소설 속의 여주인공인 미우에 대해 거듭 물었다.

"미우 항아님 같은 여인이 좋으신가요? 하기야 모두가 좋아할 만했지요."

사인은 자신의 이야기 속 주인공인 미우에게 은근히 집착하는 류건을 보며 환하게 웃었다.

"그랬…… 지요."

류건은 지나가는 말처럼 홀로 중얼거렸지만, 사인은 그 말에 애잔함이 느껴져 고개를 갸웃거렸다.

"허! 사내가 연담소설이라니! 기가 차네, 기가 차! 누가 들으면 미우와 지가 연모하는 줄 알겠다!"

그러나 바로 앞에 서서 두 사람의 이야기를 듣고 있던 선비는 자신이 어째서 이렇게 멍청한 인간들을 지켜보고 있어야 하는 것인지 알 수가 없었다.

"나는 운종가에서 하루하루를 보내는 한량 류라고 하오."

이야기에 열중하던 사인이 저를 한심하게 보고 있는 선비의 시선을 깨닫고 머쓱해하자 류건이 얼른 나서서 먼저 겸손하게 인사를 건넸다.

"나는 그저 서책이나 읽은 서생이오."

그러거나 말거나 선비는 이미 몸을 획 돌리고 제 갈 길을 향해 걷고 있었다.

"선비님 같이 가셔요!"

선비가 말도 없이 가버리자 당황한 사인은 짐 보따리와 서책을 들고 일어섰다.

"일행도 돌아오신 듯하니 저는 이만 가던 길이나 가보겠습니다."

붉어진 얼굴로 당황해 어쩔 줄 모르는 사인을 물끄러미 바라보던 류건이 대나무 지팡이를 고쳐 쥐며 말했다.

"큰 은혜를 입었습니다."

"그까짓 것을 가지고 은혜랄 것이야 있습니까."

고개 숙여 고마움을 표하는 사인을 향해 사람 좋게 웃어 보인 류건은 손을 흔들며 가버렸다.

"연담소설을 읽는 사내라니!"

한편, 앞서가던 선비는 여전히 못마땅한 기색이 역력한 어조로 그렇게 중얼거렸다.

사인과 선비가 있는 곳을 떠난 류건은 바람에 섞여 날아오는 피비린내가 나는 방향으로 갔다. 예상대로 복면을 한 사내들이 숨통이 끊어진 채 여기저기 널브러져 있었다.

"한 치의 실수도 없이 모두 단 한 번의 공격으로 절명했다."

그는 몸을 숙이지도 않고 그 자리에 우뚝 서 시신들의 상태를 살폈다. 시신들의 상처로 볼 때 하나 같이 단 한 번의 망설임도 없이 급소를 공격해 목숨 줄을 끊어 놓은 것이었다. 사람을 죽이는 일을 일말의 망설임도 없이 이렇게 냉정하게 할 수 있는 자들이란 사람 죽이는 것을 업으로 삼은 살수들 밖에 없었다. 게다가 한술 더 떠서 그는 사용했던 무기들을 단 하나도 남기지 않고 모두 수거해 갔다. 화살이며 비수며, 무기를 아껴 쓰겠다는 생각이리라. 그렇다면 그는 이미 앞으로도 수없이 많은 적들이 자신을 공격할 것이라 예상하고 있는 것이었다.

"단번에 숨통을 끊어 놓았으니 고통스럽지는 않았겠다만, 선비가, 그것도 이런 난세에 왕의 아우인 대군이라는 자가 어찌 이런 솜씨를 지녔더란 말인가?"

류건은 잠시 깊은 생각에 잠겼다.

조금 전 갑자기 나타났을 때만 해도 그랬다. 그토록 가까이 다가올 동안 발자국 소리조차 듣지 못했다. 무언가 석연치 않은 점이 한두 가지가 아니었다.

희정당에 머물던 이용은 무슨 바람이 불었는지 점심 무렵에는 후원에 주안상을 차리라 이르고 나인들과 후궁들을 불렀다.

"아직도 그 여인은 찾지 못한 것이냐?"

술잔을 기울이던 이용은 또 무슨 불벼락이 떨어질까 두려워 전전긍긍하고 있는 상선을 돌아보며 물었다.

"전하, 그것이, 찾아는 보고 있사오나……."

"닥쳐라! 너희가 참으로 느슨해지지 않았더냐? 내일까지 그 여인에 대해 무엇이라도 알아오라. 만약 그렇지 못하다면 상선! 네 목을 내놔야 할 것이다!"

"전하!"

상선은 죽을상이 되었지만 이용은 그를 모른 체하고 풀피리를 불기 시작했다.

이상하게 서시를 닮은 여인이 풀피리를 불던 그 밤부터 이용의 머릿속에는 전혀 들어보지 못했던 이 가락이 흐르고 있었다.

흐흐흠, 으음……. 분명 분홍빛 투명한 입술에서 흘러나오던 그 음이 머릿속을 뱅뱅 맴돈다.

"인생은 풀에 맺힌 이슬과 같아서 만날 때가 많지 않은 것!"

슬프게 뽑아내던 풀피리를 멈춘 이용의 입에서 문득 시 한 구절이 떠올랐다. 그 시를 읊고 있는데 갑자기 눈물이 주르륵 흘러내렸다.

"내가 그 여인을 찾고자 함은 단 한 번만이라도 좋으니 그날 밤, 연못가에서 불었던 그 연주를 듣고 싶기 때문이다. 그리하면 내 머릿속에 엉망으로 엉켜 있는 실타래가 풀릴 것 같은데 말이다."

"전하!"

이용이 눈물을 흘리자 숙원 전씨도 따라 울었다. 이용이 연주한 풀피리 소리가 그 자리에 있는 모든 이들의 마음을 건드려 놓았는지 여기저기서 훌쩍거리기 시작했다.

'대관절, 저놈의 풀피리가 무엇이기에!'

그동안 이융은 특별한 여인들에게 집착했고, 음률에 집착했지만, 특히 저 풀피리 소리에 집착했다. 이융이 재위한 지 십이 년, 재위 후 사 년이 되던 해부터 그가 여는 모든 연악에는 초적이 있었다. 하여 풀피리를 연주할 수 있는 자들을 찾기 위해 공인들은 전국을 헤매고 다녀야 했다. 세상에 지천으로 널린 풀과 가지를 접어 흔히 불 수 있는 풀피리는, 누구나 불 수 있었지만 훌륭하게 연주하기란 참으로 어려웠다. 이융은 풀피리를 잘 불 수만 있다면 신분을 막론하고 데려와 귀하게 대접했다.

사람들은 어째서 세상에 지천으로 널린 풀과 가지를 접어 흔히 불 수 있는 저 풀피리에 왕이 저토록 집착하는지 의아해했다.

"전하!"

옆에서 왕의 간절한 눈빛을 지켜보던 장녹수는 그동안 왕이 어째서 그토록 풀피리에 집착하는지 어렴풋이 알 것 같았다. 그가 잃어버린 기억 속 어딘가에 저 풀피리와 엮인 사연이 있으리라 생각한 것이다. 그런 그가 가여워 차라리 자신이 알고 있는 것을 알려줄까 잠시 생각했지만 곧 고개를 흔들어 버렸다.

왕이 만약 사인이 그 여인인 것을 알게 된다면, 그래서 잃어버린 기억 속에 그녀가 어떤 식으로든 관련이 있다면…… 상상만 해도 끔찍했다.

장녹수는 바로 그 순간 결정해 버렸다. 사인은 절대 궁궐로 돌아와서는 안 되는 것이다. 그 궁녀가 들어서는 순간 궁궐 안에 한바탕 회오리바람이 불 것이 틀림없었고, 가뜩이나 흉흉한 소문에 시달리는 왕에게는 악영향이 될 것이 틀림없었다.

"지금 태평한 지 오래 되었으니 불의의 변고가 있겠냐만은 만약 변고가 있게 된다면 너희들은 반드시 죽음을 모면할 수 없을 것이다!"

이융은 마치 무엇엔가 홀린 것처럼 그렇게 중얼거리더니 또다시 풀피리를 꺼내들었다.

그 역시 예감하고 있는 것인지도 몰랐다. 스스로도 알지 못하는 사이에 간신들에 휩쓸려 너무 먼 길을 왔고, 이미 되돌리기에는 너무 늦었다는 것을.

흐흐흠, 으음……. 다시 길고 가는 풀피리의 연주가 시작되었다.

이상하게도 이융이 다시 풀피리를 불자 머릿속이 천공처럼 고요해지며 이리저리 엉켜 있던 실 한 가닥이 풀려 나가기 시작했다.

"미우!"

풀피리를 멈춘 이융의 입에서 갑자기 미우라는 말이 흘러나오자 옆에서 시위하던 대령상궁과 상선의 얼굴은 동시에 파랗게 굳어졌다.

"김 상궁!"

왕이 고개를 돌려 대령상궁을 노려보자 노상궁의 얼굴은 창백하다 못해 허옇게 떴다.

"저, 전하!"

"미우가 무엇이냐?"

"미, 미우라니요?"

"어찌하여 갑자기 과인의 입안에서 미우가 튀어나오는 것이냐!"

"소, 소인 그런 사람은 알지 못합니다, 전하!"

모른다고 답하는 대령상궁의 입술이 파르르 떨고 있었다. 긴장한 빛이 역력했다. 지금 이 자리에 모여 있는 사람 누가 보더라도 대령상궁은 이상해 보였다. 그저 모르는 사람의 이름을 들었다고 하기에는 그 반응이 너무 격했다.

"미우(黴雨)! 보슬보슬 내리는 가랑비가 아닌가, 과인은 그저 미우가 무엇이냐고 물었다! 한데 자네는 어째서 사람의 이름이라 단정하는 것인가?"

이용은 딱딱하게 굳어 있는 대령상궁과 상선을 번갈아 노려보았다.

"전하, 장복수 들었사옵니다."

상선이 고하는 소리에 왕의 용안에 화색이 돌았다.

"오 그래! 속히 들라 하라!"

기다렸다는 듯 반갑게 들라 하는 이용의 목소리가 들려오자 오들오들 떨며 서 있던 장복수의 등에서는 식은땀이 흘렀다.

색에 찌들어 눈 밑이 시커먼 이융의 용안이 진노로 일그러질 생각을 하니 속이 울렁거렸다. 그는 들어갈 생각은 않고 오줌 마려운 강아지 마냥 안절부절못하고 서 있었다.

"전하께서 들라 하시지 않소?"

장복수가 하는 양을 지켜보던 상선은 뭔가 심상치 않다 싶었다.

"어서 오너라!"

장 숙용의 오라비라는 것이 큰 벼슬인 양 언제나 고개를 빳빳이 쳐들고 가슴을 쫙 펴고 당당하게 움직이던 장복수의 걸음이 오늘따라 이상하게 무거워 보인다.

"나가 주위를 물리라!"

이융이 다른 날과는 다른 장복수를 유심히 바라보고 서 있는 상선을 향해 나가라 손짓하자 그는 내심 실망하는 얼굴이었다.

"가까이!"

상선을 포함한 누구도 장복수가 전하는 보고를 듣지 않아야 했기에 이융은 더 가까이 그를 불러들였다. 장복수는 어쩔 수 없이 천천히 걸어와 몸을 잔뜩 사리며 자리에 앉았다.

"음……, 안색이 좋지 않구나. 무슨 일이라도 있었더냐?"

아무리 보아도 깨방정 장복수가 어쩐지 기운이 없어 보인다.

이융이 더없이 총애하는 장녹수의 오라비로 그녀가 원하는 일은 무엇이고 하는 장복수였다. 게다가 시키는 것은 궂은일도 마다하지 않고 부지런히 하는 터라 장녹수와 더불어 왕에게는 없어서는 안 될 인물이 되었다. 그렇기에 든든했고, 또한 믿음직했다. 그런 장복수가 이처럼 기운 없는 모습을 보인 적이 없기에 내심 마음에 걸렸다.

"무슨 일이 있었던 것이냐고 묻지 않더냐?"

"그것이……."

말을 하려다 말고 장복수의 입가에는 바보 같은 웃음이 걸렸다. 악독한 그의 심장도 폭군 앞에서는 허술하게 무너졌다.

"차 한잔 하겠느냐."

사실은 그놈은 어찌 되었느냐, 당장에라도 뜸들이지 말고 털어 놓으라 재촉하고 싶었지만 제 아우를 죽이지 못해 안달난 놈 같아 보일까 봐 이융은 참았다.

"아, 아닙니다, 전하!"

이융은 찻물을 탕기에 부으며 생각에 잠겨 있는 장복수를 찬찬히 살폈다.

"전하, 간밤 진성대군저로 보낸 자들로부터 기별이 왔사온데……."

동그란 백자 잔에 우러나는 옥빛 찻물을 바라보며 장복수는 기운 없이 중얼거렸다.

"어허! 그래서 어찌 되었다는 것이냐?"

이융이 참지 못하고 다그치자 장복수는 그의 손에 들린 찻잔을 바라보며 머뭇거렸다. 언제 저 찻잔이 날아올지 모른다 싶어 떨고 있는 것이었다.

"어찌 이러는 게지?"

이용은 그런 장복수를 보며 언짢은 듯 역정이 묻어나는 목
소리로 다시 물었다.

"대군을 놓쳤다고……."

언짢은 기색이 역력한 이용의 안색에 장복수는 말을 다 잇
지 못했다.

"뭐, 뭐라? 놓쳤어? 놓쳤다고 했느냐, 지금!"

노여움에 부들부들 떨며 제대로 숨을 쉬지 못하는 이용의
얼굴이 납빛으로 변해갔다.

"예, 그것이 대군저의 호위무사들은 대부분 죽었다는데 대
군의 무공이 워낙에 뛰어나 접전 끝에 사라져 놓치고 말았답
니다."

"노, 놓쳐?"

벼락같은 노음과 함께 이용의 손에서 날아온 찻잔이 장복수
의 이마를 딱 때렸다. 말이 자연사한 것 같지는 않다는 마의의
말을 듣고 잔뜩 화가 치민 이용은 장복수를 불러 조선 최고의
살수들을 시켜 은밀하게 이역을 죽이라고 했던 것이었다. 그
런데 놓쳐 버렸다니, 이용은 피가 거꾸로 치솟는 것 같았다.

"전하! 저들도 전혀 예상치 못했던 일이라고!"

장복수는 피가 흐르는 이마를 감싸고 쓰러지면서도 금방이
라도 이성을 잃고 폭주할 것 같은 왕이 걱정스러웠다.

"뭐라, 도망을 쳐? 네가 뭐라 했더냐! 조선 최고의 살수 집단
이라고, 그자들이면 분명히 처리할 수 있다고 하지 않았더냐?"

"물론 흑월단은 조선 최고의 살수대가 틀림없습니다. 어마어마한 살수단을 보냈고 말입니다. 게다가 포도청에도 은밀히 기별을 넣어 무슨 일이 생겨도 모르는 척하기로 해두었습니다."

"그리 만반의 준비를 했다면서 어찌 놓쳐! 그놈은 사람이 아니라 귀신이라더냐!"

"하나 그들의 말로는 대군의 검이 너무 빨라 당할 수가 없었다고 합니다."

잠시 망설이던 장복수는 매도 먼저 맞겠다고 결심했는지 한 번에 해치우고 말겠다는 듯 단숨에 보고했다.

"하하! 내가 그놈의 검을 모르느냐? 나에게도 번번이 지던 놈을······!"

이융은 설마 하다 문득 이역의 어릴 적 눈빛을 떠올렸다.

처용의 탈을 쓰고 칼을 빼든 채 인수대비전으로 난입했을 때 마주쳤던 이역의 모습이 생각났다. 입을 벌리는 즉시 죽게 될 것이라는 위협 속에서도 떨지 않던 이역의 눈빛이 떠올랐다. 정말 묘한 눈이었다. 선이 뚜렷한 입술을 꽉 다문 이역의 눈이 그를 노려보고 있었다.

눈앞에서 쓰러진 대비를 부둥켜안고 올려다보던 이역의 눈은 금방이라도 폭발할 것 같은 위험한 분노와 깊이를 알 수 없는 절망이 뒤엉켜 소용돌이치고 있었다.

같은 손자라도 이융에게는 못마땅한 눈빛으로 가르치려만 들던 왕대비가 아우였던 이역만 보면 언제나 살갑게 웃는 낯이었다. 이융의 서운한 마음은 점점 자라나 어느새 질투와 미움으로 변해 있었다. 이융은 분노와 절망으로 소용돌이 치던 이역의 눈빛이 떠오르자 심장이 터질 것처럼 요동쳐 가슴을 뚫고 나올 것만 같았다.

"살아나온 살수들이 전한 말이니 분명 사실이옵니다."

"하면 결국 놓쳤다는 말이더냐?"

안절부절못하는 장복수의 태도로 보아 무언가 있을 것이라 생각했지만 놓쳐 버렸다는 말을 들으니 벼락이 이융의 정수리를 내리치는 것만 같았다.

"그놈의 식솔들은 어찌 되었느냐?"

"대군과 호위무사 몇 명만 있었고 집 안은 텅 비어 있었다고 합니다. 친가에 다니러 간 것인지."

진성대군 이역의 부인 신씨는 이융의 처남인 신수근의 여식이었다.

하니 식솔들을 피신시켰다면 그곳이 가장 안전한 곳이라고 믿었을 것이다.

"허! 미리 대비를 했더란 말이지?"

이융의 입에서 허탈한 웃음이 새어나왔다.

그 절체절명의 순간, 제가 끔찍이 아끼는 애마를 제 손으로 그리 죽였다면 충분히 그럴 수 있는 놈이라는 생각이 들었다. 이제껏 많은 시험을 했지만 언제나 이역이 한 수 빨랐다.

하면 그놈은, 혹 더 많은 능력을 지니고 있었으면서 숨기고 있었더란 말인가.

이용은 문득 그런 의문이 들기 시작했다.

"대비를 했더란 말이지!"

그래봤자 아무것도 할 수 없는 그놈이 무엇이기에 도망쳤다는 장복수의 그 말 한마디에 이토록 큰 화가 치밀어 오르는 것인지 이용은 절망했다.

"네 이놈! 말이 되느냐! 네가 지금 나를 능멸하는 것이냐! 선비의 검이 어찌 살수의 검보다 빠르더란 말이냐!"

이용은 다시 한 번 광기가 치밀어 서안을 걷어찼다.

"전하! 전하! 고정하시오!"

서안을 걷어찬 이용이 장복수를 밟으려 하자 장녹수가 달려들어와서는 용포 자락을 와락 잡아당겼다. 엄 상궁으로부터 오라비 장복수가 경을 치고 있다는 말을 전해 듣자마자 달려온 것이었다. 필시 어젯밤 진성대군저를 습격했던 일이 잘못되었을 것이라는 생각에 득달같이 달려왔지만 막상 이성을 잃고 광분하는 왕을 보니 잘못하다가는 오라비를 죽이겠다 싶은 것이었다.

"내 저놈을 당장!"

"아이고, 백돌아! 이놈아 그러다 네가 나를 쳐 죽이겠다! 그리도 내 오라비를 죽이고 싶으면 나도 같이 죽이든가!"

이용이 다시 한 번 장복수를 향해 발길질을 하자 장녹수는 짐짓 그 발길에 맞은 척 쓰러지며 엄살을 피웠다. 평소 같으면 장녹수가 어머니처럼 부드럽게 '백돌아'하고 그의 아명을 불러주면 금세 웃고 마는 이용이었지만 오늘은 달랐다.

"가! 네가 직접 나가 자세히 알아보아라! 대체 어젯밤 무슨 일이 있었는지!"

"예! 예, 전하!"

"하고, 무슨 일이 있어도 찾아내 죽여라! 이번에도 실패하면 살수단 흑월은 물론 너도 죽은 목숨이다!"

대규모의 살수단을 보냈는데 이번에도 또 살아서 도망을 쳤다는 것이다.

이융은 온몸을 돌아가던 붉은 피가 한순간에 다 빠져나가는 것만 같아 미친 듯 폭주했다. 일이 이렇게 된 이상 더욱 살려 둘 수 없다. 꼭 죽이고 말 것이다. 이융은 그렇게 이를 갈았다.

"예, 예! 전하!"

장녹수의 만류 덕분에 간신히 목숨을 부지한 장복수는 허겁지겁 방을 나갔다.

"대체, 어젯밤 무슨 일이 있었던 것이오?"

눈치 빠른 상선이 허겁지겁 뛰어나오는 장복수를 의심스러운 눈초리로 바라보았다. 분명 뭔가가 있는데 왕이 입을 열지 않으니 궁금해 죽을 지경이었다.

"일, 일은 무슨……."

장복수가 말끝을 흐리자 상선이 눈을 부릅뜨며 노려보았다.

"전하께 무슨 일이 생겼다면 제일 먼저 내가 알아야 한다는 말일세!"

"그렇다면 전하께 여쭈어 보시오. 내가 할 수 있는 말은 아무것도 없으니……."

장복수는 입을 굳게 닫아버리고 서둘러 궁궐을 나섰다.

　장복수가 물러가는 것을 바라보던 상선은 다시 제자리로 돌아가 묵묵히 서 있었다.

　무슨 일이 있는 게 분명한데 왕과 장복수 모두 다 입을 열지 않는다면 어쩔 수 없는 일이었다.

五章 · 버드나무 아래서

류건이 가고 선비와 둘이 남은 사인은 공연히 서먹했다.

　"갑시다!"

　선비는 그렇게 무뚝뚝하게 말하고는 사인이 들고 있는 짐 보따리를 챙겨 들었다.

　"돌아오시지 않을까 봐 겁이 났었습니다."

　찬바람을 일으키며 앞서가는 선비가 마음에 걸려 사인은 서둘러 따라가며 말을 붙였다. 사인이 그렇게 재재거리는데도 선비는 눈길 한 번 주지 않았다.

　"선해 보이던 이들이 순식간에 폭도로 변할 줄 어찌 알았겠습니까?"

　"본디 인간이란 제 살기 급하면 어찌 변할지 알 수 없는 법이오.”

“이미 법이 없어진 세상에 힘 있는 자들이 모든 것을 빼앗아 가니 가지지 못한 자들이 입에 풀칠할 길이 그것밖에 없었던 것인지도 모르겠습니다.”

인간에 대한 믿음이라고는 전혀 없는 듯한 선비의 냉정한 말에 사인은 공연히 풀이 죽었지만 여전히 미소만은 지우지 않았다.

“그렇더라도 인간 자체가 선하다면 아무리 입에 풀칠하기가 어렵기로 아씨 같은 선량한 백성들을 공격하는 짓은 하지 않았을 것이오!”

자신을 공격한 이들의 입장을 헤아리는 사인의 말에 선비는 세상물정 모르는 꿈같은 소리 하지 말라는 투로 일갈하였다.

“아무튼 큰일 날 뻔하였습니다.”

“내가 없어도 아무 일도 없었소.”

예리한 눈빛으로 주위를 경계하며 걸어가던 선비가 불쑥 말했다.

“다행히 그분이 계셔서.”

머쓱해진 사인의 볼이 빨갛게 달아올랐다.

“음!”

선비는 자신이 공연한 오해를 할까 봐 사인이 마음을 쓰고 있다는 것을 뻔히 알고 있으면서도 어찌 그리 퉁명스러운 말이 심술궂게 툭 튀어나왔는지, 말해놓고 보니 비루하기 짝이 없었다. 슬픈 마음도 기쁜 마음도, 즐거움도 분노도, 그 어떤 감정도 느끼지 못하게 된 것이 아주 오래되었는데 참으로 알 수 없는 일이었다. 고요했던 감정의 뒤틀림은 그렇게 시작되었다.

"그분이 어찌 선비님과 같겠습니까. 고맙기는 하지만 사실 아까 그분은 일면식도 없는 분이지 않습니까?"

찬바람이 일도록 퉁명스러운 선비의 태도에 잠시 머쓱해하던 사인은 다시 한 번 부드럽게 그를 달랬다. 어찌되었거나 초행길을 홀로 가는 것보다야 선비와 동행하는 것이 안전할 것이었다. 궁에서 나오자마자 운종가에서 소매치기를 당하고 조금 전 거지패들의 공격까지 받고 보니 평소 이모에게 자기 한 몸은 지킬 수 있다고 큰소리치던 자신감은 바닥에 떨어진 지 오래였다.

하지만 기분이 썩 좋지 않았던 선비는 무심하게 앞만 보고 묵묵히 걸어갔다. 사인도 별 수 없이 조용히 따라갈 수밖에 없었다. 한참을 걸어가던 선비는 자신의 마음을 풀어주려 애쓰던 사인이 조용해진 것이 이상해 힐끗 돌아보았다.

"다친 것이오?"

그제야 사인이 한쪽 다리를 끌며 오는 것이 보였다. 사인이 다친 것도 모르고 공연히 툴툴거리며 꽁생원처럼 굴었던 자신을 생각하니 미안한 마음이 들었다.

"아, 아니 괜찮습니다."

"갑자기 큰 봉변을 당해 놀랐을 것이니 잠시 쉬었다 갑시다."

길 위에서 쉬는 것이 위험하다고 생각한 선비는 무성하게 우거져 길을 막아버린 잡초들을 휘어잡으며 이끼 낀 바위를 밟고 큰 개울에서 갈라져 나온 작은 개울가로 내려갔다.

길게 늘어진 수양버들 아래 짐을 내려놓고 돌아보니 사인이 불편한 다리로 조심스럽게 내려오는 것이 보였다.

"거기서 기다리시오!"

마음을 녹여 버리는 선비의 낮은 목소리에 사인은 숨을 가볍게 들이쉬었다.

위태위태한 사인을 보다 못한 선비가 한달음에 뛰어 올라갔다. 사인은 자신을 돕기 위해 한달음에 달려오는 사내를 멍하니 바라보았다. 운종가에서 처음 보았던 그때나 지금이나 이 사내는 아무리 봐도 잘났다. 긴장해서인지, 아니면 이 사내에게 마음이 가서인지 가슴이 가볍게 떨려왔다.

"미끄러지겠소!"

선비는 멍한 얼굴로 서 있는 사인을 가볍게 안아 올렸다.

그러나 가벼운 사인을 안았을 뿐인데 이상하게 다리가 휘청거리고 몸이 떨렸다.

"어, 어머!"

사인은 놀란 심장이 그대로 툭 떨어져 저도 모르게 긴 비명이 입을 타고 나와 버렸다.

선비는 어깨에 떠멘 사인이 놀라 비명을 지르는 것도 아랑곳 않고 바위틈 사이를 한걸음에 내려갔다. 난생 처음 사내의 품에 안긴 사인은 얼굴이 화끈거려 눈을 감아버렸다.

낯 뜨거운 연애소설의 필사를 하며 수없이 상상했던 순간이었지만 정작 그런 상황이 되자 머릿속이 하얗게 비워지며 정신이 하나도 없었다.

"내, 내려주셔요."

허술한 심장이 제멋대로 널뛰는 소리가 선비의 귀에도 들릴까 봐 초조해진 사인은 간신히 내려달라고 했다. 개울가에 다다른 선비는 사인을 조심스럽게 내려놓더니 그녀 앞에 무릎을 꿇고 앉았다. 사인이 이이가 어찌 이러나 의아해서 보는데 이번엔 그녀의 치맛자락을 걷는 것이 아닌가. 그녀의 허술한 심장은 급기야 덜컥 떨어져 버렸다.

"에구머니나!"

화들짝 놀란 사인의 눈이 튀어나올 듯 동그래졌다. 그녀의 비명소리에 조용한 개울가 공기층에 금이 가고 있었다.

"그것 참!"

귀를 찌르는 사인의 비명 소리에 선비의 눈썹이 살짝 치켜 올라갔다.

"대체 무슨 생각을 하는 것이오?"

화가 났는지 그의 얼굴이 사인을 향해 점점 다가왔다. 급기야는 사인과 선비의 얼굴이 코가 맞닿을 정도로 바짝 붙었다. 사인은 저도 모르게 침을 꼴깍 삼켰다.

"아, 아니 그게……."

침 넘어가는 소리가 너무 크게 들려 부끄러움에 온몸이 달아올라 더욱 붉어진 사인의 입술이 바르르 떨고 있었다.

"발목이 아프다 하지 않았소?"

그저 좀 골려줄 생각이었는데 눈앞에서 아름다운 미인의 바들바들 떨고 있는 입술을 보니 선비 역시 가슴이 두근거리며 기분이 묘해졌다.

"이게 아닌데."

사인을 안고 내려올 때는 마치 아픈 사람처럼 몸에 열이 나고 온몸에 기운이 빠지며 다리가 후들거리더니 이제는 심장이 두근거리고 온몸에 식은땀이 나다니, 선비는 이는 필시 자신이 어디가 아픈 것이 틀림없다는 생각이 들었다.

"그러게 연담소설을 너무 읽은 것이오!"

선비는 애써 아무렇지 않은 듯 덤덤하게 말했다.

"뭐, 남녀가 서로 연모하는 소설이 나쁩니까?"

궁궐 안 골방에 틀어박혀 있는 동안 사인에게 유일한 낙이 있었다면 각종 소설의 주인공이 되는 것을 상상하는 것이었다.

"나쁘다는 것이 아니라 그리 좋으면 그냥 남녀가 만나 연애를 하면 될 일이지, 뭣하러 글로 만들어 읽기까지 하냔 말이오."

선비는 무릎을 감싸고 오도카니 앉아 있는 사인의 다리를 가볍게 잡아당겼다.

"생각보다 트이셨습니다."

화들짝 놀란 사인이 다리를 거둬들이려 하자 선비는 조심스럽게 버선을 벗겨내고 작고 뽀얀 발을 내려다보았다.

"발이 못생겼는데."

향기로운 산들바람이 스쳐가며 귀밑으로 늘어진 사인의 머리카락을 간질였다. 사인이 천천히 고개를 들었을 때 표정 없는 얼굴의 서늘한 눈이 저를 바라보고 있었다. 선비의 눈길은 사인의 몸을 꿰뚫어 버릴 것처럼 강렬하게 부딪쳐 왔다. 입 안 가득 고인 침이 꼴깍 소리를 내며 넘어갔다.

"여인의 발을 본 적은 없지만, 못생긴 발은 아닌 것 같소."

소설 속 주인공들의 그 많은 미사여구는 어찌하고 말주변 없이 그저 툭 던지는 무뚝뚝한 선비의 '못생긴 발은 아닌 것 같소' 한마디에 사인의 볼은 이미 꽃잎처럼 붉게 물들었다.

사인이 멋쩍어 어쩔 줄 모르며 자신의 발가락을 가만히 내려다보고 있는데 어느새 선비는 능숙한 솜씨로 어긋난 발목뼈를 맞췄다. 게다가 어쩐 일인지 그의 손은 몹시 뜨거워져 있어서 사인의 발목은 저절로 찜질까지 될 지경이었다.

"아!"

뼈가 제자리를 찾아 들어가는 소리와 함께 화끈하게 느껴지던 발목의 통증은 부드럽게 매만지는 선비의 따뜻한 손길을 따라 한결 편해졌다.

"서책만 읽는 선비의 손치고는 너무 거친 것이 아닙니까?"

사인은 자신의 발을 조물조물 만지고 있는 선비의 손을 가만히 내려다보았다. 그의 손은 크고 단단한데다 여기저기 상처가 있고 굳은살도 보였다.

"선비라고 붓만 잡겠소?"

"하긴 그렇지요."

"좀 어떻소?"

"이젠 아프지 않습니다. 한결 좋아졌습니다."

수줍게 속삭이는 사인의 목소리에 고개를 들던 선비의 눈에 버드나무를 감아 올라간 머루 덩굴이 거무죽죽하게 이슬에 젖어 있는 것이 보였다. 노랗게 단풍이 든 잎사귀들도 눈에 들어왔다.

그는 문득 여인의 다친 발목을 주물러 주는 것도 모자라 그녀를 골려주려고까지 하는 자신을 깨닫고 당황했다. 이제껏 살아남는 것만이 전부였던 그에게 이 무슨 난데없는 감정이란 말인가.

생각해 보니 운종가에서 처음 본 이후, 매 순간 이 여인을 의식했다. 이 또한 제 몸의 상태가 정상이 아니라서 이런 것인가, 아니면 감정이 흔들리고 있는 것일까. 선비는 이 중대한 순간 마음이 저질러 놓은 일로 머릿속이 복잡해져 버렸다.

"오래전에 떠나온 고향집, 내가 거처하는 방의 창가에는 버드나무 한 그루가 심어져 있었소."

선비는 난생처음 느끼는 이 묘한 느낌이 이상해 썩 좋지 않은 표정으로 사인과 조금 떨어져 앉았다.

"버드나무가요? 서책에서는 집 안에는 버드나무를 심지 않는다고 하던데. 하지만 풍치 있는 방이었을 것 같습니다."

뭔가 묘한 기류를 느낀 것인지 사인도 쑥스러워 숲의 나무들 사이로 시선을 돌렸다. 이미 뼛속까지 궁녀인 그녀는 잠시 이래서는 아니 된다 생각했지만 설레는 마음을 동여 묶을 수도 없는 일이었다.

"어머님을 위해 아버님이 심으셨다고 했소. 실실이 버들가지로 그칠 길 없는 사랑을 친친 동여매자고."

"두 분의 금슬이 무척 좋으셨나 봅니다."

사인은 그렇게 말하며 그의 모습을 슬쩍 훔쳐보았다.

선비는 늘어진 수양버들 아래 등을 반듯이 세우고 홀로 정좌해 있었다. 바람이 불어와 버드나무 가지가 날려 그의 곁을 흔들고 지나갔다. 향기로운 녹색의 미풍이 나란히 앉아 있는 선비와 사인을 지나가고 있었다.

사인이 홀린 듯 보고 있는 동안에도 선비는 조금도 자세를 흐트러뜨리지 않았다. 어떤 사람이 반듯하게 앉아 있는 모습이 이렇게 여러 가지 감정을 느낄 수 있게 한다는 사실이 놀라웠다.

"바람이 불면 열린 창문 사이로 버들가지 스치는 소리가 듣기 좋았소."

선비는 잠시 다섯 살 무렵 어느 여름날로 돌아가 있었다. 고운 어머니가 그와 나란히 앉아 바람에 흔들리는 버들가지를 보고 있었다. 이제는 꿈처럼 가물가물한 기억이었다.

사인이 한참을 그렇게 바라보자 선비가 천천히 고개를 돌렸다.

선비를 홀린 듯 바라보던 사인은 들킬까 봐 얼른 고개를 돌렸다.

곁에 앉아 있는 사람이 어떻게 하고 있는지, 무슨 생각을 하고 있는지 이렇게 궁금할 수도 있구나. 사인은 그렇게 생각하며 다시 슬쩍 훔쳐보다 눈이 마주쳤다. 이상하게 아무런 생각도 나지 않고 가슴이 떨렸다.

"시장하실 것인데 드시지요?"

잠시 딴청을 하던 사인은 보퉁이를 풀고 작은 지함을 꺼내 선비 앞에 놓고 펼쳤다. 지함 안에는 손가락으로 집어먹기 편하게 나뭇잎에 하나하나 싼 찹쌀떡이 담겨 있었다.

"드시오. 나는 괜찮소."

사인이 먼 길 가느라 싸온 끼니일 것이라 생각하니 선뜻 손이 가지 않았다.

"먹을 만합니다. 그래도 드셔보십시오."

선비가 선뜻 먹으려 하지 않자 사인은 나뭇잎을 조심스럽게 펼쳐 선비의 입 앞에 갖다 주었다. 사인이 직접 먹여 주려고 들자 선비는 마지못해 떡을 받아 입에 넣었다. 선비가 먹는 것을 보자 사인도 떡을 하나 들고 입에 넣었다.

"저, 선비님?"

떡을 한 입 베어 먹던 사인이 조심스럽게 그를 불렀다. 별생각 없이 떡을 먹고 있던 선비는 자신을 빤히 보는 사인을 보았다.

"한데, 저에게 어찌 이리 잘해주시는 겁니까? 오늘 처음 만난 저에게……."

"킥!"

사실 사인은 혹 이 선비가 내가 마음에 들어 이러는 것인가 해서 물어본 것이었다. 그러나 전혀 예상치 못했던 질문에 제 마음을 들키기라도 한 듯 놀란 선비는 떡을 채 삼키지 못하고 사레들려 컥컥거렸다.

"곤경에 처한 이를 보면 누구라도 그리하지 않소?"

물을 마시고 간신히 떡을 삼킨 선비는 아직도 자신을 빤히 쳐다보고 있는 사인에게 물통을 내밀었다.

빈말이었다. 그동안 그는 '너는 오직 살아남아라!' 그 한마디 명을 지키기 위해 언제나 제 목숨을 먼저 지키기 급급했다. 그래서 언제나 곤경에 처한 이들의 일에 휘말리지 않으려 피해 다녔다. 수없이 부당한 일들에 눈감아야 했었다.

그런데도 번번이 이 여인에게 신경이 쓰이는 것을 보면 분명 제정신이 아닌 것이라는 생각이 들자 선비도 이제 이 감정을 어찌 다스려야 할지 몰라 난감해졌다.

"아, 그런 것입니까."

별것 아니었다는 듯 대답하는 그를 보니 공연히 머쓱해졌다.

궁궐 안에서는 그 누구도 곤경에 처한 이를 위해 손을 내밀고 함께 뛰어줄 수가 없었다. 생각하면 곤경에 처한 이를 돕는 것이 당연한 것이었는데 사인은 공연히 선비가 자신에게 딴 마음이 있는 것이 아닐까 했던 것이었다. 사인은 서운한 표정을 감추며 물통을 받아 물을 마셨다.

조선 최고의 살수단 흑월의 근거지가 어딘지는 알려지지 않았다. 다만 그들과 연락하기 위해서는 청계천 거지 패거리의 왕초에게 기별을 보내면 되는 것이었다.

　　"왕초는 어디에 있느냐?"

　　궁궐에서 치른 곤욕으로 눈이 뒤집힌 장복수는 수하들을 거느리고 청계천을 찾았다.

　　"그, 그것이!"

　　무장한 장정들이 다그치자 흙투성이 얼굴에 머리에는 온갖 풀잎을 묻혀 정신 사나운 거지 하나가 장복수를 저희들의 왕초에게 데려갔다.

　　"아이고, 나리께서 어찌 이 누추한 곳까지?"

　　거지 패거리의 왕초는 긴 머리카락을 풀고 여윈 몸으로 미동도 없이 누워 있는 여인의 곁을 지키고 있었다. 금방이라도 부서져 버릴 듯 마른 지푸라기 같은 여인은 변변히 덮을 이불도 없는지 검은 천쪼가리를 두르고 누워 있었다. 장복수를 발견한 왕초는 달려와 고개를 조아렸다.

　　"흑월의 수장에게로 가자!"

　　"아이고, 아니 됩니다요. 소인이 기별을 넣으면 그쪽에서 올 것이니……."

　　거기까지 말하던 왕초는 장복수의 옆에 서 있던 무사가 칼집에서 뺀 검을 누워 있는 여인의 목으로 가져가는 것을 보고 새하얗게 질렸다.

"너와 긴말할 틈이 없다!"

"하, 하나 소인이 나으리를 모시고 갔다가는 저는 물론이거니와 패거리들도 살아남지 못할 것입니다요."

왕초의 목소리가 애처롭게 떨렸다.

"뭣하느냐!"

그러나 그런 애원 따위는 들리지도 않는다는 듯 장복수는 무사에게 눈짓해 그대로 여인의 목을 내리치게 하려 했다.

"아이고, 아닙니다요! 아니 됩니다요!"

제 눈앞에서 식솔을 죽이려는 것을 본 왕초는 기겁해 매달렸다.

"어찌할 것이냐?"

"가, 가시지요!"

"진즉 그렇게 나올 것이지!"

왕초가 놀라 소리치자 눈에 핏발이 선 장복수는 이를 악문 채 한 발 물러섰다.

왕초를 데리고 한달음에 달려간 흑월의 본거지는 놀랍게도 도성 안 남산골로 올라가는 산언덕에 있었다. 겉에서 보기에는 그저 평범해 보이는 와가를 몇 채 연결해 본거지로 쓰고 있었다.

"이 누추한 곳까지 직접 오실 게 무엡니까. 소인을 부르시지 그러셨습니까?"

장복수가 수십 명의 수하들을 이끌고 거지 패거리의 왕초를 앞세워 찾아왔음에도 흑월의 수장 노도수는 눈 한 번 깜짝하지 않고 뻣뻣이 말했다.

"지금이 앉아서 기다릴 때인가?"

악에 받쳐 소리치는 장복수의 새된 소리에 노도수의 주변에 선 살수들 사이에서 불쾌한 헛기침이 거침없이 터져 나왔다.

"실패한 놈들이 무슨 할 말이 있겠습니까?"

살수들은 거두절미하고 진성대군 암살에 실패한 스스로를 자책했다.

이제껏 실패를 모르던 흑월 최고의 살수라는 월산이 이끄는 자들이 대부분 죽거나 다쳐서 돌아왔다. 설상가상 진성대군저 습격 때 함께 갔던 아우마저 잃고 돌아온 월산은 그렇게 허무하게 실패한 자신에게 자괴감마저 느끼고 있는 듯했다. 물론 진성대군의 무공이 그렇게 출중할 줄 예상하지 못한 이쪽의 실책이었다. 달빛 아래 대군에게서는 그 자체로 살기가 풍겼다. 그가 검을 휘두르는 동안은 누가 왕가의 대군이고 누가 살수인지 알 수 없을 지경이었다.

"안으로 드시지요."

진성대군 암살에 실패한 이상 이 정도의 수모는 예상했던 일이었다.

더 이상 언성을 높여 봐야 좋을 것이 없다고 판단한 노도수는 장복수를 흑월의 본거지 안으로 들였다. 대문을 들어서던 장복수는 집 안 전체에 흐르는 살기를 느꼈다. 노도수를 따라나온 자들 외에도 이 집 안에는 보이지 않는 살수들로 가득 차 있을 것이었다.

"각설하고 웃전의 명을 전하겠네."

자리에 앉은 장복수는 바로 왕의 하명을 전했다.

"말씀하시지요."

"조선 팔도를 다 뒤져서라도 진성대군을 찾아 죽여야 한다. 이번에도 실패한다면 너희도 나도 모두가 죽은 목숨이다!"

비장한 눈빛으로 그리 말한 장복수는 잠시 노도수를 노려보았다.

그는 별다른 반응 없이 덤덤한 표정으로 앉아 있었다. 방 안이 물을 끼얹은 듯 조용해지며 노도수와 살수들 사이로 무거운 침묵이 흘렀다. 웃전의 명이라는 것이 의미하는 바가 무엇인지 저마다 애써 궁리해 보는 것이었다.

"이미 살수단을 셋으로 나눠 내보냈습니다. 하고 지금 또 다른 살수대에게 용모파기를 들려 내보낼 참이었습니다."

살기가 흐르는 끔찍한 침묵을 깨고 노도수가 입을 열었다.

"대군의 처가는 물론이고 모두 내보내 은밀하게 찾게! 대군이 도성을 벗어나기 전에 처리해야 하네. 자네들이 조선 최고의 살수임을 증명해 보이게, 반드시!"

"이번엔 실수 없이 처리할 것입니다."

방 안은 너무 조용하여 바늘 떨어지는 소리까지 들릴 지경이었다. 오로지 들리는 것은 진노한 장복수의 음성과 그에 대답하는 노도수의 풀죽은 목소리뿐이었다.

"월산은?"

장복수가 돌아가자 노도수는 자리에 앉아 생각에 잠겨 있었다.

"어젯밤 이후로 보이지 않습니다."

월산과 함께 진성대군저를 습격했던 만복이 대답했다.

"어디로 갔는지도 모르고?"

"아우를 잃은 충격이 컸던 것 같습니다."

어젯밤 만복은 동료 몇 명과 함께 진성대군의 손에 죽은 아우를 들쳐 메고 산으로 올라가는 월산을 따라갔었다. 세상에 둘밖에 없는 피붙이라 워낙에 우애가 남달랐던 형제였다. 혹시나 있을지 모를 불상사를 대비하려던 것이었다.

그러나 숲속으로 접어든 월산의 걸음은 점점 더 빨라졌다. 미처 다 썩지 않은 낙엽들이 바스락 소리를 내는 것으로 그가 가고 있는 거리를 짐작했을 뿐 따라잡기엔 역부족이었다.

대체 어디까지 갈 작정이냐고 숨을 헐떡이며 뒤쫓던 동료들은 투덜거렸다. 만복 역시 점점 지쳐가고 있었지만 월산은 쉬지 않고 산등성이를 타고 올라갔다.

개울을 건너뛰어 바위를 타고 올라간 월산은 산꼭대기 나무가 성글고 바닥이 평평한 곳에 땅을 파고 아우를 묻었다. 가장 미천한 삶을 살다간 월산의 아우는 죽어서야 가장 높은 곳에 누운 모양새였다. 나무 뒤에 몸을 숨긴 만복과 동료들은 차마 나서지 못하고 월산이 하는 대로 지켜보고만 있었다.

때마침 달빛이 드러나 급한 대로 봉분을 만들고서야 허리를 펴는 월산의 얼굴을 뚜렷이 비추었다. 짙은 눈썹 아래 푹 파인 눈이 맹수의 것처럼 번뜩이고 있는 것 같았다. 개울을 지나는 물소리가 구슬피 들린다 생각하고 있는데 갑자기 월산의 고개가 꺾이며 울음이 터져 나왔다. 두 손으로 봉분을 어루만지며 통곡하는 소리가 그의 심장을 쥐어짜는 듯 고통스럽게 들렸다.

월산의 통곡은 나무 뒤에 숨어 있던 만복과 동료들을 당황하게 했다. 그와 함께하는 동안 화를 내는 것, 눈물짓는 것 한 번 보지 못했던 그들이었기에 황망한 마음은 더욱 컸다. 그들은 나무에 기대 앉아 월산의 길고 긴 통곡 소리를 듣고 있을 수밖에 없었다.

그렇게 얼마나 지났던가. 울음이 뚝 끊기고 갑자기 주위가 적막해져 둘러보았을 때 월산은 그 자리에 없었다. 나뭇가지가 꺾이는 소리를 따라 달려갔을 때 월산은 날다람쥐처럼 달리고 있었다. 월산은 무엇엔가 홀린 것처럼 천 길 낭떠러지도 뛰어넘을 것 같은 기세로 그들의 시야에서 사라졌다.

산을 내려와 주위를 샅샅이 찾아보았지만 어디로 간 것인지 찾을 수가 없었다.

"월산은 그냥 두고 네가 아이들을 데리고 나가라! 찾지 못하면 돌아오지 말고!"

"예!"

"참, 나가는 길에 거지 패거리의 왕초 놈은 없애 버려!"

노도수는 이제껏 한 번도 공개되지 않은 흑월의 본거지로 장복수를 데리고 온 거지 패거리의 왕초를 없애라고 명했다.

애초에 흑월에 다른 이를 들이는 것이 아니었다는 후회가 되었지만 이미 늦은 일이었다.

"예!"

월산이 사라지고 나서야 제대로 된 임무를 받은 만복은 검을 단단히 움켜쥐고 방을 나왔다.

❀　　❀　　❀

수양버들 아래서 잠시 쉰 사인과 선비는 다시 길을 재촉했다.

가을 산은 온통 빨갛고, 길을 걸으며 올려다본 하늘은 시리도록 푸르다. 똑같은 하늘이건만 궁궐 안에서 바라보던 하늘과 지금 이곳에서 바라보는 하늘은 분명 달랐다.

하늘을 향해 곧게 펼쳐진 나뭇가지 끝에 대롱대롱 매달린, 빨간 단풍잎에 맺힌 이슬이 반짝 빛났다. 나무를 타고 기어오르는 붉고 노란 담쟁이 잎들이 두런두런 가는 가을을 아쉬워하고 있었다.

"무엇을 보고 있는 것이오?"

앞서 가던 선비는 사인이 따라오는 기척이 없자 급히 돌아보았다.

사인은 길 가운데 우두커니 서서 하늘을 올려다보고 있었다. 아직도 쉬지 않고 쫓아올 자들로부터 속히 벗어나야 할 텐데 선비의 속도 모르고 참으로 천하태평이었다.

"하늘을 보고 있습니다."

"하늘을?"

사인의 엉뚱한 대답에 선비는 미간을 찡그리며 하늘을 올려다보았다.

푸르도록 시린 하늘에 산자락을 채 넘지 못한 구름이 척 걸려 있었다. 선비는 어쩐지 그 구름이 제 모습을 닮았다는 생각이 들자 씁쓸해졌다.

"실은 오늘이 제가 태어난 날입니다. 제가 태어난 날 이렇게 자유롭게 하늘을 올려다볼 줄 어찌 알았겠습니까?"

궁 안에 있었다면 좁은 골방에서 이모가 가져다준 음식들을 먹으며 보냈을 날이었다. 아무리 맛난 음식을 먹어도 도무지 즐겁지가 않았었다. 그런데 오늘에야 그 연유를 알 것 같았다. 갇혀 있어서 그랬던 거였다. 지금은 다리가 아파도 그리고 배가 좀 고파도 이렇게 하늘을 바라보고 있는 것만으로도 행복하다는 것을 알 것 같았다.

사인은 살며시 눈을 감고 두 팔을 벌려 마치 자유의 공기를 음미라도 하듯이 깊이 들이마셨다.

선비는 미동도 없이 서서 사인을 뚫어져라 응시하고 있었다.

사인이 말하는 것이 무슨 뜻인지 정확히 알 수는 없었지만 지금 그녀의 말과 몸짓을 보고 있자니 앞으로만 달리기에 급급한 이 사내의 가슴에도 애잔한 마음이 알싸하게 번져 나갔다. 그는 잠시 생각하다 주위를 둘러보니 수풀 여기저기 조금

씩 핀 국화가 눈에 들어왔다.

"음!"

선비는 단번에 국화꽃 몇 송이를 꺾어 쥐고 터벅터벅 걸어가 멋쩍은 얼굴로 사인에게 내밀었다.

"예뻐요. 고맙습니다!"

단풍으로 물든 가을 숲속에서 두 눈 가득 기쁜 빛을 띠며 국화꽃 향기를 맡는 사인의 모습은 아름다웠다.

"이제 갑시다!"

스스로 생각하기에도 별짓을 다 한다 싶었지만, 생각과 달리 마음은 좋았다. 선비는 다시 돌아서 걸음을 재촉했다.

흐흐흠, 으음…….

그런데 갑자기 등 뒤에서 풀피리 소리가 들려왔다.

"이런!"

풀피리 소리는 길고 가늘어 단번에 적요한 숲의 공기를 뒤흔들어 놓았다.

아마도 모든 적들에게 선비와 사인의 위치를 알려줬을 것이다. 머리끝까지 화가 치민 선비는 목울대까지 넘어오는 울화를 간신히 삼키며 돌아보았다.

국화꽃 한 다발을 가슴에 안은 여인이 기쁨에 넘쳐 풀피리를 불고 있다.

미친 것이냐, 네가 하고 있는 짓이 무엇인지나 아는 것이냐, 당장 그만두지 못하겠느냐는 고함이 입안에서만 맴돌 뿐, 차마 입 밖으로 나오지 못했다.

아름다운 여인이었다. 화려하지 않지만 눈길을 잡아두는 단아한 이목구비에 마냥 여린 듯 보이지만 강단 있는 생각까지 어느 하나 곱지 않은 것이 없다. 하늘을 향해 곧게 솟은 나뭇잎 사이로 스며든 흐린 햇살이 수줍은 여인의 머리 위로 부서져 내리고 풀빛에 물든 치맛자락 아래 누릇누릇 물든 풀잎들과 물끄러미 핀 들꽃까지도 반짝였다.

가을빛으로 물든 온 세상이 그 여인 하나만을 위해 존재하는 것 같은 풍경을 보고 있자니 선비는 정말 머나먼 곳으로 떠나온 듯한 기분이 들었다.

그리고 숲 저쪽 끝 나무에 기대 서 있던 류건 역시 아름다운 사인의 모습에 취해 잠시 넋을 놓고 있었다. 그간 운종가와 기방을 누비며 숱한 여인들을 보아왔지만 그저 저렇게 서 있는 것만으로 주위의 빛을 모으는 여인은 본 적이 없었다.

그러다 류건은 사인이 풀피리를 불기 시작하자 소스라치게 놀랐다.

짐작은 했지만 저 여인이 이 곡을 알고 있을 줄이야. 어릴 때 어머니와 함께 나들이를 가면 어머니는 주위에 풀잎을 접어 풀피리를 불어 주었다. 류건은 누이와, 동생과 함께 나무 그늘에 앉아 주먹밥을 먹으며 고운 어머니가 불어주던 그 풀피리 소리를 듣곤 했었다.

"그 소녀가 당신이었습니까?"

스르륵 눈을 감으니 그 어둠을 뚫고 한줄기 빛이 아지랑이처럼 아른거렸다.

빛 속에서 즐겁게 놀고 있는 두 아이가 보였다. 서툴게 풀피리를 불어 보는 사내아이 앞으로 저보다 잘하지 못한다고 까르르 웃으며 폴짝거리는 여자 아이가 보였다.

나무에 몸을 의지한 류건은 두 눈을 감고 그 풀피리 소리를 들으며 끝내 소리 없이 통곡하고 있었다.

"음!"

풀피리 소리 때문에 이미 이곳에 사람이 있다는 것을 저들이 알아차렸을 것이라 생각했지만 선비는 당장 그만두라고 호통 치는 것을 포기했다. 선비는 그대로 서서 팔짱을 낀 채 사인의 풀피리 연주를 끝까지 들었다. 목숨이 경각에 달려 있음에도 어째서 그런 여유가 나오는 것인지 그 자신도 알 수 없었다.

"너무 고마워서 저도 무언가 해드리고 싶었습니다."

풀피리 연주를 마친 사인은 쑥스러워했다.

"잘 들었지만 앞으로 풀피리를 불 때는 내게 물어보도록 하시오."

"아, 풀피리를 좋아하지 않으십니까?"

선비의 퉁명스러운 반응에 당황한 사인은 실망한 눈빛이 되었지만 더 이상 묻지 않고 고개만 살짝 끄덕였다.

"이제 갑시다."

사인의 예쁜 마음을 알면서도 길게 설명할 수 없었던 선비는 미안한 마음에 손을 내밀었다.

"예!"

마음을 알 수는 없었지만 그가 내미는 크고 단단한 손에서 전해오는 따뜻한 온기를 느끼며 사인은 선비의 손을 잡고 다정하게 가을 숲을 걸어갔다. 이 사내의 손을 잡고 세상 끝까지 걸어갔으면, 그런 상상들이 사인의 마음을 설레게 만들었다.

"선비님이 가시는 곳까지는 얼마나 걸릴까요?"

"해지기 전까지는 당도할 것이오."

선비는 주위의 움직임에 귀를 기울이며 전방에서 눈을 떼지 않고 대답했다.

"이렇게 끝없이 걷고 싶어요."

사인은 설레는 마음으로 수줍게 속삭였지만 선비는 한시 바삐 스승이 있는 암자로 가야 한다는 생각에 걸음을 빨리했다. 느긋하게 걷고 싶다는 동상이몽을 하던 사인은 끌려가다시피 암자를 향해 갈 수밖에 없었다.

주홍빛 치맛자락처럼 펼쳐진 노을 속에 잠긴 산사는 그저 바라보는 것만으로도 옷깃을 여미게 한다. 해가 지는 산에서 불어오는 물기 젖은 바람은 처마 끝에 달린 풍경을 길게 울려 제 존재를 확인시키고 산사를 휘돌아 빠져나간다.

그 풍경 소리에 어우러져 낭랑한 목탁 소리가 들려오자 선비는 꽁꽁 묶였던 오랏줄에서 풀려난 듯 큰 숨을 쉬었다.

"다 온 것 같소. 오늘밤은 예서 쉬어 갑시다."

"이곳이 스승님이 계시는 곳입니까?"

산사를 처음 보는 사인은 신기한 듯 경내를 둘러보았다.

아직은 날씨가 후텁지근한지라 저녁 예불을 드리는 수행자들의 이마에도 땀방울이 맺혔다. 목어를 두드리는 성담의 눈에 어둑어둑해지는 어둠 속에서 힘없이 걸어오는 남녀가 보였다.

"스승님!"

세파에 지치고 초췌해졌어도 성담의 눈에는 여전히 군계일학 같은 제자가 고개를 깊이 숙여 예를 갖추었다.

"나무아미타불!"

"어인 일로……."

성담은 피폐하고 남루해진 차림의 두 사람을 훑어보며 물었다.

"많은 일들이 있었습니다."

"안으로 드시지요, 소승은 대웅전에서 저녁 예불을 드리고 갈 것입니다."

"감사합니다, 스승님."

선비는 대웅전을 향해 가는 성담의 뒷모습을 바라보다가 사인을 데리고 걸음을 옮겼다.

두 사람을 쉬게 하고 돌아섰던 성담은 그러나 몇 발자국 가지 않아 방금 전 보았던 여인이 눈에 밟혀 돌아섰다. 두 남녀를 물끄러미 바라보다 성담은 뭔가를 깨달은 듯 미간을 찌푸렸다.

"대비전의 똑똑이!"

성담은 사람의 사주와 관상을 정확하게 읽어내던 그의 스승 청운의 말이 그대로 맞아 들어가고 있음을 확인하고 다시 한 번 합장하며 감사했다.

"미인단명이라, 경국지색의 너의 미모가 너를 죽이겠구나."

어느 날 인수대비의 부름을 받고 잠시 들렀던 대비전에서 스승 청운은 환하게 웃고 있던 조그만 소녀를 들여다보며 말했었다.

"아가, 언젠가 네가 너의 이름을 찾고 제자리로 돌아가 행복해지려면 너는 그 얼굴로 살아서는 아니 된다."

스승의 말을 따라 궁궐을 나와 피접을 갔다고 들었는데 어찌 이곳까지 온 것일까? 어떤 순리가 저들을 함께 있게 하였는지 참으로 신비로운 것이었다.

"만나야 할 사람이라면 아무리 먼 길을 돌아서라도 기어이 만나게 되는 것이 순리일지니……."

성담은 다시 한 번 합장하며 두 사람의 무사 안위를 빌었다.

대웅전 안에는 회색 장삼을 입고 단정히 정좌하고 목탁을 치며 독송하며 스님들이 부처께 예불을 올리고 있었다.

"나무아미타불!"

그 광경을 물끄러미 바라보던 선비는 합장하며 허리를 숙였다.

그의 얼굴은 어느새 무념무상의 경지에 든 것인지, 생각을 비운 것인지 백지장처럼 창백하게 바래 있었다. 사인은 바로 옆에 서서 그런 선비의 모습을 지켜보자니 너무도 쓸쓸해 저도 모르게 숙연해졌다.

선비와 사인은 고요히 경내를 거닐며 성담스님이 예불을 마치고 나오기를 기다렸다.

"스님과는 어찌 아십니까?"

"내게 많은 것을 가르쳐 주시는 스승님이시오."

"그러셨군요."

사인은 많이 지쳐 보였지만 금세 터지는 꽃봉오리처럼 활짝 웃었다. 선비를 바라보는 사인의 눈은 염려가 가득했고 따뜻했다.

"들어가 요기라도 하겠소?"

사인의 눈빛이 걸려 목이 간질간질해진 선비는 차분하게 가라앉은 목소리로 물었다.

"그럴 수 있을까요? 실은 몹시 배가 고픕니다."

사인은 그제야 정신을 차리고 꼬르륵 소리를 내는 배를 움켜쥐었다.

산사의 일들을 도맡아 하는 보살의 인도를 받아 사인과 선비는 암자 뒤편에 있는 깨끗한 방으로 들어갔다.

"작지만 마음이 고요해지는 방입니다."

어린아이처럼 선비의 곁에 바짝 다가선 사인이 작은 목소리로 속삭였다.

낮은 천장에 사방이 흙벽으로 둘러쳐진 작은 방을 둘러보자니 이곳에서는 어쩐지 목소리를 낮춰야 할 것 같았다.

"이곳은 스승님이 차를 마시며 명상에 잠기는 다각실이오."

선비가 솔숲으로 난 곁창을 열며 사인을 내려다보았다.

혹시라도 자기 때문에 이 여인이 다칠까 노심초사하며 가슴을 졸이다가 조금은 안전하다 여기지는 이곳까지 오고 보니 한결 마음이 놓였다.

"아, 어쩐지!"

사면이 텅 비어 있고 방 중앙에 오로지 차상과 다구들만이 놓여 있는 것을 보니 방 또한 속세를 버린 스님들의 마음 같았다.

사인과 선비는 보살이 차려온 밥상을 받고 허기를 채웠다.

"사찰의 음식이 입에 맞을지 모르겠소."

"시장이 찬이라 하지 않습니까. 게다가 이리 정갈한 밥상을 받았는 것을요."

선비는 양반가의 규수처럼 보이는 사인이 매사에 까다롭지 않은 것 또한 마음에 들었다. 얼굴도 예쁘고 마음 씀씀이도 곱고 볼수록 어여쁜 여인이었다.

"저는 잠시 나가 씻고 오겠습니다."

손수 우려낸 차를 들고 성담이 들어오자 사인은 자리를 비워주려고 일어섰다.

"그리하시지요."

"저 규수를 아시는 것입니까?"

사인을 바라보는 성담의 눈빛이 심상치 않음을 눈치챈 선비가 물었다.

"고운 분으로 자라셨습니다. 하나 아직도 불운을 벗어나지는 못하신 것 같군요."

성담은 알 듯 모를 듯 중얼거리며 빙그레 웃었다.

어찌하였는지 용하게 그 화를 피해 아직까지는 살아남았지만 스승과는 달리 앞날을 읽을 능력이 없는 그가 사인의 앞날을 알 수는 없는 일이었다. 한데 저 궁녀가 어찌 자신의 제자와 함께 있는 것일까. 많은 궁금증이 일었지만 한 번에 다 알 수는 없는 일이었다.

"모두 무탈하십니까?"

"제가 이렇게 건재하게 살아 있으면 모두가 무탈한 것 아니겠습니까?"

다른 날과 다름없이 허리를 반듯하게 펴고 정좌해 앉아 있는 선비는 차분하게 가라앉은 목소리로 덤덤하게 대답했지만 어쩐지 그 말이 성담의 귀에는 아프도록 쓸쓸하게 들려왔다.

"참으로 다행입니다."

그리 말하며 선비를 보고 있자니 성담은 이분께 무슨 일을 저지른 것인가 하는 미안한 마음에 가슴이 아파왔다.

"수하들이 모두 죽었고 용호 사부님마저 많이 다치셨습니다."

조용히 앉아 차를 나눠 마신 뒤 선비가 먼저 운을 떼었다.

그 모든 불상사가 그의 탓인 듯 눈자위가 붉어지며 찻잔을 쥔 선비의 손에 경련이 일었다.

"용호가요? 대체 어찌 된 일입니까?"

"어젯밤, 살수들이 대군저를 습격했습니다."

"상감의 짓이군요. 한데 어찌하여 살수단을 대군저까지 보냈단 말입니까?"

"주상께서 말타기 시합을 하자 하셨는데 아무리 궁리를 해보아도 살길이 보이지 않았습니다. 저는 기필코 살아 있어야 하는데 말입니다. 해서 섬리를……."

거기까지 덤덤하게 말하던 선비는 잠시 말을 멈추고 고개를 숙였다. 이용을 구하고 대신 화살을 맞아주었다고 치하하며 선왕이 하사한 명마였다. 그 말을 받고 얼마나 기뻤던지 한순간도 떨어지고 싶지 않아 마구간에서 함께 잔 날도 많았다.

섬리는 그의 마음을 온전히 이해하는 또 다른 그였다. 그런 섬리를 제 손으로 죽일 수밖에 없었던 순간을 생각하니 서러움이 북받쳐 올랐다. 많이 원망했을 것이다. 어찌 눈이 감겼을까 싶다.

"그놈은 모든 것을 이해하고 떠났을 것입니다."

제자의 고통스러운 마음을 알기에 성담은 더 할 말이 없었다.

"이제는 더 이상 앞이 보이지 않습니다. 누군가는 끝을 내야 할 일입니다. 저의 임무는 이번이 마지막일 것 같습니다. 하니, 스승님께서는 제가 버티고 있는 동안 앞으로의 일을 논의하셔야 할 것입니다."

선비는 모든 것을 내려놓은 듯 담담하게 자신의 계획을 털어놓았다.

"어찌 홀로 모든 것을 감당하시려고 하십니까!"

"더 이상은 그 누구도 다치게 하지 않겠습니다. 함께 웃고 울던 수하들이었습니다. 그들을 모두 잃었습니다. 사람을 잃는 것도 이제 그만하려고 합니다."

이미 최악의 순간까지 각오했는지 그의 말에는 막힘이 없었다.

"도련님을 처음 뵙던 날이 떠오르는군요. 무엇을 꿈꾸느냐 물었더니 할아버님처럼 백성을 지키겠노라 하셨지요."

성담은 환하게 잘 웃던 다섯 살의 어린 도령을 떠올렸다. 연유야 어찌 되었건 그 어린 도령에게서 환한 웃음을 빼앗아 버렸고 그의 모든 것을 버리도록 만든 것은 성담 바로 그였다.

"하나, 어찌 된 일인지 저는 제 목숨 하나를 지키기 급급합니다."

"그것이 모두를 지키는 길이라는 것을 잘 아시지 않습니까?"

"청운스님께서는 처음부터 저의 운명을 보셨습니까?"

성담은 조용히 고개를 끄덕였다.

"앞으로 저는 어찌 될 것 같습니까?"

"스스로 찾아가실 것입니다. 하니, 부디 포기하지 마십시오!"

"스스로 찾을 것이다?"

되물어도 아무런 대답도 듣지 못했지만 선비는 성담스님의 그 편안한 침묵에 신뢰가 갔다.

六章 · 가면의 시대

작은 소반을 든 경호는 조심스럽게 들어와 죽은 듯 자고 있는 용호의 곁에 앉았다. 어려서 부모를 잃고 헤어져 다시 만난 것이 십오 년 전, 초췌한 얼굴로 나타난 용호는 그간의 일들은 일체 이야기하지 않았다. 그 뒤로도 동에 번쩍 서에 번쩍하는 용호는 진성대군저에서 호위무사들을 이끌고 있다는 것만 알 뿐 몇 해 동안 얼굴 한번 보지 못하기도 했다. 그런 아우가 간 밤 칼을 맞고 진성대군이라는 이의 부축을 받아 함께 나타난 것이었다.

열 살 이후 줄곧 검을 잡아왔던 아우의 상처는 생각보다 깊었다. 눈치를 보아하니 대놓고 의원을 부를 수도 없는 것 같았다. 워낙 흉흉한 시기라 아무것도 묻지 않고 유기전 뒤쪽 골방으로 두 사람을 안내한 뒤 아우를 치료하고 대군에게 요깃거리를 내주었었다.

"세상이 어지간해야지!"

경호는 거친 사발에 담겨 있는 묽은 미음을 조심스럽게 저었다. 평생을 운종가 유기전에서 일해온 경호의 손마디는 굵고 거칠었다. 그 거친 손이 떨고 있었다.

"죽이라도 먹어라. 뭐라도 먹어야 살지."

경호는 그렇게 중얼거리며 바짝 마른 아우의 입술 사이로 죽을 흘려넣었다.

"으으음!"

사경을 헤매던 용호는 형이 흐느끼는 소리에 눈을 떴다. 부스스 눈을 떴을 때, 젖어 있는 형의 얼굴이 희미하게 보였다.

"용호야!"

"이런! 내가 얼마나 잤소?"

용호는 소스라치게 놀라 눈을 떴다.

"대군마님 떠나시고 한나절 내내 졸도하다시피 했어, 야."

"이러고 있을 때가 아닌데……."

간신히 눈을 뜬 용호는 자리에서 일어나려 기를 썼다.

"안 되는구먼, 그러다가는 상처가 또 터지고 말 것인데!"

"그분을 그리 보내서는 아니 되는 것을!"

이대로 그를 홀로 사지로 떠나보낼 수 없었다.

십오 년 전 성담스님의 도움으로 흑월단을 떠나 정현왕후 윤씨의 본가인 윤호의 집으로 들어가며 만났던 첫 번째 제자였다. 백성을 지키는 사람이 되고 싶다던 맑고 씩씩한 도령의 고사리 같은 손에 진검을 쥐어주고 살수로부터 살아남는 법, 살수를 이기는 법을 가르쳤다. 여섯 살 이후 제가 가르치고 단련시킨 제자였고 단 하루도 그의 곁을 떠나 있었던 적이 없었다. 그런 그가 지금 홀로 죽음을 각오하고 먼 길을 떠났다.

"어째 이래 쌌냐?"

"가야 할 곳이 있소. 대군마님의 위험을 알려야 하는데."

갈 곳도 정하지 못하고 무작정 떠난 그를 생각하니 그대로 누워 있을 수가 없었다.

애마 섬리를 제 손으로 죽이고 간신히 살아 대군저로 돌아오던 날, 처음으로 축 처진 그의 어깨를 보았다. 자신이 무탈해야 모두가 무사하다는 것을 너무도 잘 아는 그였기에 제 목숨을 부지하는 것은 이미 그 자신만의 문제가 아니었을 것이다. 분명 기습이 있을 것이라는 그의 말에 대비를 하기는 했지만 이렇게 속절없이 당할 줄은 몰랐다.

"이 몸으로 어데를 간다고! 전할 것이 있으믄 내가 전해줄 것이니께!"

일어나겠다고 버둥대는 용호를 간신히 말린 경호는 아우를 대신해 자신이 그 일을 하겠다고 나섰다.

"지중추부사(知中樞府事) 박원종 대감을 만나서 대군마님의 서신을 전해야 하는데."

"그 댁을 알고 있구먼. 유기를 가지고 몇 번 가본 일이 있는 게 내가 유기를 가지고 가는 편이 나을 것 같구먼."

운종가 장사치들 사이에서 눈치 하나로 이제껏 살아온 경호였으니 듣지 않아도 이 일이 위험하다는 것은 잘 알고 있었다. 그러나 목숨이 위태로운 아우를 내보낼 수도 없는 일이었다.

그보다는 차라리 장사꾼인 자신이 다녀오는 것이 나을 것 같았다.

"듣고 보니 그러는 게 좋겠소."

칼에 맞은 상처를 수습하려면 지금은 움직이지 않는 것이 좋을 것이라는 생각이 들었다.

"그려, 내 시키는 대로 할 것인게 우선 죽 좀 먹자."

"죽을 주시오, 형님!"

"그래, 그래 먹자!"

용호는 일어나 앉으려 기를 쓰며 먹을 것을 찾았다. 한시라도 빨리 기력을 찾아야 그를 따라갈 수 있을 것이기 때문이었다.

'분명 흑월단이야!'

용호는 그날 밤 복면한 자들의 검술과 기습 경로를 생각하며 흑월단의 최고 살수임을 확신했다. 그렇지 않고서야 자신이 가르친 일당백의 무사들이라 자부하는 이들이 그렇게 맥없이 당할 수는 없었다. 게다가 몇 명의 정예만 보낸 것이 아니라 백여 명이 넘는 살수대를 보냈다는 것은 더 이상 그가 버티기 어렵다는 것을 의미하는 것이기도 했다.

"나으리! 운종가에서 유기전 주인이라며 사람이 찾아왔는데요, 전할 말이 있다고 합니다요."

느닷없이 찾아온 유기전 주인이 이상한지 청지기는 연신 고개를 갸웃거렸다.

"유기전 주인이? 데려오너라!"

막 외출에서 돌아온 박원종은 유기전에서 사람이 왔다는 소리에 의아한 생각이 들었지만 시기가 시기인 만큼 일단 만나보기로 했다.

"들어오시우!"

청지기를 따라 들어온 경호의 얼굴은 긴장한 빛이 역력했다.

"내게 전할 말이 있다고?"

경호를 찬찬히 훑어보던 박원종이 물었다.

"예, 저 그것이 소인의 아우는 진성대군저의 무사구먼요."

"음, 그랬구만! 일단 이리로 앉게."

운종가에서 왔다는 낯선 사내의 입에서 진성대군저의 무사라는 말이 나오자 박원종은 경호를 자리에 앉히고 숨을 고르게 했다.

"자네는 나가 주위를 물리게!"

박원종은 청지기를 시켜 주위를 살피게 했다. 이미 방 안으로 들어올 때부터 초조해 보이는 사내의 눈빛을 읽은 터라 사태가 심상치 않다고 느꼈던 것이다.

"혹, 자네의 아우가 용호인가?"

"예, 나으리! 맞구먼요."

용호를 알고 있다는 박원종을 보니 혹여 유기전의 주인 따

위가 만나자 한다고 내침을 당하지 않을까 우려 했던 마음이
사라졌다.

"어찌 된 일인가?"

"간밤 진성대군저에 자객이 들어 호위무사를 거의 잃고 아
우가 대군마님을 모시고 소인을 찾아왔구먼요."

"어찌 그런 일이! 대군께서는 무사하시더냐?"

"예, 나으리. 다행히 식솔들은 부부인마님과 전날 친정에 가
셨고 대군마님께서도 무사하십니다요."

"천만다행일세. 하면 지금 어디 계신가?"

분명 임금의 의중을 헤아린 자의 명을 받았을 것이었다. 이
미 이런 날이 오리라 예상은 하고 있었지만 대군저에 자객을
보냈을 정도면 필시 궁궐 안에 일이 벌어진 것이다. 박원종은
속이 탔지만 지금은 최대한 몸을 낮추고 침착해야 했다.

"대군마님께서는 정오가 되기 전에 운종가를 떠나셨구만
요."

"홀로 말인가?"

박원종이 놀라자 경호는 공연히 자신이 큰 죄를 지은 것처
럼 잔뜩 움츠러들었다.

"도성 안은 더 이상 안전한 곳이 없다고 하시더구만요. 이대
로 도성에 남아 계시다가는 주위의 식솔들마저 위험해지신다
고 하시대요. 하나 아우의 상처가 깊어 더 이상 대군마님을 모
시지 못하게 되었고 무사들도 다 잃은지라……."

"하면 어디로 가셨는가?"

"제게 서신을 맡기셨는데 아우가 대감마님께 전하라 하셨습니다."

경호는 대군이 떠나며 맡겨둔 서신을 박원종에게 주었다.

"이런!"

놀란 박원종은 서둘러 진성대군이 남겼다는 서신을 펼쳤다.

일이 다급하게 돌아가고 보니 지금의 상황을 알릴 곳도 마땅히 생각나지 않습니다.

어제 상감께서 하시는 것을 보니 이제 더 이상 저를 살려두지 않을 것 같습니다. 이렇게 도망을 친다고 얼마나 버틸 수 있을지 알 수 없으나 아직은 대역의 죄인으로 몰리지는 않았으니 대감께서는 앞으로의 일을 논의해 주셨으면 합니다.

대감께서 이 서신을 보실 때쯤이면 저는 스승님께 가 있을 것입니다. 그것도 운이 좋아야 가능한 일이겠지만 말입니다.

"밖에 있는가?"

진성대군의 서신을 읽은 박원종은 서둘러 청지기를 불렀다.

"예, 대감마님!"

"덕배를 찾아오게!"

밖에서 주위를 살피고 있던 청지기는 문을 열고 내다보는 박원종의 얼굴이 굳어 있는 것을 보고 서둘러 무사 덕배를 데려왔다.

"찾으셨습니까?"

방으로 들어서면서부터 분위기가 심상치 않다고 느낀 덕배가 물었다.

"진성대군을 뵌 적이 있었지?"

"예, 지난번 나으리께서 주신 서찰을 전해 드렸습지요."

"너는 지금 당장 무사들을 구해 성 밖에 있는 성암사로 가거라! 섣불리 내 집안의 무사를 움직였다가는 역모로 몰릴 수 있으니 나가서 무사들을 모으게."

박원종의 얼굴에는 긴장감이 감돌았다.

"예, 그리하겠습니다!"

"대군께서 살수들에게 쫓기고 있으니 찾아서 안전하게 뫼셔야 한다. 하고 혹시라도 이쪽의 신분이 노출되는 일이 없도록 신중을 기해야 할 것이야!"

"예, 나으리!"

박원종의 명을 받은 덕배는 지체 없이 밖으로 나갔다.

"이곳에서 들은 것은 모든 것이 극비 사항이네. 하니, 밖으로 새어 나가지 않도록 각별히 주의해야 하네."

"그럼요, 그럼요."

한밤중에 피투성이가 된 아우가 들이닥쳐 가슴이 철렁거렸던 경호는 박원종의 말에 커다란 눈을 끔벅이며 고개를 끄덕였다.

"돌아가 용호에게 몸을 추스르고 기다리라고 하게. 내일 아침 입궐하여 전후 사정을 알아본 뒤에 기별할 것이라 이르고!"

"그리 전하겠습니다요."

경호는 큰일을 해냈다는 안도감에 후들거리는 몸을 이끌고 운종가로 돌아갔다.

"때가 된 것인가?"

박원종은 경호를 돌려보낸 뒤에 사람을 풀어 진성대군저 주위의 동태를 살펴보라 이르고 홀로 서안 앞에 앉아 생각에 잠겨 있었다.

이제 때가 되었다는 생각이 들었다. 자칫하여 진성대군마저 죽고 만다면 일은 더욱 어려워질 것이었다. 이융은 더 이상 물러설 수 없는 마지막 선택을 하고 있는 것이었다.

이융은 이상하게도 제가 좋아하는 여인들에게는 더없이 잘했다.

여심을 사로잡는 힘이라도 있는 것인지 후궁들과 흥청, 운평, 궁녀, 신하들의 부인 또한 이융과 관계만 맺으면 대부분 그를 그리워하며 기다렸다.

박원종의 누님인 박씨는 선왕의 형인 월산군과의 혼인으로 상원군부인(祥原郡夫人)으로 봉해졌다가, 후에 시동생 잘산군이 성종으로 즉위하면서 승평부부인으로 승격되었다.

월산대군과의 사이에서 소생이 없었던 박씨는 출중한 미모 탓에 그녀를 둘러싼 추문도 많았다. 이융은 어릴 때 잔병치레가 잦아 백부인 월산대군의 집으로 자주 피접을 나왔고, 그를 손수 길러준 박씨는 그에게 또 다른 어머니 같은 존재였다. 이융이 보위에 오르자 세자도 박씨에게 기르게 하고 세자가 커서 궁으로 돌아올 때 그녀도 같이 들어오게 했다.

이융은 박씨에게 많은 물품을 하사하고 인수대비에게 효도를 했다는 이유로 정려문도 지어 주었다. 거기까지만 했으면 좋았을 것을 박씨가 집으로 돌아가겠다는 것을 말리고 궁 안에 훌륭한 처소를 내어주고 답답할 때마다 자주 방문해 속내를 터놓았다.

워낙에 기행을 일삼는 왕은 더러는 술에 만취하여 실수도 하였는지 그것을 본 궁인들 사이에 흉한 소문이 돌기 시작했다. 게다가 넘치게 많은 물품을 하사하고 승평부인의 당호 앞에 大자를 넣어 승평부대부인이라는 도장을 만들게 하였다.

분명 과한 것이었다. 누구도 평범하게 보고 지나칠 일은 아니었다. 소문은 점점 더 난잡해졌지만 소문 따위를 두려워할 이융이 아니었다. 하나 그는 왕이었고 박씨는 정절을 목숨처럼 알아야 하는 사대부가의 여인이었다.

이융과 박씨 사이의, 이융이 어머니에게 못 받은 정을 그리워하며 시작된 감정이 어떻게 변질되어 갔는지 박원종으로서도 자세히 알 수는 없었다. 그러나 아버지의 후궁이었던 숙의 남씨까지 강간한 왕이고 보니 그처럼 특별한 정성을 기울이는 박씨에 대해 이상하게 보는 것은 당연했다. 그렇다고 누가 나서서 이융을 말릴 수도 없는 처지인지라 박원종 역시 분했지만 그저 죽은 듯 지켜보고 있을 수밖에 없었다. 결국 박씨가 시조카인 임금에게 겁탈당해 아이를 가졌다는 소문이 저잣거리에까지 파다하게 퍼지자 박씨는 독약을 먹고 자결하여 스스로의 결백을 주장할 수밖에 없었다.

그러나 이융은 그렇게 자신을 떠난 박씨를 용서하지 않았다.

그는 또 한 여인이 자신을 무참히 버렸다고 길길이 뛰었다. 그리고 그 불똥은 박원종에게 튀었다. 그리하여 박원종 역시 지금껏 늘 감시를 당하는 처지였으니 섣불리 움직일 수 없었다.

"더 이상 지체할 시간이 없다!"

누가 지었는지는 알 수 없으나 연담소설 <후궁>을 읽은 이들이 사건의 전말을 주위에 이야기하고 서로 소문을 통해 왕과 장녹수의 만행을 백성들까지 다 알게 되었으니 민심은 이미 기울었다. 게다가 이융은 일만 미녀를 뽑기 위해 채홍사와 각 관청을 동원해 막대한 비용을 사용하였고 국고는 이미 바닥을 드러낸 지 오래되었다.

또 사냥을 즐기기 위해 봉순사를 설치하였고 전국 각지에서 말을 기르는 운구(雲廏)를 두어 수천 필의 말을 기르도록 하였으며, 여기에 소요되는 막대한 비용을 공신들의 공신전과 노비를 몰수하여 충당하려고 하였다. 이미 중신들의 불만과 반감은 극에 달해 있었다. 이제는 어디선가 불을 붙여주기만 하면 되는 것이었다.

❀　　❀　　❀

달이 구름 속을 방황하는 것인지 사방이 온통 어둠에 묻혀 한 치 앞도 보이지 않았다.

산사의 밤은 적막했다. 바람의 날카로운 호곡성과 숲의 서걱거림이 낡은 사찰을 더욱 을씨년스럽게 만들고 있었다.

그 어둠을 뚫고 검은 그림자 하나가 날아올랐다.

그것을 신호로 뒤를 이어 소리 없는 그림자들이 사찰의 낡은 지붕 위로 뛰어올랐다.

잠을 이루지 못해 뒤척이던 선비는 무엇인가 느낀 듯 불시에 몸을 일으켰다. 살기가 이맛전을 스치고 지나간다.

"들으셨습니까?"

선비는 그와 거의 동시에 몸을 일으킨 성담을 돌아보았다.

"이곳은 소승에게 맡기고 어서 가시지요!"

뛰어 오르듯 몸을 일으킨 성담은 벽에 기대 놓은 지팡이를 잡으며 나갈 채비를 했다.

"그럴 수 없습니다. 제가 있어야 합니다!"

"소승의 제자들도 저 정도는 막을 수 있습니다. 스승을 믿고 속히 가세요!"

성담은 마당으로 뛰어가며 손에 쥔 작은 종을 흔들었다. 금속성의 종소리는 적막한 정적을 깨뜨리며 길게 울려 퍼져 나갔고 사찰 곳곳에 숨죽이고 잠들어 있던 그의 제자들을 불러 냈다. 그들은 백성을 지키기 위해 뜻을 함께하는 이들로 조직된, 일종의 구국 결사대 <청의>의 무사들이었다. 성담은 스승 청운의 뒤를 이어 그 조직을 이끌고 있었다.

"일어나시오!"

사인은 문을 두드리는 소리에 후다닥 일어났다. 옷도 벗지 않고 벽에 기대 깜빡 졸았던 모양이었다.

"무슨 일입니까?"

살그머니 문을 열고 고개를 내밀자 선비가 손가락을 입술에 대고 조용히 하라며 안으로 들어온다. 그 촉박한 상황에도 선비는 여전히 침착했고 얼굴은 무심했다.

"어, 어찌 이러십니까?"

야심한 시각에 선비가 방으로 뛰어들자 급히 뒤로 물러서던 사인은 균형을 잃고 휘청거렸다. 그러나 선비의 커다란 손이 사인의 어깨를 움켜쥐었다.

"중요한 것들만 챙기시오, 지금 당장 여기를 나가야 하니!"

선비는 그리 말하면서도 시선은 문틈 사이로 보이는 암자의 마당으로 향해 있었다.

암자의 지붕 위를 날렵하게 움직이던 검은 그림자들이 마당으로 착지하자 숲 속에 숨어 있던 살수들이 일제히 마당으로 쏟아져 들어왔다.

"음!"

선비의 눈에 분노의 빛이 스쳤다.

"설마……."

문틈 사이로 그 광경을 얼핏 본 사인도 정수리를 잡아채듯 머리카락이 곤두서는 것을 느꼈다. 그녀는 서둘러 꼭 가져가야 하는 보따리 하나를 들었다.

뒤는 알아서 할 것이니 서둘러 이곳을 피하라는 성담의 말도 있었지만 선비가 더 이상 사람을 잃지 않겠다는 생각을 접고 이대로 떠나려고 마음먹은 제일 큰 연유는 바로 이 여인 때문이었다. 이 혼란스러운 감정이 무엇인지 알 수 없으나, 그저 이 여인 하나만은 다치게 하고 싶지 않았다.

"갑시다!"

덤덤한 얼굴로 말했으나 사인의 손을 움켜잡은 그의 손에는 땀이 배어 나오고 있었다. 이제껏 무수한 날들, 죽고 죽이며 수많은 죽음과 맞서 싸워왔지만 처음이었다. 이렇게 긴장하고 있는 것은.

방을 나서자 어둠이 와락 덮쳤다. 선비는 우악스러운 손길로 사인의 손목을 움켜쥔 채 암자 뒤편으로 난 샛길을 걸어 올라갔다. 두 사람은 숨소리조차 죽인 채 묵묵히 산을 올라갔다. 밤안개가 두 사람의 몸을 축축이 적셔주었다.

습기에 버무려진 살기가 선비의 등에 엉켰다.

그들은 두 사람의 뒤를 따라 해묵은 갈잎과 잡목으로 우거진 산길을 빠른 걸음으로 쫓아오고 있었다.

"괜찮소?"

무언가가 짓누르는 듯 선비의 가슴은 답답하고 초조했다. 사인을 눈앞에 두고도 초조하고 불안해서 몸서리가 쳐졌다. 처음으로 이토록 다급하게 쫓기는 기분을 느꼈다.

"예, 저는 괜찮습니다."

그것은 사인도 마찬가지였다. 선비에게 손목이 잡혀 가파른 산언덕을 오르는 내내 숨을 쉴 수가 없었다. 호흡이 곤란해져 오고 온몸이 뜨거워질 무렵 그들이 당도한 곳은 길이 끝나는 곳이었다.

"어찌합니까?"

사인은 두려움에 떨며 벼랑 끝에 서서 아득한 어둠을 내려다보았다.

잠시 건너편 산언덕을 노려보며 거리를 가늠하던 선비는 등에 지고 있던 등짐 속에서 밧줄과 조립할 수 있도록 만들어진 갈고리를 찾았다. 그가 빠른 솜씨로 조립을 하는 동안에도 저들은 쉼 없이 다가오고 있었다.

달이 숨은 탓인지 사위는 칠흑처럼 어둡고 사방은 너무나 적요하여 바스락, 딱, 마른나무 밟히는 소리까지 고스란히 귀에 들려왔다. 선비는 벼랑 끝에 서서 눈을 감고 바람의 결을 느꼈다. 바람이 맞은편 산등성이를 향해 불어갈 즈음 선비는 손에 들고 있던 갈고리를 빙빙 돌려 건너편 언덕으로 던졌다. 덜그럭 소리와 함께 고리는 건너편 바위 틈에 삐져나온 나무 그루터기에 걸렸다.

"내게 안겨요!"

선비가 돌아보며 손을 내밀었다.

그 말이 무슨 뜻인지 충분히 짐작하기에 사인은 대답 대신 고개를 끄덕이며 치마를 끌어올려 거추장스럽지 않도록 질끈 동여매고 두 팔로 선비의 목을 감고 매달렸다. 선비의 단단한 근육질의 팔뚝이 등을 쓸어 내려갔고 곧 커다란 손이 사인의 허리를 바싹 잡아당겨 끌어 올렸다. 곧이어 내려간 커다란 손이 속바지 한 장만 걸친 둥근 엉덩이를 단단히 움켜쥐자 그 와

중에도 온몸이 움찔 조여지며 불덩어리처럼 달아올랐다.

"내 허리를 다리로 감아요."

사인은 선비가 시키는 대로 선비의 허리에 다리를 감고 몸을 최대한 밀착시켰다.

선비는 말없이 제 허리와 사인의 허리를 밧줄로 묶고 줄을 단단히 잡은 뒤에 발을 힘껏 굴러 맞은 편 산언덕을 향해 날아갔다.

"찾았나?"

"이곳엔 없는데!"

바로 뒤를 이어 나타난 검은 그림자들은 길이 끝나는 곳에서 선비를 찾았지만 보이지 않자 발길을 돌렸다.

쏴아아!

바로 그 순간 나뭇가지들 사이에서 시린 바람이 불어왔다. 코끝으로 진한 솔 향기가 스쳐갔다. 그러나 선비의 가슴에 얼굴을 묻고 있던 사인은 선비의 체취만을 느낄 뿐이었다.

살아서 이 산을 나간다면 평생 이 사내의 체취를 잊을 수 없겠지, 사인은 선비의 목에 두 팔을 두른 채 그의 얼굴을 들여다보았다.

구름에 가려져 있던 달이 모습을 드러내자 푸른 달빛이 두 사람의 주위를 환하게 밝혔다.

머리카락이 아무렇게나 흩날렸지만 사인은 달빛에 싸여 더 없이 아름답게 빛났다.

둥근 이마와 단아한 콧날, 그리고 거친 숨을 내쉬느라 살짝 벌어진 붉은 입술.

"입 맞춰도 되겠소?"

절박한 바람이 이제껏 참고 억눌렀던 한계를 허물어 버렸다. 당장이라도 저 줄을 잡고 기어오르지 않으면 이대로 아득한 나락으로 추락해 버릴지도 모르지만 그는 이 순간 그토록 간절했다.

선비가 물었지만 사인은 대답할 수 없었다.

숨을 제대로 쉴 수가 없었다. 너무 격해서 숨이 쉬어지지가 않았다. 대답 대신 기꺼이 의지를 잃은 풍성한 속눈썹이 스르륵 내려갔다.

선비는 한 손으로는 밧줄을 감아쥐고 또 다른 손으로는 사인의 허리를 끌어안으며 그녀의 입술을 핥았다. 꽃잎 같은 입술이 살짝 벌어지자 그의 혀가 입안으로 파고들었다. 목젖이 타들어 가도록 뜨거운 감촉이, 거침없는 그의 존재감이 너무나 뚜렷하게 새겨졌다. 선비는 전신에 부딪쳐 오는 부드러운 감촉에 몸을 떨며 사인의 잘록한 허리를 더욱 꼭 끌어당겼다.

사인이 무아지경에 빠져 허우적거리던 그 순간, 갑자기 혀뿌리가 뽑혀 나가는 통증이 느껴졌다. 첫 입맞춤이라 서툰 선비가 힘 조절을 못한 것이었다. 얼마나 세차게 빨아들였는지 눈물이 핑 돌 만큼 얼얼한 통증이 느껴졌다.

"미, 미안하오, 나도 모르게 그만!"

볼이 붉게 달아오른 사인이 글썽거리는 눈으로 바라보자 그제야 선비는 제 잘못을 알아차렸다. 사인은 괜찮다는 듯 그의 윗입술에 살짝 입 맞춰주었다.

바람이 불어오며 밤안개를 걷어내자 미처 산언덕에 오르지 못한 선비와 사인이 줄 하나에 의지해 매달려 있는 것이 보였다. 마치 둥근 달에 사는 선녀와 신선이 긴 줄 하나에 매달려 희롱하고 있는 듯 아름다운 한 폭의 그림이었다.

검은 그림자들은 그 모습을 발견하지 못했지만 그 뒤를 따라온 류건은 분명하게 보고 말았다.

"저, 저것들이!"

순간 저 밑바닥 어디서부터인가 알 수 없는 맹렬한 분노가 치밀어 올랐다. 류건의 둥글고 정갈한 이마에서는 굵은 힘줄이 터질 듯 불거져 나오고 하얀 얼굴은 분노로 붉게 달아올랐다. 사인이 초적을 연주하는 것을 듣고 그 소녀라는 것을 깨닫는 순간 류건은 그녀를 다시 만난 것은 운명이라 여겼다. 저이와 함께라면 슬픈 복수도 두려운 명령도 모두 잊고 어디고 떠나 새롭게 시작할 수 있으리라 생각했었다.

"저놈이 모든 것을 망쳐 놓는구나!"

대나무 지팡이를 꽉 틀어쥔 류건의 주먹이 분노로 부르르 떨렸다.

분명 살아남기 위해 소녀는 못난이 궁녀로 살아왔을 것이고, 자신은 운종가의 한량으로 살아남았다. 저 밧줄에 매달린 저놈 또한 다르지 않으리라, 류건은 그리 짐작하면서도 기어이 저놈은 용서하지 않으리라 다짐하는 것이었다.

어차피 미친 폭군이 날뛰는 시대에는 누구나 살아남기 위해 저마다의 탈을 쓰고 한바탕 광대놀음에 뛰어 든다.

그날 밤, 바로 그 순간 도성 안, 정현왕후 윤씨의 본가인 윤호의 집에서도 하늘에 뜬 푸른 달을 바라보며 선비가 무탈하기를 빌고 있는 규수가 있었다.

윤호의 아들이며 정현왕후의 오라비인 윤은로의 막내 여식 윤서연이었다.

서연이 정안수를 떠놓고 선비를 위해 치성을 드리고 있을 때, 중문을 건너오는 한 사내가 있었다. 사내는 묘하게도 얼핏 보면 쌍둥이라 할 만큼 선비를 닮아 있었다.

"훈의 안위를 빌고 있는 것이더냐?"

사내는 깊은 숨을 들이쉬며 찬 기운이 떠도는 어둠을 응시하고 서 있었다. 새하얀 명주 도포에 물빛 쾌자를 소박하게 차려 입었어도 달빛 아래 훤히 드러나는 고귀한 모습은 그가 범상치 않은 인물임을 느끼기에 충분했다. 그는 바로 지난 밤 선비의 뜻에 따라 윤호의 집으로 피신해 있는 진성대군 이역이었다.

"대군마님!"

"그가 그리 좋으냐?"

서연이 급히 허리를 숙여 예를 갖추자 이역은 되었다는 듯 격이 없는 웃음을 보였다.

"혹, 다른 소식이라도?"

이역은 권문세가의 여식으로 태어나 언제나 명랑하고 환하

게 웃던 서연이 근심 어린 눈빛으로 다급하게 물어오니 선뜻
답하기 어려웠다.

깊은 눈매에 둥글고 해맑은 얼굴, 통통한 볼에 훤칠한 이마.
연분홍 저고리에 꽃분홍 치마를 입은 서연은 복스럽고 후덕하
게 보였지만 그 눈매만은 고집스럽고 도도했다.

"도련님이 처음 이 집안에 발을 들여놓던 그 순간부터 연모
해 왔습니다. 하니 그분께 무슨 일이 생겼다면 제가 제일 먼저
알아야 하는 것입니다. 하니 부디!"

목이 메는지 눈가에 눈물이 그렁그렁 맺힌 서연은 더 이상
말을 잇지 못했다.

"모든 것이 내 죄다! 그날 밤, 돌아가겠다는 형님을 잡는 것
이 아니었다."

최훈과 처음 만난 그날을 떠올리던 이역은 비통한 얼굴로
고개를 숙였다.

"이제 와 후회한들 어찌하겠습니까, 대체 어찌 되었다는 것
입니까?"

"조금 전 바우가 돌아왔는데 청지기와 하인들이 돌아가 보
니 집안은 쑥대밭이 되었다 하고 무사들은 거의 다 죽었다는
구나."

"그분은, 도련님은요?"

바라보는 것만으로도 즐거워지는 그를 알고부터 매일매일
행복과 불안이 교차했었다.

별채에 앉아 글을 읽고 있거나 검을 휘두르는 모습을 먼발

치에서 훔쳐볼 때면 너무나 기뻐 입가에 웃음이 저절로 피어
났었다. 막무가내로 들이대도 곁을 내어주지 않는 그가 쌀쌀
하게 대해도 서연은 그 무뚝뚝함마저 좋기만 했다. 하지만 그
가 이역을 대신해 왕의 부름을 받고 떠날 때면 행여나 잘못될
까 두렵고 초조해 견딜 수가 없었다.

이역의 입에서 가슴 철렁한 말을 듣고 보니 가슴이 요동치
고 입술이 바짝 말라왔다.

"용호와 함께 그 자리를 피하긴 한 것 같은데 행방이 묘연하
다고 하는구나."

"어찌 그런 일이!"

서연은 앞이 아득해져 그 자리에 털썩 주저앉고 말았다.

며칠 전, 언제나 냉랭하게 대하는 그였지만 너무 보고 싶어
서 대군저로 찾아갔었다. 대문 앞에서 집 안으로 들어가는 그
를 불렀다. 서연이 도련님이라 불렀다고 미간을 찌푸리며 돌
아보던 그의 모습이 생생하게 기억이 난다.

깎아놓은 듯한 광대뼈와 자신만만하게 뻗은 콧날, 공격적으
로 보이기까지 하는 날렵한 턱선, 날카롭고 강인한 얼굴. 이역
과 흡사하게 보이지만 자세히 보면 확연히 달랐다.

서연은 오랜만에 찾아간 자신을 향해 인상을 쓰는 그를 보
는 것만으로도 가슴에 전율을 느꼈다. 언젠가는 기필코 좋은
날이 올 것이고 그때는 분명 내 낭군이 될 사람이라고 서연은
굳게 믿고 있었다. 그런 그가 행방이 묘연하다니.

"서연아!"

충격이 컸는지 털썩 쓰러지는 서연을 보자 당황한 이역은 얼른 그녀를 부축했다.

그때 윤호가 두 사람을 발견하고 펄쩍 뛰었다.

"어찌 예서 이러고 계시는 것입니까. 누가 보기라도 하면 어찌하시려고요!"

저녁 무렵 박원종의 청지기가 윤호를 만나 서신을 전하고 돌아갔다.

박원종은 이번 이융이 장단 석벽에 유람하는 날을 거사일로 잡겠다고 했다. 그에 윤호는 뜻 맞는 이들을 불러 사랑채에 모여 대책을 논의한 후 사람들을 돌려보내고 들어오던 중이었다.

"송구합니다, 걱정이 되어서 그만."

최훈이 이역을 대신하고 있을 때에는 이역 역시 최훈으로 변장하고 있어야 하는 것이 그들이 약조한 방법이었다. 그러나 초조했던 이역은 방 안에 있지 못하고 바람을 쐬러 나온 것이었다.

"어서 들어가시지요. 이러다 잘못 되시면 훈의 고초가 모다 헛된 것이 되고 맙니다."

윤호는 조심성이 없는 이역을 나무랐다. 최훈이 이역을 대신하던 그날부터 온전히 그를 믿어온 윤호였다. 이제는 그의 집안의 명운과 사활(死活)이 최훈에게 달려 있었다. 최훈이 목숨을 걸고 저들을 따돌리는 동안 정작 당사자인 이역이 이리 조심성 없이 태평히 돌아다니고 있으니 보고 있는 윤호는 속이 터질 수밖에 없는 것이었다.

"예, 그리하겠습니다."

한심하다는 듯 자신을 바라보는 윤호의 시선에 풀이 죽은 이역은 서둘러 안채로 들어가 버렸지만 응석받이로 자라 고집 센 서연은 그대로 버티고 서 있었다.

"어찌 들어가지 않고 그렇게 서 있는 게야?"

"이제 어찌하실 것입니까?"

서연은 원망이 가득한 눈으로 윤호에게 따지듯 물었다.

"내가 너를 하나뿐인 손녀딸이라고 버릇없이 키운 것이더냐!"

윤호는 손녀딸의 안타까운 연정을 알고 있지만 어쩔 수 없는 것이었다. 지금으로서는 진성대군을 지켜내는 것이 대비를 지키고 가문을 지키는 길이었다.

"다른 것은 다 몰라도 도련님께 이러면 안 되는 것은 알고 있사옵니다! 왜 하필 우리 도련님입니까?"

윤호의 불호령에도 서연은 물러서지 않았다. 윤호에 대한 원망과 최훈에 대한 연민이 뒤엉켜 서연은 가슴이 아팠다.

"방법을 찾고 있으니 기다려보자."

"내일까지도 돌아오시지 않으시면 저라도 나가 알아볼 것입니다."

자칫 제 낭군 될 이가 죽게 생겼는데 이대로 물러설 순 없는 일이었다. 서연은 마지막으로 한 번 더 다짐을 해두고 안채로 들어갔다.

겨우 서연을 들여보낸 후 윤호는 긴 한숨을 내쉬며 이 난세에도 여전히 밝고 둥근 달을 올려다보았다.

"대감, 내 그대를 볼 낯이 없소."

윤호는 홀로 탄식하며 옛 기억에 잠겼다.

"내가 한 선택이 과연 옳은 것이었나."

고독한 최훈의 모습을 볼 때마다 윤호는 늘 자신이 한 일이
과연 옳은 선택이었나를 곱씹어 생각했다.

지금은 대비가 되어 대비전에 있는 정현왕후는 윤호의 여식
이다.

성종의 세 번째 왕비로 이융에게는 계모이며 이역의 친어머
니인 정현왕후는 숙의로 입궐하여 이융의 친모 윤씨가 폐위될
때 열일곱 살이었다. 그녀는 질투심이 강하고 독한 면이 있었
던 폐비 윤씨와 달리 온순하여 폐비에게 질린 성종에게는 딴
이었다. 별 볼 일 없었던 폐비 윤씨의 집안과는 달리 그녀의 집
안은 대왕대비인 정희왕후 윤씨와 같은 가문이었고 아비인 윤
호 역시 당시 조정의 세력가였다. 윤씨가 폐위되자 집안 좋고
성격 좋은 숙의 윤씨는 왕실의 어른들과 성종의 동의 하에 중
전의 자리에 올랐다. 사실 정현왕후는 중전의 자리를 탐내지
도 않았고 권력에 욕심도 없었지만 폐위된 윤씨의 복위를 논
의할 때는 강력하게 반대했다. 기껏 중전의 자리에 올라 이융
을 제 자식처럼 키워왔는데 다시 중전의 자리를 내놓고 후궁
으로 강등될 수는 없다고 생각했던 것이다. 어찌 보면 당연한
일이었다.

폐비 윤씨가 사사된 뒤에도 정현왕후는 이융을 더욱 정성껏 키웠다. 그러다 보니 자라면서 보이는 이융의 포악한 면을 제일 먼저 알아차렸다. 게다가 어느 날 아장아장 걷고 있던 아기 이역과 함께 놀던 이융이 동시에 넘어진 일이 있었다. 정현왕후는 당연히 열두 살의 이융보다 아직 아기인 이역을 먼저 끌어안았지만 그날 이후 이융은 달라져 버렸다. 마음이 많이 상했던지 아프다는 핑계로 성종을 졸라 백부인 월산대군의 집으로 피접을 가버린 것이었다.

"아버님, 제가 대비마마께 배운 것이 있다면 이것이 아니라는 생각이 들 때는 대비를 해야 한다는 것입니다."

이역의 손을 잡고 윤호에게 보내 키워달라고 부탁하던 날 정현왕후는 그렇게 말했다. 궁에서 쫓겨났지만 왕을 아들로 만든 인수대비를 지켜보며 그녀가 배운 것은 말을 아끼고 최대한 온순한 중전으로 모두와 무난하게 지내며 내명부를 이끌되 정말 소중한 것을 지켜내는 것이었다. 정현왕후에게 중요한 것은 중전의 자리와 진성대군이었다.

"저런 포악한 성정을 지닌 융이 왕이 되었을 때 친모가 사약을 받고 죽었다는 것을 알게 된다면 어찌 되겠습니까. 사실 저도 그녀의 복위를 찬성하지 않았습니다. 폐비가 중전으로 복위되고 제가 다시 후궁으로 내려가면 그녀의 성정에 저를 그냥 두었겠습니까?"

정현왕후는 마땅히 할 일을 했다고 생각했지만 여전히 이융이 왕이 되었을 때의 후환을 두려워할 수밖에 없었다.

"진성대군은 이 아비가 지켜 드리겠습니다, 하니 마마께서는 심기를 편히 하세요."

윤호는 중전이 되어서도 여전히 행복하지 않은 여식을 위해 모든 것을 걸고 진성대군을 지켜주겠다 약조하였다.

그러던 어느 날 윤호는 집에 들른 성담스님에게 변방과 바다를 지키는 대장군 최익순의 손자 최훈이 이역과 아주 많이 닮았다는 말을 전해 들었다. 마침 윤호가 젊은 시절 모함을 받아 죽을 처지에 있는 최익순의 목숨을 구해준 적이 있었기에 그는 한달음에 강릉으로 달려갔다.

어린 최훈은 정말로 신기하게도 이역과 많이 닮아 있었다. 윤호는 최익순에게 손자를 이역의 배자(양반가 아이들의 글동무)로 달라고 청했다. 최훈의 부모들은 하나뿐인 외아들을 데려가는 것을 반대했지만 불의와 타협할 줄 모르고 신의를 목숨보다 귀하게 여기는 최익순은 은혜를 갚고자 윤호의 제의를 승낙했다.

그러나 윤호의 집에 도착한 그날 밤, 최훈은 자신과 너무나 닮은 이역을 보고 어린 마음에도 이상했던 모양이었다.

"제가 이곳에 오게 된 진짜 연유를 말씀해 주시지요!"

최훈은 다섯 살짜리 아이라고 하기에는 너무나 당돌하게 정곡을 찔렀다.

"오늘부터 너희는 한 몸이다! 너의 이름은 이제 최훈이 아니라 조선의 왕자 이역이다. 네가 죽으면 너의 눈앞에 있는 이 아이도 세상에서 사라지는 것이다. 그러니 너는 오직 살아남아라."

"싫습니다. 이는 사술과 다를 바 없습니다. 옳지 못한 일에 함께할 수 없습니다."

어린 나이에도 최훈은 사리를 분별하고 고개를 저었다.

"너는 유학자인 아버지보다는 할아버지를 닮았구나. 과연 대장군 최익순의 손자답다!"

"저는 돌아가겠습니다."

최훈은 집으로 돌아가겠다고 단호하게 말했다.

"허나, 대군을 지키는 일이 백성을 지키는 일이기도 하다. 이 아이 역시 왕자이기 이전에 백성이 아니겠느냐?"

윤호는 당황했지만 침착하게 아이를 설득했다. 윤호의 말이 설득력이 있었는지 최훈은 잠시 생각에 빠졌다.

혼란스러운 최훈과는 달리 이역은 같은 또래의 벗이 함께 있다는 것만으로도 너무 좋았다. 엄하고 무서운 할아버지에게 주눅 들지 않고 또박또박 제 할 말을 다 하는 최훈과 함께 있으면 자기도 저렇게 씩씩해질 것 같았다.

"형, 가지 마. 나는 세자 형님이 너무 무서워. 형이 내 곁에 있어주면 안 되겠어? 형이 있으면 나는 무섭지 않을 것 같은데!"

이역은 최훈의 손을 잡고 매달렸다. 고작 한 살이 더 많을 뿐인데, 최훈은 그런 이역을 가엾게 생각했다.

"그럼, 대군마님이 성년이 될 때까지입니다. 대군께서 더 이상 세자저하를 두려워하지 않을 때까지만 있을 겁니다."

"진짜? 참말이지! 남자대 남자로 약조하는 거다."

"그래요. 남자대 남자로!"

이역이 우는 것을 본 최훈은 그렇게 손을 내밀었고 두 아이는 그날 이후 쭉 잡은 손을 놓지 않았다.

"이제는 그저 기다릴 밖에!"

그러나 윤호 역시 이제 더 이상 방법이 보이지 않았다.

앞으로 어찌해야 할지는 그저 두 아이들의 운명을 지켜볼 수밖에 없었다.

❀　　❀　　❀

줄 하나에 의지해 사인을 매달고 절벽을 기어오르는 것은 결코 쉬운 일은 아니었지만 오랫동안 단련된 선비는 무사히 건너편 산언덕에 올랐다.

"무서웠소?"

간신히 평지에 오르자 선비는 새파랗게 질려 입술을 파르르 떨고 있는 사인을 품어 안으며 등을 토닥였다.

"대체 저들은 누굽니까?"

제 목숨을 온전히 맡기고 선비에게 매달려 있던 사인은 물론 두려웠지만 그녀의 내면에 휘몰아친 감정의 폭풍에 비하면 아무것도 아니었다.

"문제가 좀 생겨 쫓기고 있소. 하나, 걱정할 것 없소. 내가 있지 않소?"

"두렵습니다, 이제 어찌합니까?"

"내가 여인 하나 지키지 못할 것 같소?"

선비가 자신 있게 대답하자 사인은 눈물을 그렁그렁 매달고 그를 올려다보았다.

"여기가 아픕니다."

사인은 대답 대신 선비의 손을 자신의 가슴으로 가져갔다.

"내 눈을 보시오. 나를 믿지 못하겠소?"

"아니오, 아무것도 느껴지지 않습니다."

그와의 입맞춤이 불러일으킨 파장은 엄청난 것이었다. 갑작스럽게 일어난 일이었지만 사인은 그와 입 맞추는 동안 머릿속이 하얗게 변하며 아무런 생각도 할 수 없었다. 생전처음으로 감정이 뒤엉켜 혼란스러웠다.

"사랑하오!"

선비는 참았던 숨이 터져 나오듯 그렇게 말하고 사인을 와락 껴안았다.

아무리 생각해도 몸이 아픈 것이 아니었다. 믿어지지 않지만 눈앞에 있는 이 여인에게 한눈에 반해 버린 것이었다. 선비는 이제 제 감정을 인정하기로 했다. 어쩌면 이것이 자신의 인생에 있어서 살아서 누릴 수 있는 처음이자 마지막 감정이라는 것을 알고 있기 때문에 더 더욱 절박한 것이었다.

앞뒤 설명도 없이 다짜고짜 사랑한다고 고백을 하니 얼떨떨하였다. 그러나 사인이 소설을 필사하며 읽었던 그 어떤 멋진 고백보다 가슴이 떨렸다. 그의 진심이 오롯이 전해져 왔다.

"나는 이런 말을 할 수 있는 사내가 아니오. 그러나 달리 아무 말도 생각이 나지 않소. 은애하오! 사랑하오!"

그 어떤 대답도 할 수 없는 궁녀였기에 사인은 스르륵 눈을 감으며 두 팔로 선비의 허리를 꼭 감고 단단히 깍지를 꼈다. 철커덕하고 마음의 잠금 고리가 채워지는 소리가 들렸다.

선비는 커다란 손으로 사인의 눈에 흐르는 눈물을 닦아내고 고개를 숙여 입술을 포갰다.

그의 마음이 물결치듯 사인에게 전해져 왔다. 어느새 하나둘 수줍게 피어나는 꽃송이가 꽃등불이 되어 환하게 걸렸다.

"아직도 두렵소?"

천천히 입술을 떼며 묻는 그의 물음에 가슴이 뜨거워졌다. 사인은 입술을 꼭 다물고 고개를 저었다.

"그럼 되었소. 이제 그대는 내 것이오. 처음으로 내 여인이 생겼소."

새파랗게 빛나는 달이 산을 넘고 있었다.

그 달을 좇아 한줄기 바람이 두 사람을 씻기운다. 끝나지 않을 영원처럼.

"대체 무엇을 하고 있는 것이야!"

건너편 산에서 아슬아슬하게 언덕을 기어오른 두 사람을 지켜보던 류건은 그래도 저러다 사인이 다치기라도 하면 어찌하나 가슴 졸이며 무사하기를 바랐다. 하지만 산 위로 기어 오른 두 사람이 또다시 부둥켜안고 입 맞추는 것을 목격하자 류건의 인내력은 바닥을 드러내고 말았다.

"내 저것들을!"

류건은 욱한 마음에 주위의 짱돌들을 주워 건너편 산언덕을 향해 던지기 시작했다. 그저 욱한 마음에 부둥켜안고 있는 두 사람이 놀라서 떨어지라고 한 짓이었지만 그 소리 때문에 발길을 돌리리던 살수들을 불러들이고 말았다.

"이런 젠장!"

막상 이쪽 산에서 활이라도 쏘는 날이면 사인이 위험하다는 데 생각이 미치자 그는 반대 방향으로 미친 듯 달리기 시작했다. 그 소리를 듣고 온 산의 살수들은 모두 류건을 쫓기 시작했다.

"아니, 내가 왜! 저 죽일 놈을 위해 교란작전까지 펼쳐야 되는 거야?"

앞뒤 생각할 겨를도 없이 달리던 류건은 기가 막혔다.

"저놈을 죽이기 전에 내가 울화병으로 죽고 말지."

게다가 저 두 사람이 밤새 어디선가 부둥켜안고 있을 것을 생각하니 달리면서도 분노를 어디다 터뜨릴지 몰라 미칠 지경이었다.

만약 사인과 선비가 이 훤한 달밤에 부둥켜안고 있다는 것을 알게 되는 날이면 미치고 펄쩍 뛸 사람이 또 하나 있었다. 바로 도성 안 구중궁궐에서 그날 밤 본 서시를 못 잊어 화선지를 펼쳐놓고 사인을 그리고 또 그려보고 있는 이용이었다.

七章 · 그리는 마음이야

이용은 희정당에 앉아 시중드는 여인 하나 없이 홀로 술잔을 기울이며 그날 밤 보았던 여인을 그리고 있었다. 그 여인을 본 이후로 이용은 모든 여인들에 대해 흥미를 잃었다. 마치 상사병을 앓는 철없는 총각처럼 그 여인을 그리워했다.

　그의 앞에서는 수십 명의 화원들이 둘러 앉아 왕이 설명하는 여인의 인상착의를 듣고 미인도를 그리느라 여념이 없었다. 개중 몇몇 화원은 그동안의 이용의 취향을 생각하고 요염한 자태로 몸을 꼬며 턱을 괴고 앉아 있는 여인을 그리고 있었다.

　"아니다, 아니란 말이다! 그 여인은 그런 짙은 꽃이 아니야! 내가 가진 일만 송이의 꽃과는 전혀 달라! 아니란 말이다!"

　이용은 술잔을 들고 자리에서 일어나 요염한 자태의 미인도를 그리는 화원을 골라내 발로 걸어차 버렸다.

"이 소리, 이 소리를 들어보아라!"

미친 듯 몇 번이고 풀피리를 부는 이융의 얼굴은 알 수 없는 화증으로 붉게 달아올랐다.

눈을 감으니 풀피리의 음과 어우러져 살짝 찡그려지던 그녀의 눈썹이 떠올랐다. 정말 독특한 느낌이었다. 마치, 그 여인에 대해 알게 되는 순간 예리한 가시에 찔려 버릴 것만 같은 느낌.

"그 여인은 들꽃이다. 바람에 날리는 풀잎들 사이에 외롭게 피었지만 치명적인 가시를 지닌 꽃. 그런 꽃이란 말이다!"

가슴에서 불덩어리가 치밀어 오르는 것 같았다. 울긋불긋 돋아난 여드름 때문에 새하얀 얼굴은 안타깝도록 엉망이었지만 이융은 이제 그것조차 관심이 없었다.

"대체 전하께서 어찌 저러시는 것 같은가?"

문 앞에 서서 안절부절못하던 상선이 그러거나 말거나 우직하게 버티고 서 있는 대령상궁을 돌아보며 물었다.

"속적삼!"

"엥?"

대령상궁의 입에서 툭 튀어나온 그 한마디에 상선의 미관은 잔뜩 찌푸려졌다.

속적삼은 적어도 이 궁궐 안에서는 입에 꺼내서는 안 되는 금기어였다. 폐비 윤씨가 피를 토했던 속적삼 조각이 이융을 지금의 괴물로 만들어 버렸다.

"전하께서 하시는 말씀들을 듣고 있으니, 그날 밤 속적삼만

입고 달빛을 달리던 그 여인이 전하의 눈에는 얼마나 아련했을까 뭐 그런 생각이 듭니다."

구중궁궐 안 너무 많은 이야기를 알고 있는 대령상궁은 긴 한숨을 내쉬었다.

"결국 또 그것인가?"

"전하께서는 잘 모르고 계시는 것 같지만 사실 끊임없이 찾고 있는 여인은 그분이 아니겠습니까."

"일만의 여인을 가졌어도 가질 수 없었던 단 하나의 여인이라!"

상선은 제 감정을 주체하지 못하고 화원들 사이를 길길이 뛰며 돌아다니는 왕을 하염없이 바라보았다.

도성의 여인만으로도 풀 수 없었고, 채홍준사를 파견해 전국을 다 뒤져 채홍한 일만의 여인으로도 채울 수 없는 갈증, 참으로 왕은 모르고 있는 것일까.

"누구나 제 어머니를 그리는 것을, 그리는 마음이야 귀천이 있겠습니까."

대령상궁 역시 오늘은 측은한 눈빛으로 왕을 바라보았다.

"어찌 보면 그 여인이 전하의 곁에 있으면 저 분기가 잠잠해질 것도 같고……."

"큰일 날 소리! 경국지색이라 하였소!"

왕이 그날 들었던 소리를 흉내 내어 풀피리를 부는 것만으로도 기분이 나아지는 것을 본 상선은 속절없이 지껄여 본 것이었지만 대령상궁은 새파랗게 정색을 하였다.

"뭘 좀 아시는 게요?"

"예? 내가 요즘 어찌 이러지. 주책바가지! 주책바가지! 이제 죽을 때가 되었나?"

대령상궁은 불쑥 튀어나온 말을 수습하지 못해 허둥거렸다.

"예서 더 망할 것이 뭐가 있다고, 어떻게 나한테만 살짝 말해주시게!"

"그런 거 없습니다."

은근하게 물어오는 말에 대령상궁은 다시 근엄한 얼굴로 돌아가 딱 잡아뗐다.

"하면, 어떻게 미우 항아님 이야기는 어디까지 깔까요? 패를 보여주시지요?"

"예에?"

상선의 입에서 미우라는 말이 나오자 대령상궁의 얼굴은 다시 죽을 상이 되고 말았다.

"그, 그것이 아주 조금만!"

"아무래도 부제조상궁까지는 어렵겠지요?"

"그러게 말입니다."

대령상궁은 또다시 어깨를 늘어뜨리고 긴 한숨을 내쉬었다.

"상선! 밖에 상선 있느냐!"

"예, 예! 전하!"

왕이 부르는 소리를 듣자 상선은 이제 올 것이 왔다는 얼굴로 대령상궁을 돌아보았다. 대령상궁 역시 고개를 끄덕이며 마음을 단단히 먹었다.

"그래, 미우에 대해서는 좀 알아보았더냐?"

"그것이 아니옵고!"

상선은 속으로 왕이 이상한 낌새라도 챘나 싶어 뜨끔해서 읍하고 고했다.

"네 이놈! 바른대로 고하렷다! 네 진정 이제 김처선이 꼴이 나고 싶은 것이냐!"

이융은 미우에 관해 상선과 대령상궁이 뭔가를 알고 있으면서 덮으려고 급급해 한다는 것을 느낀 뒤로 틈만 나면 김처선을 들먹거렸다.

"궁녀의 명부 어디도 미우라는 이름은 없었사오나, 은밀히 알아본 바로는 십삼 년 전 돌아가신 인수대비전 나인 중에 그런 이름을 쓰는 이가 있었다고 합니다."

공포에 질린 내관과 상궁은 결국 해서는 아니 될 말을 고하고 말았다.

김처선은 삼대의 왕을 모셔온 충직한 내관이었으나 '정신을 차리고 성군이 되라'는 바른 말을 고하다 이융의 칼에 팔다리가 잘려 죽었다. 그러니 '김처선'이라는 이름만 나와도 궁인들은 벌벌 떠는 것이었다. 그가 아무리 내관의 우두머리인 상선이지만 김처선과 같은 최후를 맞이하고 싶지는 않았다.

"대비전 나인이었다?"

이융은 다시 깊은 생각에 빠졌다. 그러나 머릿속을 샅샅이 뒤져 보아도 그 무엇도 떠오르지 않았다. 게다가 자신이 그처럼 싫어하던 할마마마의 나인들과 얽혔을 리가 없었다.

"그때의 대비전 궁녀들을 대부분 궁 밖으로 내보낸지라 그 이름을 기억하는 이도 몇 되지 않았습니다."

"하면 그때의 대비전 상궁은 누구였느냐?"

"부제조상궁이었습니다."

"부제조상궁?"

"그러하옵니다, 전하!"

상선의 이야기를 들은 이용은 초조한 듯 두 손을 비비며 생각에 잠겼다.

"더 자세히 알아보아라."

"예, 은밀히 알아보겠습니다!"

이용은 상선에게 그렇게 명하고 다시 화원들이 그리는 그림으로 시선을 돌렸다.

❀   ❀   ❀

사인과 선비는 캄캄한 산길을 계속 걸었다.

"힘들면 내게 업히시오."

"아닙니다. 남는 건 힘밖에 없습니다."

사실 사인은 지칠 대로 지쳐 있었다. 그 많은 날들을 구중궁궐에서도 제일 깊숙한 서고의 골방에 박혀 필사만 했던 그녀의 다리가 튼튼할 리 만무했다. 그러나 쫓기는 선비에게 짐이 될 수는 없었다.

"보기보다 고집 있소."

고집스럽게 고개를 젓는 사인의 눈빛을 읽은 선비는 더 이상 아무 말도 않고 걸었다.

사인은 이를 악물었지만 바닥은 울퉁불퉁 거칠었고 꽃신을 신은 발은 조이고 아파왔다. 그래도 아프다는 것을 드러내 보는 이마저 지치게 하고 싶지는 않았다.

"이제 저들을 따돌린 것 같으니 예서 잠시만 쉬어 갑시다."

새벽이 가까워 올 무렵 개울가 나무에 기대 앉아 선비와 사인은 잠시 쉬어 가기로 했다.

사인은 선비의 어깨에 기대 앉아 그를 올려다보았다. 짙은 눈썹과 긴 속눈썹 아래의 깊이 있는 검은 눈동자는 어떤 상념에 젖어 있는지 쓸쓸해 보였다.

"괜찮으십니까?"

사인은 저도 모르게 손을 내밀어 그의 뺨을 쓸어주었다.

"미안하오, 쉴 곳조차 마련해 주지 못하고."

선비는 빤히 바라보는 사인의 은근한 눈길에 잡혀 시선을 뗄 수가 없었다. 줄을 잡고 벼랑에 매달려 있을 때도 그랬고 지금도 역시 그녀가 무엇을 원하는지, 자신이 무엇을 하려는 것인지 알 수 없었지만 본능은 저절로 그를 이끌어갔다.

사인이 스르륵 눈을 감자, 그것을 신호로 누가 먼저랄 것도 없이 서로의 입술을 찾았다.

머릿속이 백지장처럼 하얗게 비워지며 감각만이 날카롭게 살아 민감하게 반응했다.

사인은 타오르는 욕망의 불길이 원하는 대로 조심스럽게 움직였다.

입술에 닿는 부드럽고 폭신한 감촉, 선비의 입술이 몇 번이고 닿았다 멀어지기를 반복하며 온몸이 녹아내릴 듯 달콤한 여운을 남겼다. 사인은 몸을 돌려 두 손으로 그의 옷자락을 움켜쥐고 매달렸다. 선비는 두 팔을 벌려 사인을 단단히 감싸 안고 자신의 품에 가둬 버렸다.

그는 거칠게 오르내리는 가슴과 숨결로 사인이 떨고 있음을 느꼈다. 그 떨림이 전해져 선비는 자신도 모르게 힘주어 껴안았다. 난생 처음 느껴보는 여인의 향기, 포근한 온기가 철갑을 두른 선비의 마음을 무장해제 시키고 말았다. 순간이었지만 잠시 동안 그는 시간과 공간, 그리고 자신의 존재마저도 잊었다.

그녀는 천천히 입술을 떼었다.

사인의 입술이 천천히 떨어져 나가며 실체를 알 수 없는 휑한 바람이 그 자리에 스며들었다. 그는 애틋한 눈길로 아직도 촉촉이 젖어 있는 그녀의 붉은 입술을 내려다보았다. 그리고 깨달았다. 이 순간을, 이 여인을 잊을 수 없을 것이라는 것을.

달빛과 솔바람 소리 외엔 아무것도 들리지 않았는데, 산이 조금씩 두런거리기 시작했다. 나뭇가지 사이로 푸른 여명이 비치며 멀리서 비취 새의 울음소리가 들려왔다.

"소세라도 해야겠습니다."

사인은 감았던 눈을 뜨며 선비의 품에서 벗어났다.

흐르는 물소리를 따라 내려가 지저분해진 손과 얼굴을 닦고 머리를 가다듬었다. 선비 역시 잠시 얼굴을 축이며 달뜬 마음을 가라앉혔다.

"고단하지 않소?"

선비가 손을 잡으며 물었다.

"괜찮습니다."

"나와 있으면 위험하니 가마로 강릉까지 가는 것이 좋을 듯하오."

"예, 그리하겠습니다."

사인은 크고 따뜻한 선비의 손에 잡혀 있는 자신의 손을 내려다보았다. 가슴이 뭉클해졌다. 괜찮으냐고 안부를 물어주는 이 사내, 안위를 걱정해 주는 이 사내가 그리워지면 어쩌나. 그렇게 생각하니 사인은 코끝이 찡해졌다.

"그럼 이제 갑시다."

두 사람은 손을 잡고 걸어 내려오다 하늘을 붉게 물들이며 떠오르는 해를 보았다.

"우리에게 어떤 일이 일어나도 또 시간은 흐르고 해는 뜨는군요."

살아온 그 많은 날들 매일 해는 어김없이 지고 또 떴지만 오늘 보는 저 해는 사인에게 어떠한 일이 있어도 살아남아야겠다는 용기를 주었다.

두 사람은 계속 걸어 마을 장터에 도착했다.

"우선 요기부터 하고 가마를 빌립시다."

주막에 들러 국밥으로 요기를 하고 아무도 아는 사람이 없는 시장을 손을 잡고 돌아다녔다.

"그거 주시오."

사인이 머리빗과 머리꽂이를 파는 곳에서 백옥을 다듬어 만든 작은 나비잠을 만지작거리자 선비가 그것을 머리에 꽂아주었다. 이제 하얀 나비는 사인의 머리 위에 앉아 달랑거렸다.

선비는 사인과 강릉까지 갈 사인교를 빌리고 교꾼을 샀다.

"선비님!"

사인은 사인교를 꼼꼼히 살피고 있는 선비를 불렀다.

"뭐 더 필요한 것이 있소?"

"아니, 그저 우리가 다시 만날 날이 있겠습니까?"

이제 영영 이별이라 생각하니 사인은 어쩐지 눈물이 날 것 같아 하늘을 올려다보았다.

사인의 물음에 말문이 막히는지 잠시 물끄러미 바라보던 선비는 바로 곁에 서 있는 버드나무의 긴 가지 하나를 꺾어서 내밀었다.

"버들가지가 아닙니까?"

사인은 제 손에 쥐어주는 버드나무 가지를 내려다보았다.

"내 어머니께서 그러셨소. 헤어질 때 버드나무 가지를 꺾어주면 반드시 다시 만나게 된다고."

사인은 고개를 끄덕이며 버드나무 가지를 꼭 쥐었다. 코끝이 찡하게 아파왔다.

"먼 길이니 이제 그만 가야겠습니다."

눈물을 들키지 않으려고 사인은 부러 너스레를 떨며 가마에 올랐다.

"조심해서 모시게!"

교꾼들에게 따로 돈을 나눠주며 선비는 사인이 탄 사인교를 떠나보냈다. 가마가 멀어지는 것을 보자 그의 얼굴은 곧 평정을 되찾았고 그대로 돌아서서 산길을 향해 갔다.

밤새 살수들을 따돌리느라 피곤해진 류건은 줄곧 그들을 따라오다 두 사람이 헤어지는 것을 발견하고는 잠시 망설였다.

"너는 잠시 기다려라!"

류건은 산을 향해 가는 선비를 노려보다가 씹어뱉듯이 말하고는 결국 사인이 탄 사인교를 따라갔다.

해는 아직 중천에 있지만 장에 나온 아낙들도 사내들도 가진 것들이 없으니 장판은 이미 썰렁해졌고 사람들도 드물었다. 사인이 탄 사인교가 막 장터를 벗어나려 할 때였다.

"멈춰라!"

붉은 옷을 입은 사내들이 가마를 막아서며 외쳤다.

앞서 가마를 막아서는 붉은 옷 뒤로도 군졸들이 끝없이 늘어서 있었다.

"이런! 하필이면 채홍준사와 마주치다니!"

가마를 메고 있던 교꾼들의 얼굴에 낭패감이 스쳤다.

조금 떨어진 곳에서 그 모습을 지켜보던 류건은 앞이 아득해지고 갑자기 아무 소리도 들리지 않았다. 홀로 상대하기에는 그 수가 너무 많다. 그의 눈에 핏발이 섰다.

❀　　 ❀　　 ❀

　청명한 아침 햇살에 나뭇가지 끝의 빨간 단풍잎에 맺힌 이
슬이 반짝 빛난다. 세월의 흔적이 역력한 담장을 타고 기어오
르는 붉고 노란 담쟁이 잎들이 곧 무르익을 가을의 설렘을 안
고 있다.

　유난히 아름다운 것에 집착하는 이용은 궁궐의 정원을 꾸미
고자 도성 안 인가에 진기한 화초가 있으면 무단으로 빼앗아
궁궐을 장식했다. 그러니 이 후원에는 계절마다 피는 꽃이 지
천이었다. 유흥을 즐기기 위해 호화롭게 지은 망원정의 후원
에는 만 그루의 영산홍을 심기도 하였지만 이용은 이 정원을
더 좋아했다.

　"짐의 서시, 대체 너는 어디에 있는 것이냐?"

　밤새 그림을 그리느라 잠 못 이룬 이용은 눈앞에 삼삼한 여
인의 얼굴을 떨쳐 보려고 정원에 나와 있었지만 그럴수록 꼭
갖고야 말겠다는 욕망은 사그라지지 않았다.

　밤새 그린 수백 장의 그림을 궁궐 안 구석구석에 붙여두고,
그 여인을 찾아주는 이에게 상금을 내리고 원한다면 궁 밖으
로 나가 살 수 있도록 해주겠다는 파격적인 제안도 했다. 그뿐
이 아니었다. 어젯밤 부랴부랴 좋은 전각을 마련하라 이르고
그녀의 거처까지 준비해 뒀다. 이제 찾기만 하면 되는 것이다.

　"전하!"

　"그래, 어찌 되었느냐? 그림을 보고 아는 이들은 없다더냐?"

이용은 저만치에서 달려오는 상선을 보고 반가운 마음에 다급히 물었다.

"아직까지는……."

"대체 너희들은 아는 것이 무엇이더냐!"

밤새 잠을 자지 못해 몹시 피곤한 이용은 그 정도로 해두고 다시 가슴 가득 좋은 공기를 들이마시며 천천히 걸었다.

장녹수는 남들의 눈을 피해서 새벽부터 정원으로 나왔다.

왕은 밤새 그림을 그리고 술을 마셨으니 여태껏 잠들어 있을 것이라 생각한 것이었다. 적어도 이 궁궐 안에서만은 세상 부러울 것이 없는 그녀였지만 요즘은 무언지 모를 초조함에 쫓기는 것이었다.

"마마, 우환이 들 것이니 경거망동을 삼가야 한다고 합니다. 전하께서는 지금이라도 사냥을 중지하고 공덕을 쌓아 다가오는 불행을 막아야 한다고 합니다."

삼월 삼진날 사대문 밖에 있다는 용한 복술가(卜術家)에게 다녀온 오라비 장복수는 복술가 여인이 올해를 넘기기 전 큰 우환이 있을 것이라 경고했다는 말을 전했다. 혼겁할 내용이라 장녹수는 당연히 이용에게 그 복술가의 말을 전하고 피할 방도를 묻는 것이 좋겠다고 주장했지만 그는 들은 척도 하지 않았다. 오히려 그 요망한 복술가가 혹세무민(惑世誣民)한다고 대노하여 참혹하게 죽여 버리고 말았고 그 여인은 죽어가며 이용을 향해 '너의 영화가 올해를 넘기지 못할 것'이라 저주를 퍼부었다. 그때부터였다. 장녹수는 이 아름다운 궁궐 도처에서 불길한 기운을 느꼈다.

"마마, 감찰상궁이옵니다!"

장녹수가 단풍든 나무를 살피며 잠시 쉬고 있을 때 곁을 지키던 조 상궁이 나직이 고했다. 돌아보니 감찰상궁이 감찰방 궁녀 하나를 데리고 종종걸음으로 달려오고 있었다.

"그래, 어찌 되었느냐? 사인이라는 궁녀가 어찌하여 그 몰골로 살게 되었는지 알아보았느냐?"

"그것이 어려서 열병을 앓아 궁 밖으로 나가 병을 치료하고 돌아온 뒤로 얼굴이 못쓰게 되었다고 합니다. 주위 궁녀들을 통해 알아보았지만 아는 이가 없습니다."

낮말은 새가 듣고 밤말은 쥐가 듣는다고, 궁궐 안은 어디고 귀가 있는 법이었다. 차분하게 고하던 감찰상궁은 혹여 듣고 있는 이가 없는지 긴장한 표정으로 주위를 살폈다.

"하면 그 일을 꾸민 자만 안다는 것인가?"

"그 일을 자세히 아는 것은 이모인 정 상궁밖에 없는 것 같습니다."

"부제조상궁은 어쩌고 있는가?"

"평소와 달라 보이지 않습니다, 다만!"

"다만 무엇인가?"

"그날 밤 부제조상궁이 지밀나인 사인의 방을 찾았다고 합니다."

"조카딸이 궐 밖으로 나간다니 만나러 갔을 수도 있겠지."

그런 일이야 달리 생각할 것이 없을지도 모른다. 하나 장녹수는 무언가 석연치 않았다.

"하나, 어째서 이런 때에 딱 맞춰 계모가 죽었을까요?"

곁에서 듣고만 있던 조 상궁이 조심스럽게 입을 열었다.

"맞다, 틀림없이 그 궁녀에게 무언가를 지시했을 것이야! 상감에게 들킬까 봐 빼돌린 것이 아닐까?"

"하면 이제 어찌합니까?"

장녹수가 조 상궁의 말처럼 그 궁녀와 부제조상궁이 무슨 일을 꾸미고 있을 것이라 단정하자 감찰상궁은 난처해졌다. 자칫, 이제껏 그리 속이고 살고 있는 사인을 잡지 못한 책임을 묻는다면 감찰상궁과 감찰방 궁녀들 역시 궁 안에서 온전히 살기 힘들 것이었다.

"받게!"

조 상궁은 간밤 이용과 함께 화원들이 그렸다는 미인도 몇 장을 빼돌린 것을 감찰상궁에게 주었다.

"이것이 무엇입니까?"

감찰상궁은 그림을 펼쳐보며 물었다.

"어젯밤 전하께서 그리신 그림일세."

"예?"

"그 그림의 여인이 바로 사인일세."

조 상궁의 설명을 들은 감찰상궁은 그제야 이 엄청난 사건의 전모를 깨달았다.

"그것을 가지고 가서 당장 아이들을 더 보내 그 궁녀를 쫓게."

"찾으면 어찌하면 되겠습니까?"

"죽여라!"

곁에 서 있던 장녹수가 낮은 목소리로 단호하게 말했다.

"예?"

"고것이 절대 궁으로 돌아와서는 아니 될 것이야!"

"예, 알겠습니다."

사인을 잡아 일을 잘 해결한다면 당장은 큰 벌을 받지는 않을 것이라는 생각에 감찰상궁은 안도의 숨을 몰아쉬며 물러갔다.

겨우 한시름 돌린 감찰상궁이 숨을 몰아쉰 후 잠깐 생각을 가다듬다 보니 궁궐의 담 위에 쳐진 삐죽삐죽한 녹각책이 눈에 들어왔다. 어느 날부터였는지 궁궐의 담장은 점점 더 높아져 외부에서는 내부를 볼 수 없게 되었고, 그것으로도 모자라 두 겹의 담장을 돌려 치고 사슴뿔처럼 삐죽삐죽한 녹각책을 설치했다. 선왕 때의 낮고 단아한 꽃담에 비교해 보면 지금의 저 담장은 흉물스러워 보이기까지 했다.

"이러고 있을 때가 아닌데, 빠른 말들도 구해야 하고 쓸 만한 아이들로 추리려면 서둘러야 하는데……."

감찰상궁은 다시 발걸음을 재촉했다.

사인이 정확하게 어디로 먼저 갔는지 알지 못하니 궁궐 밖으로 궁녀들을 내보낸다고 해도 찾아내는 것이 쉽지는 않을 것이다. 그러니 누구를 보내야 할까 고심하게 되는 것이었다.

"저것은 감찰상궁이 아니냐?"

이융은 천천히 후원을 거닐다가 장녹수에게 무언가를 고하고 가는 감찰상궁을 발견했다.

"그러하옵니다, 전하!"

"감찰상궁에게 근심거리가 있는 것인가?"

궁궐의 담장 너머를 살피며 한숨을 내쉬는 감찰상궁을 유심히 보던 이융은 고개를 갸웃거렸다.

"숙용마마께서 어려운 것을 시키신 게지요."

단번에 상황을 파악한 상선이 낮은 목소리로 고했다.

"조 상궁이 건네는 저 종이는 무엇이지?"

"그림 같아 보입니다만, 어찌 하필이면 이곳에서?"

"제 깐에는 처소에는 보는 눈이 많으니 새벽에 이 정원에서 우연히 마주친 것처럼 보이고 싶었던 게지."

"뭔가 중요한 일을 시키신 것 같습니다?"

그 순간 상선은 저 그림이 무엇인지 알 것 같았다.

"과인의 생각도 그렇다. 대체 저 두 사람이 무슨 일을 꾸미고 있는지 알아보게!"

"예, 전하!"

상선이 서둘러 자리를 뜨자 이융은 잠시 그 자리에 서서 저 멀리 걸어가는 장녹수의 뒷모습을 바라보았다.

"누가 그랬던가, 여자의 적은 여자라고!"

이융은 어쩐지 장녹수가 먼저 그 여인을 찾을 것 같다는 예감이 들었다.

상선이 물러가고도 이융은 한참 동안을 후원에 머무르며 바람을 쐬었지만 좀체 안으로 들어가고 싶은 생각이 없었다.

"전하!"

원종혁은 산책 중인 이용에게 다가와 예를 갖추었다.

"무슨 일인가?"

원종혁의 안색이 어두운 것을 본 이용의 목소리도 가라앉았다.

이용 자신도 신하들과 백성들이 자신에게 반감을 품고 있다는 사실을 잘 알고 있었다. 호위부대를 확충하고 내금위를 충철위로 개칭한 것도, 군사를 늘이고 원종혁에게 강력한 권한을 준 것 또한 만약의 경우 제 신변을 지키기 위한 조치였다. 원종혁은 그나마 이용이 믿을 수 있는 유일한 인물이었다.

"저잣거리에 돌고 있는 소문도 그렇고 뭔가 심상치가 않습니다, 전하!"

"뭔가 좋지 않다?"

"정확하지는 않사오나 장 숙용과 전하에 관한 흉흉한 소문이 돌고 있어 백성들이 동요하고 있습니다."

"소문이야 늘 있지 않았더냐?"

"하나 이번엔 다른 것 같습니다. 하오니 이번 장단 석벽에 유람하시기로 한 것은 취소를 하시는 것이 좋을 듯합니다."

장단 석벽의 유람을 위해 이미 천여 명의 운평과 홍청이 연회를 열 준비를 마쳤고 국수도 일천 그릇을 준비하라 일렀다. 원종혁의 말에 이용은 잠시 망설였지만 그 역시 어쩐지 예감이 좋지 않았다.

"그리하겠다. 장단 석벽에서 열기로 한 연회를 취소하고, 만약을 대비해 좋은 말들을 준비해 두고 돈화문과 요금문 앞으로 무기들을 옮겨 두어라. 또 궐문에 무장한 군사들을 겹겹이 배치하도록 지시하라."

"그리 시행하겠습니다, 전하!"

이용의 명을 받은 원종혁은 곧바로 나가 어명을 전했다.

가마의 곁문을 살짝 열어 바깥 사정을 확인한 사인은 서둘러 자신의 보따리를 뒤졌다. 그러나 분명 있어야 할 분장 도구들이 보이지 않았다. 암자에서 나올 때 다급하게 필요한 것들만 들고 나오느라 그것은 챙기지 못했던 것이었다.

"하필이면!"

달리 방법이 없다는 생각에 사인은 입술을 깨물었다.

"무엇하느냐! 가마를 내려놓고 문을 열어라!"

"하, 하오나!"

우는 아이도 울음을 그친다는 채홍준사였다. 말이고 여인이고 쓸 만하다 싶으면 '패찰'만 보이고 빼앗아 가는 그들의 위세에 교꾼들은 가마를 내려놓았다.

"문을 열어라!"

채홍 군사가 교꾼들을 노려보며 나무라자 가마의 작은 곁문이 발칵 열렸다.

"무슨 일이시오?"

쓰개치마로 얼굴을 가린 사인이 날카로운 목소리로 물었다.

"채홍준사요! 확인할 것이 있으니 내리시오!"

기세당당한 여인의 목소리에 채홍 군사는 한풀 꺾인 목소리로 말했다.

"나는 궁녀요. 모친상을 당해 집으로 가는 길이오!"

사인은 곁문으로 손을 내밀어 궁을 나올 때 받았던 출입증을 보여주었다.

"대감, 가마 속의 여인이 궁녀라 하옵니다!"

출입증을 받아든 군사가 문서를 들고 말 위에 앉아 있는 이계동에게로 갔다. 이계동은 임사홍, 임숭재와 함께 채홍사를 이끌며 서로 더 많은 여인들을 채홍하여 공을 세우려고 혈안이 되어 있는 자였다.

"일단 내려서 얼굴을 보이라 일러라. 지밀나인이라면 내가 얼굴을 알 것이니!"

어딘가 미심쩍어 궁녀의 얼굴을 확인해 보고 싶었던 이계동은 말에서 내려 가마로 다가갔다.

"어찌 궁녀의 얼굴을 보겠다 하시오. 무례하오!"

이미 사태가 심상치 않음을 깨달았지만 사인은 마지막까지 가마에 앉아 허리를 꼿꼿하게 세웠다.

"궁녀라고는 하나 이 문서 한 장만으로 믿을 수가 있느냐. 게다가 어찌 궁녀가 본가엘 가는데 선전관이나 의금부 나장조차 없이 길을 나섰더란 말이더냐? 끌어내라!"

지금의 왕은 궁인들을 귀하게 여겨 신하들과 다를 바 없이 대우하였다. 그러니 궁인들의 행차는 대단히 거창해졌고 그 위세가 매우 커졌다. 가마 안의 궁녀가 이상하다고 확신한 이 계동은 끌어내라 명했다.

"멈춰라! 내 발로 내릴 것이니!"

군졸이 문을 열려고 하자 가마 문이 벌컥 열리며 쓰개치마를 눌러쓴 사인이 모습을 드러냈다.

"내가 아는 궁녀인지 봐야겠으니 얼굴을 보이시오."

"모습을 드러내는 것은 어렵지 않으나, 제가 궁궐로 돌아가 전하께 아뢰어도 되겠습니까?"

"전하께 아뢰다니, 무엇을 말인가?"

"대감께서 많은 이들 앞에서 궁녀를 희롱하였다 고해도 괜찮겠습니까?"

여리고 가냘픈 몸이지만 도도한 얼굴로 꼿꼿하게 서서 채홍사 이계동을 향해 사리를 따지고 드는 사인의 태도에 군졸들은 그저 지켜보고만 있을 뿐이었다.

"좋네, 하면 내 궁궐로 사람을 보내 알아볼 것이니 일단 관아로 가서 기별이 올 때까지 기다리게!"

만약 이 궁녀가 지밀나인이라면 건드려서 좋을 것이 없었다. 한발 물러선 이계동의 말이 떨어지자 군졸들이 사인을 데려 가려고 다가섰다.

쓰개치마를 눌러 쓴 사인은 이리저리 눈을 돌려 선비를 찾았으나 그는 어디에도 보이지 않았다. 전신에 힘이 빠져 그대로 사그라져 버릴 것만 같았다. 이제 그가 곁에 없다는 것을 확인하자 자꾸만 눈앞이 흐려졌다.

"가십시다!"

군졸 하나가 다가와 사인의 팔을 잡아끌었다.

"감히 궁녀의 몸에 손을 대다니! 내 발로 갈 것이다!"

쓰개치마 안의 매서운 눈이 군졸을 노려보고 있었다. 군졸이 움찔하는 사이 사인은 팔을 세차게 뿌리치며 턱을 치켜들고 그들이 이끄는 대로 성큼성큼 걸어갔다.

아침부터 이곳저곳에 나붙은 그림들 때문에 궁궐 안은 그야말로 난리도 아니었다. 한창 바쁘게 돌아가는 아침을 지나 점심때가 되자 그림 앞으로 삼삼오오 모여든 궁인들은 모두가 고개를 갸웃거렸다. 그림 속의 여인은 해괴하게도 속적삼을 입고 달리고 있었고, 그런 미인은 궁궐 어디에서도 본 일이 없었다.

"저런 미인이 궁궐 안에 있는데 눈에 띄지 않을 리가 있었겠어?"

"그러니! 내 말이!"

"이상하다는 거지. 저런 미인이 있었다면 이제껏 장녹수가 그냥 뒀을까!"

주위를 살펴본 궁녀들은 목소리를 낮추고 그렇게 쑥덕거렸다.

"혹, 그 귀신이 아닐까?"

"귀신?"

"왜 연못가에서 폐비 윤씨의 귀신이 나온다고 하지 않소!"

궁궐을 지키는 군졸들과 궁인들은 그렇게 쑥덕거렸다.

그 사이에도 소문은 흉흉한 기운을 타고 소리 없이 퍼져나가, 입에서 나오는 괴소문으로 궁궐 안은 더욱 음산하였다.

"전하께서 이번엔 좀 다르신 것 같습니다."

조 상궁은 그림 속 여인을 노려보는 장녹수를 걱정스럽게 돌아보았다.

지나던 길에 우연히 보게 된 그림과 곁에 써놓은 글의 내용을 한참이고 노려보던 장녹수는 치맛자락을 휘감으며 처소로 들어가 버렸다.

"경국지색이라더니! 어찌 십몇 년 만에, 그것도 잠결에 잠깐 나와서 뜀박질 한 번 했다고 어찌 궁궐을 이 지경까지 쑥대밭으로 만드나그래?"

장녹수의 뒤를 따라가는 조 상궁과 긴 궁녀들의 행렬을 지켜보던 서사상궁은 사인을 궐 밖으로 내보낸 이후 제대로 먹지도 잠들지도 못하는 부제조상궁을 돌아보았다.

"뭣이야?"

쌀쌀한 성격의 부제조상궁이었지만 사인은 역시 그녀에겐 크나큰 약점일 수밖에 없었다. 서사상궁은 오랫동안 고락을 함께해 온 동기이자 벗이었고, 사인의 비밀을 맡길 만큼 든든한 존재였다. 그렇다고 해도 사인에 대해 듣기 싫은 소리를 하는 것은 노여웠다.

"어째서 사람들은 찍어 눌러 놓으면 아무것도 할 수 없을 것이라 생각할까?"

중년을 넘어서면 그 사람의 인생이 얼굴에서 보인다더니, 오랫동안 서고에서 문서와 함께 생활해서인지 서사상궁은 마치 유학자 같은 인상을 풍겼다.

"뭐라는 것이야?"

부제조상궁은 그렇지 않아도 속이 시끄러운데 점점 모를 소리만 하는 서사상궁을 심란하게 바라보았다.

"헌데 저 그림이 어째 좀 이상하지 않은가?"

벽에 붙은 그림을 곰곰이 들여다보던 서사상궁이 고개를 갸웃거렸다.

"무엇이 말인가?"

그림을 힐끗 한번 쳐다본 부제조상궁이 물었다.

"사인과 비슷한 것 같기도 하고 아닌 것 같기도 하고 말일세, 사인인 듯 사인 아닌 듯. 거참 요상하네?"

그림을 들여다보며 연신 고개를 갸웃거리는 서사상궁을 보던 부제조상궁은 피식 웃었다.

"저것은 사인이 아닐세."

부제조상궁은 그리 말하고 획 돌아섰다.

"허면 저것은 누구야?"

"글쎄다!"

서사상궁은 궁금해 죽겠다는 얼굴로 부제조상궁의 입만 바라보았지만 꽉 다문 그 입은 쉽게 열릴 것 같지 않았다.

"아무리 못난이로 감춰도 경국지색은 경국지색! 자네 조카 딸이 나기는 난 아이야!"

벗은 심각한 얼굴로 걸어가고 있는데 서사상궁은 무엇이 좋은지 장난기 가득한 웃음을 감추지 못했다. 그러나 그 웃음기가 가시는 것은 불과 한 시각도 걸리지 않았다.

"어떤가, 서고에 들러 차라도 한잔 하지 않겠나? 내 아주 좋은 차를 구해두었는데."

"병 주고 약 주는 겐가? 속은 있는 대로 뒤집어 놓고 차는 무슨!"

"아이, 어찌 이러시나. 좋은 차라면 사족을 못 쓰는 이가?"

서사상궁은 샐쭉해서 서 있는 부제조상궁을 데리고 서고로 갔다.

"아니 내 서고에 무슨 일이 생긴 것인가?"

겨우 마음이 풀어진 부제조상궁을 끌고 서고로 간 서사상궁은 깜짝 놀라고 말았다.

서고 앞에는 내시관과 궁녀, 선전관, 무예별감들까지 길게 늘어서 있었다. 왕의 행차가 분명했다.

"저, 전하께서?"

미처 자신의 서고를 뒤질 것이라고는 상상도 못했던 서사상궁은 창백하다 못해 납빛이 된 얼굴로 부제조상궁을 돌아보았다. 새파랗게 얼어 있기는 부제조상궁도 마찬가지였다.

"당장 서사상궁과 부제조상궁을 잡아 오너라!"

아니나 다를까 분기에 가득 찬 왕의 목소리가 서고를 뚫고 밖으로 쩌렁쩌렁 울려나왔다.

왕의 명이 떨어지자마자 상선이 쏜살같이 달려 나왔다. 상선이 서고 밖으로 모습을 드러내자 이미 엄청난 일이 터졌음을 직감한 서사상궁과 부제조상궁은 바짝 긴장했다.

두 사람이 그 자리에 그대로 얼어붙어 꼼짝 못하고 있을 때 내관에게 기별을 받은 상선이 달려왔다.

"이 사람들 어찌 이제야 오시나!"

아침부터 내관들을 모두 풀어 알아본 결과 장녹수가 찾는 것은 못난이 궁녀 사인이었다. 상선은 대령상궁이 굳게 입을 다물고 지켜주려던 비밀이 무엇인지를 알았지만 이미 장녹수가 알게 된 이상 그것은 더 이상 감출 수 있는 비밀이 아니었다.

"사, 상선영감!"

"일단, 가세!"

상선은 더 이상 방법이 없다는 얼굴로 고개를 저으며 두 사람을 데리고 서고 안으로 들어갔다.

"전하, 서사상궁과 부제조상궁을 데려왔사옵니다!"

두 사람은 우두커니 서 있는 대령상궁의 굳은 얼굴을 보고 사태가 절망적인 것을 알아차렸다. 대령상궁은 가까이 다가오는 두 사람을 돌아보지 않았다.

왕은 사인이 주로 앉아 필사를 하던 책상에 앉아 있었다. 이미 필사를 마친 책이나 사인이 쓴 책들은 다 치웠는데 무엇을 보고 있는 것일까 생각하던 서사상궁은 사색이 되어 그 자리에서 그대로 쓰러질 것처럼 보였다.

이융은 아무 말 없이 책상 위에 놓여 있는 서책, <왕세자의 첫사랑>을 들여다보고 있었다.

그것은 사인이 초고로 잡아 놓았던 일 권의 중심 이야기와 이 권의 도입부를 끄적여 놓은 것이었다.

"저, 전하! 어디가 불편하십니까? 어의를 부르겠습니다."

서고에 들어와 그 책을 발견하고는 자리에 앉아 아무 말 없이 글을 읽고 있던 왕의 용안이 점점 창백해지자 내관은 걱정이 되기 시작했다. 대체 그 내용이 무엇인지를 알 수 없으니 왕의 의중을 가늠하기도 어려웠다.

"닥쳐라! 조용히 있으라!"

이융은 누군가 말을 거는 것도 귀찮다는 듯 역정을 내며 이야기 속으로 빠져들었다.

"미우야!"

사인이 궁궐을 나가기 전에 집필하던 곳까지 읽은 이융은 두 손으로 서책을 덮고 고개를 숙였다.

"전하!"

왕의 어깨가 가늘게 떨리고 있는 것을 본 상선은 참담함을 느꼈다.

저런 모습을 본 적이 또 한 번 있었다. 임사홍이 데려온 외할머니가 내민, 폐비 윤씨가 사약을 받고 죽어가며 토해낸 피 묻은 적삼을 받던 날, 왕은 저렇게 어깨를 떨며 울었다. 그리고 얼마나 큰 피바람이 불었던가. 왕의 성격상 언제 불같은 화를 뿜어내며 미쳐 날뛸지 알 수 없는 일이었다.

대체 저 서책의 내용이 무엇이기에!

상선은 답답해 속이 터져 죽을 것 같았다.

서고에 들어서면서부터 내내 왕을 지켜보던 대령상궁의 마음은 복잡하기 이를 데가 없었다. 왕이 들여다보는 서책의 제목이 <왕세자의 첫사랑>이라는 것을 보는 순간 직감적으로 미우를 떠올렸다. 그러나 부제조상궁을 생각하면 미우에 대해 말할 수가 없었다. 그렇다고 본능적으로 뭔가를 기억해내고 저토록 애타게 찾는 왕의 마음을 외면하기도 어려웠다. 결국 그녀는 오랜 경험으로 알고 있는 방법을 선택했다. 그저 아무것도 몰랐던 것처럼 입을 닫는 것이었다. 그것이 궁궐이라는 위험한 줄타기에서 떨어지지 않는 최선의 방법이었다.

"이것을 누가 쓴 것이냐?"

천천히 고개를 들고 서사상궁을 노려보았다. 이용의 이마에는 식은땀이 맺혀 있었다.

"그것은 윤가 사인의 것입니다."

서사상궁은 최대한 몸을 숙이고 별것 아닌 것처럼 대답하려고 애썼다.

"서, 설마!"

그러나 왕이 읽다가 울고 있는 내용을 사인이 쓴 것이라는 말에 부제조상궁의 눈이 휘둥그레지고 말았다.

"너는 내용을 모른다?"

"예, 전하! 무료할 때마다 뭔가를 적어두는 것은 보았으나,

그 내용은 알지 못하옵니다.”

“닥치거라! 서사상궁인 네가 옆에서 나인이 기록하는 것을
몰랐다는 것이 말이 되느냐!”

“전하, 참으로 알지 못하옵니다!”

서사상궁은 그대로 바닥에 납작 엎드려 모른다고 딱 잡아떼
었다.

“참으로! 너는 이 내용을 알지 못한단 말이더냐?”

뒷이야기가 너무나 알고 싶었던 이융은 저 밑바닥 어딘가에
서 울컥 치밀어 오른 슬픔으로 제 가슴을 쥐어뜯으며 재차 물
었다.

“알지 못하옵니다, 전하! 죽여주시옵소서!”

그러나 사실 서사상궁도 사인이 쓰는 이야기의 내용은 읽어
보기 전까지는 전혀 알지 못했다. 읽어본 일 권까지야 알고 있
었지만 그 뒷이야기는 알 수 없는 일이었다.

“하면 대비전의 상궁이었던 너는 알고 있겠지!”

이융은 미우라는 말에 얼굴이 납빛으로 변해 서 있는 부제
조상궁에게로 시선을 돌렸다.

“소인, 전하께서 하문하시는 것을 전혀 알지 못하겠습니다.”

그러나 그녀는 이미 모든 것을 체념한 얼굴로 서 있었다.

“가거라, 열흘이다! 용기를 내야 한다. 이제 행복을 찾아가
는 것이다! 열흘 안에 너의 이름을 찾아야 한다. 너의 이름을
찾거든, 돌아오지 않아도 좋다. 아가, 꼭 행복해지거라! 네가

행복해진다면 나는 아무런 여한도 없다!"

어차피 사인에게 그리 당부하며 궁 밖으로 내보낼 때 이런 모든 것들을 각오했던 일이었다. 다만 사인이 서책을 쓰고 있었다는 것은 전혀 몰랐던 일이었다.

"네년은 찢어 죽여도 시원치가 않다. 감히 짐을 속이고 능멸하고!"

결국 참지 못한 이융이 자리에서 벌떡 일어섰다. 언제 칼을 빼들고 부제조상궁을 죽여 버릴지 모르는 일이었다.

서슬 퍼래져서는 길길이 날뛰는 왕 덕분에 서고 안은 아수라장이 되어버렸다. 대령상궁과 상선은 당황해서 얼굴이 벌겋게 달아올랐지만 오히려 그 분노를 받아내는 두 상궁들은 조금의 흐트러짐도 없이 침착하기 그지없었다. 그녀들은 더 이상 떨지도 않았고 숙이지도 않았으며 잘못을 빌지도 않았다.

"전하! 충철위장이 급히 고할 것이 있다고 합니다!"

바로 그 순간이었다. 서고 밖에서 고하는 소리와 함께 손에 서찰을 든 원종혁이 들어왔다.

"그것이 무엇인가?"

들라는 명을 내리지도 않았는데 화급하게 들어오는 원종혁을 본 이융이 물었다.

"전하! 조금 전 성 밖에 나가있는 채홍사 이계동 대감으로부터 서찰이 왔는데 지밀에 윤가 사인이라는 궁녀가 있는지 알아봐 달라는 내용입니다."

"뭐라, 윤가 사인을?"

원종혁의 입에서 사인이라는 말이 튀어나오자 이용의 얼굴은 급격히 밝아졌다.

"세상에!"

그러나 상대적으로 부제조상궁은 사색이 되어 그대로 털썩 주저앉고 말았다.

"예, 전하! 이계동 대감이 그 궁녀가 미심쩍어 관아에 잡아두었다고 합니다."

"그 말이 사실이더냐?"

급기야 이용의 얼굴엔 화색이 돌았다.

"그러하옵니다, 전하! 신이 군사들을 보내겠습니다!"

"아니다! 과인이 직접 갈 것이다!"

"하오나 지금은 궁을 비울 때가 아니옵니다!"

직접 달려가겠다는 말에 원종혁은 난색을 표했지만 이용에게 그 말이 들릴 리 없었다.

"가자!"

이용이 서고를 나가자 따라왔던 내시관과 궁녀, 선전관, 무예별감과 충철위들까지 썰물처럼 빠져나갔다.

갑자기 적막해진 서고에는 부제조상궁과 서사상궁만이 남았다.

먼저 정신을 차린 서사상궁이 비칠비칠 걸어가 의자에 털썩 주저앉으며 물을 한 잔 따라 마셨다.

"대체 저 서책은 무엇이야?"

그제야 겨우 정신을 수습한 부제조상궁이 도끼눈을 뜨고 서사상궁을 노려보았다.

"그 아이는 자네가 아는 것보다 훨씬 대단한 아이네."

"대체 내 조카딸에게 무슨 짓을 한 것이야?"

"자네는 경국지색을 두려워해 이곳에 숨겨두었지만 그 아이는 이 서고의 서책을 모두 읽으며 자랐고 그래서 무엇이 옳고 그른지 알고 있었네."

서사상궁은 오랜 세월 지밀의 서신과 문서들을 관리하며 충직하게 선왕을 섬기던 궁녀였다. 지금은 비록 폭군을 만나 숨죽여 살고 있었지만 그렇다고 나라와 백성을 걱정하는 마음조차 없어지는 것은 아니었다. 서사상궁은 사인이 서책을 읽고 질문하는 것들에 대답하면서 생각의 힘을 키워주었다.

"하면 참으로 저 서책을 쓴 것이 사인이라는 것이야? 자네가 아니고?"

부제조상궁은 참지 못하고 벌떡 일어나 서사상궁이 앉아 있는 바로 앞으로 다가갔다.

"내가 무슨! 연담소설을 쓸 재주가 되나? 다른 것은 몰라도 이 서책들을 통해 사인이는 제가 하고 싶은 이야기들을 했네. 그 진심이 백성들의 마음을 움직인 것이고!"

"나는 청운스님의 말씀대로 하는 길이 저 아이가 행복해지는 길이라고 믿었던 것이지! 가둬두려던 것이 아니었어!"

여유 있게 물을 마시는 서사상궁과는 달리 부제조상궁의 서슬 퍼런 눈빛은 살벌하기까지 했다.

"자네가 말하는 행복해지는 길도 결국 그 아이가 제 발로 걸어야 갈 수 있는 길이야!"

"내가 이런 미친 것을 동기라고 믿고! 행복해지기는커녕 이제 다 죽게 생겼는데 어쩔 것이야!"

기어이 울화를 참지 못한 부제조상궁의 입에서 독설이 쏟아지며 서사상궁의 머리채를 휘어잡았다.

"여, 여보게! 말로 하세, 말로!"

"말로는 무슨! 이제 어쩔 것이야, 우리 사인이 어쩔 거냐고!"

"아, 내가 가리고 있어서 그렇지, 참말 탈모가 있다네! 머리카락 몇 올 안 남았단 말일세!"

서사상궁은 그렇게 하소연을 했지만 분기가 풀리지 않은 부제조상궁은 휘어잡은 머리카락을 놓지 않았다.

八章 · 저 산을 넘는 구름

선비는 다시 밤을 새워 산길을 걷고 있었다.

지금은 그저 최대한 시간을 벌어주는 것이 목표였으니 그에게 목적지가 있을 리 없었다.

그도 사람이니 처음엔 오래전에 떠나온 집으로 가고 싶은 마음도 들었으나 곧 고개를 저었다. 그가 결정하고 선택한 일로 공연히 집안까지 위험에 빠뜨릴 수는 없었다.

"이런!"

문득 옆을 돌아보다 또다시 혼자가 되었음을 깨달았다.

선비는 아주 잠깐 자신의 크고 단단한 손을 펴고 내려다보았다. 그 손에 잡혀 있던 희고 부드러운 손의 감촉이 떠올랐다. 그 모습이 딱했던지 곁에서 내려다보던 나무가 붉게 물든 나뭇잎 한 장을 떨어뜨려 그의 빈 가슴을 만져 주었다. 선비는 손바닥에 떨어진 나뭇잎을 내려다보다 그마저도 바닥에 내려놓았다. 가슴 한편이 휑하니 비어버린 것 같다. 언제부터 일기 시작한 것인지 가슴속에 바람이 잦아들지를 않는다.

누구에게도 마음 주지 않겠다고, 스스로에게 그토록 오랫동안 다짐하였건만, 그 짧은 순간에 무모하리만치 무방비 상태가 되어버리다니. 이 모든 것들이 한바탕 꿈만 같다. 처연하리만큼 아름답게 단풍이 든 가을 산이 가져다준 환상.

그런 생각들을 하다 보니 전혀 웃지 않는 그의 입가에 보일 듯 말 듯한 웃음기가 머물다가 사라졌다.

무심히 걷던 선비가 문득 걸음을 멈췄다. 고요한 바람을 가르며 누군가의 발이 빠르게 움직이는 소리가 들렸다. 긴장한 선비는 바람의 소리에 귀를 기울였다.

"뭔가? 공연히 비실비실 웃고!"

나무 사이를 바람처럼 움직이던 류건이 모습을 드러냈다.

밤새 관아를 살피고 돌아보아도 혼자서는 도저히 사인을 빼낼 수 없다고 판단한 류건은 내키지는 않았지만 서둘러 선비를 찾았다. 어차피 이곳이야 손바닥 보듯 훤히 알고 있으니 그를 찾기까지는 그리 오래 걸리지 않았다.

"무슨 일인가?"

선비는 속까지 들여다볼 듯한 서늘한 눈으로 류건을 바라보았다.

"아씨에게 일이 생겼소."

선비에게서는 그도 익히 알고 있는 아주 익숙한 고독의 냄새가 풍겼다. 햇살 아래 착 가라앉은 그 눈을 마주하자 아직 초가을임에도 류건의 목덜미에 서늘한 한기가 느껴졌다.

"일이라니?"

"채홍사에게 잡혀 지금 이곳 관아에 있소. 말을 구해 왔으니 가면서 이야기합시다!"

"갑시다!"

류건이 나타났을 때 분명 그녀에게 무슨 일이 생겼으리라 짐작했던 선비는 더 이상 묻지 않고 준비해 온 말에 올랐다. 두 필의 말은 관아가 내려다보이는 산을 향해 쏜살같이 내달렸다.

"아씨는 관아 뒤편에 있는 저곳에 갇혀 있소."

사인이 잡혀갈 때 뒤를 따라가 그녀가 갇혀 있는 방까지 확인해 뒀던 류건이었다.

"미친 게요? 지금 저 많은 군졸들과 힘으로 해보자는 거요?"

말을 숨겨두고 관아가 내려다보이는 언덕에 올라 군사들을 살펴보던 선비가 기가 막힌다는 얼굴로 류건을 돌아보았다.

"그럼 어쩌자는 게요?"

결코 그럴 사이는 아니었지만 사이좋게 바로 옆에 붙어서 내려다보고 있던 류건이 멀뚱하게 되물었다.

"가서 옷가지나 구해 오시오!"

당장이라도 사인에게 무슨 일이 생길까 마음이 급해 초조한 류건과는 달리 선비는 떡하니 팔짱을 끼고 서서 덤덤하게 말했다.

"에, 이 판국에 무슨 옷을?"

류건은 뭔가 의견을 말하려다가 모든 수를 다 생각해 뒀다는 선비의 표정에 입을 다물고 말았다. 속으로는 아무리 봐도 볼 때마다 참 재수 없는 놈이라고 혀를 찼지만 참을 수밖에 없었다.

"그 머리는 뒀다 무엇에 쓰려고!"

여유롭게 팔짱을 낀 선비는 의기양양하게 말했다.

스스로 생각해도 참으로 이상한 일이었다. 이토록 급박한 상황에도 그는 오히려 그 여인을 다시 볼 수 있다고 생각하니 어깨가 딱 펴지며 여유가 생기고 힘이 넘쳐나는 것 같았다.

"알겠소!"

선비가 다시 한 번 면박을 주자 류건은 더 이상 군소리 않고 옷을 구하러 갔다.

죽이고 싶도록 미운 놈의 도움을 받아야 할 만큼 류건에게는 사인을 구하는 것이 제일 시급한 문제였다.

"채홍사라니!"

류건은 바짝바짝 타는 입술을 깨물며 말을 달렸다. 단 한순간도 사인을 그곳에 두고 싶지 않았다.

잠시 뒤 관아 앞에는 사치스러운 흑립과 철릭을 빼앗아 걸친 선비와 제 것을 모두 내주고 허름한 중인의 갓을 쓰고 중치막을 걸쳐 입은 류건이 서 있었다.

"뉘신지?"

선비의 옷차림을 살피던 수직(守直) 군사 둘은 호기심에 찬 눈을 하고 공손히 물었다.

"들어가서 사또께 진성대군께서 오셨다고 아뢰게!"

진성대군이면 임금의 아우가 아닌가. 류건의 말을 들은 군졸들은 깜짝 놀랐다. 그네들이야 고작해야 이 작은 관아의 정문을 지키고 서 있는 말단 병졸인데 감히 대군을 이렇게 가까이에서 볼 일이 없었던 것이다.

"예, 잠시 기다리시지요. 대군마님!"

군졸 하나가 안으로 뛰어 들어가더니 곧이어 나타난 것은 이 관아의 사또와 채홍사 이계동이었다. 어디고 그 모습을 잘 드러내지 않는 진성대군이 기별도 없이 갑자기 나타나 그들도 당황해 급히 달려 나왔다.

"아니, 대군께서 어찌 이 누추한 곳까지?"

왕의 사냥터에서 진성대군을 몇 번 본 적이 있던 이계동이 먼저 알은체를 했다.

"무료하여 잠시 유람 길에 나섰다가 지나던 길에 들렀소. 한데 대감께서는 어찌?"

"저 역시 공무를 수행하는 길에 잠시 일이 있어 들렀습니다!"

굳이 많은 설명을 하고 싶지 않았던 이계동은 대충 얼버무렸다.

"사또, 목도 마르고 한데 어떻게 차나 한잔 주시겠소?"

"잘 오셨습니다. 대군마님! 어서 안으로 드시지요!"

어제는 채홍사들이 들이닥치더니 이번엔 난데없이 진성대군까지 나타나 정신을 빼놓자 사또는 연신 굽실거리며 자신의 집무실로 선비를 인도했다.

"너도 잠시 쉬어라!"

선비는 이계동과 함께 안으로 들어가며 주위를 살피고 있던 류건을 돌아보고 말했다.

"예, 대군마님!"

류건은 허리를 깊숙이 숙여 대답하고는 안으로 들어가는 선비를 바라보았다. 채홍사가 데리고 있는 여인을 빼내 간다면 이는 대역죄에 버금가는 일인데 저렇게 자신이 진성대군이라고 밝히는 연유가 무엇인지 저 속을 알 수가 없었다. 게다가 그가 이계동과 관할 사또를 잡아둘 동안 사인을 밖으로 나오게 하라고 하니 제일 안전하고 식은 죽 먹기처럼 쉬운 일이지만, 닥쳐올 후환을 생각하지 않고 그 모든 위험을 본인이 감수하겠다는 선비의 생각을 이해하기는 어려웠다.

"여기 뒷간이 어디요?"

"저쪽이요!"

"고맙소!"

잠시 생각에 잠겨 있던 류건은 소피를 보겠다는 핑계로 나졸들을 따돌리고 사인이 갇혀 있는 방으로 갔다.

사인은 자신의 손에 쥐고 있던 버들가지를 내려다보았다.

저녁을 가져온 관비에게 청해 버들가지를 담아둘 물을 달라 했고 밤새 물에 꽂아둔 버들가지를 물을 잔뜩 먹인 종이에 싸서 다시 기름먹인 종이로 한 번 더 싸놓았다.

선비와 헤어진 뒤로 줄곧 그만을 생각했다. 지금이라도 어디선가 그가 나타나 자신을 구해줄 것만 같았다. 생각해 보니 함께한 시간이 길었던 것도 아니고 그에 대해 아는 것도 아무것도 없었다. 그럼에도 불구하고 온 마음을 그에게 내주고 말았다.

"어서 이곳을 나가야 할 것인데."

밤새 궁리를 해 보아도 이곳에서 도망칠 마땅한 방법이 생각나지 않았다.

사인은 이곳을 나갈 방법을 생각하며 고개를 돌리다 문득 사내의 두 발을 발견했다. 그 발을 따라 천천히 고개를 드니 류건이 서 있었다. 문이 열리는 것을 느끼지 못했는데 그는 이미 방에 들어와 있었다.

"쉿!"

놀란 사인이 눈을 동그랗게 뜨자 류건은 가슴에 감춰둔 옷을 내밀었다.

"갈아입고 나가시면 그가 기다리고 있을 것입니다."

류건은 그렇게 말하며 사인이 앉아 있던 의자에 앉더니 그녀의 쓰개치마를 뒤집어썼다.

"내 아무것도 보지 않을 것이니, 어서!"

옷을 갈아입으라는 말에 머뭇거리는 사인을 안심시키기 위해 류건은 일부러 쓰개치마를 푹 뒤집어썼다. 문득 처음 선전의 창고에 숨어 못난이 분장을 지우고 옷을 갈아입던 사인의 사랑스러운 모습이 생각나 피식 웃음이 났다.

선비가 기다리고 있다는 말에 사인은 더 이상 묻지 않고 류건이 가져온 옷으로 갈아입고 남장을 했다.

"남장을 해도 여전히 곱습니다."

류건은 자신이 쓰고 온 흑립을 대충 묶어 민상투를 틀어 올린 사인의 머리에 씌워주었다.

"이 은혜를 어찌 갚아야 합니까?"

"큰 은혜를 입은 것은 내가 먼저입니다. 하니, 어서 가세요!"

고맙다는 사인의 말에 류건은 뜻 모를 이야기를 하며 환하게 미소 지었다.

"무슨 말씀이신지 모르겠지만."

그 웃음이 누군가를 닮았다 생각하며 사인은 다시 한 번 고개를 숙여 고마운 마음을 표하고 밖으로 나갔다.

"아, 이놈아! 어디를 갔다 오는 게냐? 한참을 찾았다!"

밖으로 나가니 기다리고 있던 선비가 남장한 사인을 알아보고 손짓했다.

사인은 살며시 눈을 내리깔며 눈인사만을 나누었다. 코끝에 스치는 그의 체취를 가슴이 먼저 알아차리고 두런두런 소요를 일으켰다.

"볼일을 보다 보니 그만!"

너무도 그리웠던 마음에 목젖이 따끔거렸다. 그 마음이 들킬까 두 주먹을 꼭 쥐었다.

"하면 살펴 가시지요, 대군마님!"

"갈 길이 바쁘다. 어서 가자!"

말에 오른 선비는 남장한 사인에게 고삐를 쥐게 하고 천천히 말을 걷게 하여 관아를 빠져 나왔다. 이계동과 사또가 따라 나왔지만 그들은 말을 끌고 가는 대군의 종놈에게는 관심조차 없었다. 그들의 시야에서 완전히 벗어나 나머지 한 마리의 말이 묶여 있는 곳에 도착하자 선비는 말에서 내려 사인을 향해 천천히 다가섰다.

"또 저를 구해주셨군요."

이상하게도 선비가 나타난 뒤로 사인의 눈에는 세상 모든 것들이 어둠에 묻혀 버리는 것 같았다. 눈을 깜짝이며 고개를 흔들어 보아도 모든 것은 흐려지고 오로지 선비의 얼굴만이 빛을 밝힌 듯 환하게 보였다. 이러면 안 된다는 것을 알면서도 가슴이 두방망이질한다.

"괜찮소?"

괜찮으냐고 묻는 말에 고개를 끄덕이는 사인의 손에서 말고삐를 받아 쥐며 선비는 물끄러미 들여다보았다. 작은 흑립을 쓰고 남장을 했어도 그녀는 여전히 고왔다. 그제야 알 것 같다.

"그대에게서 멀어지려고 빨리 걸어갔던 그 발걸음이, 사실은 그대에게로 돌아오고 싶었던 내 마음이었던가 보오."

선비의 낮은 목소리가 사인의 귓가를 스쳤다.

못 들은 척, 담담하고자 애를 쓰고 있건만 어째서 그의 목소리만 들어도 심장이 덜컥거리는 것일까. 선비의 긴 손가락이 흑립 아래 드러난 사인의 갸름한 얼굴을 가만히 쓸어내려갔다.

화들짝 놀라 고개를 젖히며 그 손길을 비껴 나자 선비는 피식 웃으며 느닷없이 사인을 들어 안았다. 사인은 처음으로 선비의 입가에 웃음기가 도는 것을 보았다.

"어!"

"이놈아, 말을 타야 갈 것이 아니냐!"

사인을 말에 태운 선비는 자신도 말에 올랐다. 하룻밤 새 야윈 사인의 등이 가슴에 느껴졌다.

"류 선비님은요?"

사인은 말이 한 마리 더 서 있는 것을 보고 그제야 관아에 남은 그를 떠올렸다.

"알아서 따라올 것이오!"

선비가 말허리를 가볍게 차며 고삐를 흔들자 말은 두 사람을 태우고 달리기 시작했다.

말이 흔들릴 때마다 선비의 사타구니에 탄력 있는 사인의 엉덩이가 느껴졌다. 이렇게 누군가를 안고 말을 타는 것도 처음이었다.

"한데 대군마님이라니, 그것이 무슨 소리입니까?"

사인은 그제야 조금 전에 이계동이 선비를 향해 대군마님이라 불렀던 것이 이상해서 물었다.

"남들이 날더러 진성대군과 닮았다고들 하기에 장난을 쳐 본 것이오!"

선비는 일부러 퉁명스럽게 대답하고는 어색해서 다시 덧붙여 말했다.

"내 이름은 최훈, 최훈이오!"

"최, 훈!"

사인은 귓가에 속삭이는 선비의 감미로운 이름을 되뇌며 돌아보았다. 두 사람의 시선이 자연스럽게 뒤엉켰다. 그의 시선이 닿는 곳마다 간질간질했다. 보고 있던 선비가 갑자기 볼에 쪽 소리가 나게 입 맞췄다.

"어머나!"

볼이 발갛게 달아올라 얼른 고개를 돌려 앞을 보았지만 그에게 안겨 있는 가슴 떨리는 이 상황이 견딜 수가 없었다. 선비의 몸이 자신에게 닿을 때마다 신경이 예민하게 곤두섰다.

"볼이 저 단풍잎보다 더 붉게 물들었소."

"놀리지 마십시오!"

사인은 붉은 입술을 뾰로통하게 내밀며 새침하게 돌아보았다.

"다시 보니, 좋소."

선비는 사인의 가늘고 긴 목덜미에 입술을 가져다 댔다. 선비는 파르르 조바심치듯 떨고 있는 맥이 느껴지는 곳에 입맞춤하며 사인을 더욱 바짝 당겨 안았다. 사인이 스르륵 눈을 감고 선비에게 머리를 기대자 그의 가슴속으로 마음마저 빨려

들어가는 것 같았다.

"어라!"

사인이 안전하게 관아를 빠져나간 것을 확인한 류건도 서둘러 그곳을 탈출했다. 그러나 말을 매어둔 곳으로 와보니 사인과 선비는 보이지 않고 말 한 마리만 덩그러니 서서 그를 반겼다.

"재주는 내가 넘고! 이, 이놈이!"

선비가 사인을 태우고 먼저 가버렸다는 생각에 류건은 분통을 터트렸지만, 이미 말은 떠났으니 별 수 없는 일이었다.

❀　　❀　　❀

이융은 당장 사인에게 줄 옷과 음식을 준비하라고 난리를 피웠다. 좋아하는 여인에게는 아낌없이 퍼주는 이융이니 그의 취향만큼 장만해 군사들에게 바리바리 싣게 하고 자신은 사냥할 때 주로 사용하는 궁궐의 담장을 뚫어둔 구멍으로 몰래 나왔다. 그래서인지 궁궐 안에 있던 장녹수는 왕이 궐 밖으로 나갔다는 사실을 전혀 눈치채지 못했다.

그렇다 보니 밤새 쉬지 않고 달려 왔어도 왕의 행렬이 이계동이 기다리는 관아에 도착한 것은 예상했던 것보다 조금 더 지체되었다. 그러나 예상이 빗나간 것은 그뿐이 아니었다.

"전하! 전하께서 어찌!"

왕이 충철위를 이끌고 직접 들이닥치자 이계동과 사또는 당황해서 정신을 차릴 수가 없었다. 혹시라도 왕의 비위를 거슬렀다가는 무슨 봉변을 당할지 알 수 없었다.

"차를 내오라 이르겠습니다!"

왕이 직접 달려온 것을 본 이계동은 자신이 잡은 궁녀가 그토록 대단한 여인이었던가 싶어 떨리고 불안한 마음에 신경이 날카롭게 곤두섰다.

"차는 되었고, 나의 서시! 그 아이부터 데려오시오!"

왕은 굽실대는 이계동의 말을 잘랐다.

"예, 전하!"

"충철위장과 함께 가시오!"

이융은 급한 마음에 원종혁에게 직접 데려오라 명했다. 마음 같아서는 당장 달려가 보고 싶었지만 지금까지 사인을 볼 때마다 못난이라 길길이 뛰었으니 이제부터 어찌할 것인지 잠시 생각할 시간이 필요했던 거였다.

"나의 서시를 몰라보고! 과인이 그리 천박한 눈을 가졌을 줄이야!"

이융은 스스로를 탓하며 초조하게 기다렸다.

왕의 오른팔이나 다름없는 원종혁과 함께 가서 사인을 데려오라는 말에 이계동은 온몸을 짓누르는 압박감을 느꼈다. 대체 얼마나 대단한 여인이기에 왕이 직접 데리러 온 것일까 생각하니 이계동의 마음을 짓누르는 불안과 공포가 걷잡을 수 없이 가중되었다.

"저 방이오!"

"오셨습니까?"

사인을 가둬둔 곳으로 가니 건물 앞에 세워둔 군사들이 달려왔다.

"그 궁녀는 어찌하고 있는가?"

"방에 가둬두었습니다."

"음, 문을 열라!"

이계동의 명을 받은 군사 하나가 방에 채워둔 잠금 고리를 풀고 문을 열었다.

"어?"

그러나 방 안은 텅 비어 있었고 씻은 듯이 고요했다. 다만 열린 창문으로 들어오는 바람이 벽에 걸린 족자를 흔들고 있었다.

"어! 조금 전까지 이곳에 앉아 있는 것을 보았는데?"

문을 지키던 군사 둘이 사색이 되어 방으로 달려 들어갔다.

"어, 어찌 이런 일이?"

원종혁의 뒤를 따르던 이계동과 사또 역시 텅 빈 방 안을 보고 망연자실했다. 진즉에 한 번 더 살펴봤어야 했지만 설마 궁녀가 도망을 갈 것이라고는 미처 생각지 못했던 탓이었다.

"이곳을 다녀간 이는 없었소?"

열린 겹 창문의 문턱에 묻은 흙을 살펴보던 원종혁이 물었다.

"이 근처에 온 이는 아무도 없었습니다."

군졸들은 근처에 사람 그림자도 비치지 않았는데 궁녀가 어찌 방을 빠져나갔는지 궁금할 따름이었다.

"아! 하나 있기는 했는데, 그것이?"

뭔가가 마음에 걸리는 듯 군졸 하나가 고개를 갸웃거렸다.

"그것이 누구요?"

"낮에 대군마님을 모시고 온 자가 뒷간을 잘못 찾아 잠시 들렀었지만 금방 나갔구먼요."

"대군마님?"

"낮에 진성대군이 오셨소."

원종혁과 군졸의 말을 듣고 있던 이계동이 얼른 나서서 설명했다.

"진성대군이 어찌 이곳까지?"

원종혁은 의아한 눈빛으로 방 안을 다시 한 번 돌아보고 이계동을 향해 간단히 고개만 숙여 인사한 뒤 왕에게로 가버렸다.

"이제 나는 죽었구나!"

그 뒷모습을 지켜보던 사또가 길게 탄식했다.

"어찌 혼자 오는 것이지?"

이융은 사인을 맞이하기 위해 문을 활짝 열어두고 차를 마시고 있다가 홀로 돌아오는 원종혁을 발견했다.

"그, 글쎄요?"

설레는 마음을 감추지 못하던 왕의 용안이 불안하게 굳어지는 것을 본 상선이 돌아보니 홀로 앞서오는 원종혁의 뒤로 정신이 나간 듯 보이는 이계동과 사또가 허겁지겁 뛰어오고 있었다. 사인을 데리러 갈 때의 의기양양하던 모습과는 전혀 다른 그들의 표정을 보고 상선은 뭔가 일이 잘못 되었음을 직감했다.

"어찌 문을 열어놓고 계시옵니까?"

"나의 서시를 조금이라도 빨리 보고 싶어서 말이다! 한데 어디 있느냐, 나의 서시는? 오라, 과인이 오는 것을 몰랐을 것이니 분단장이라도 하고 오겠다더냐?"

이번에야 말로 당연히 사인을 만날 수 있을 것이라 믿고 달려온 왕이었기에 원종혁은 어떻게 고해야 할지 잠시 망설이며 머리를 조아리고 서 있었다.

"전하, 사인이라는 궁녀는 방에 없었습니다."

"방에 없다니, 이것이 무슨 말인가?"

원종혁의 보고를 받은 이용은 믿을 수 없다는 표정으로 이계동을 노려보았다.

"그것이 방을 지키던 군사들이 조금 전까지 있는 것을 보았다는데 감쪽같이 사라져 버렸다고 합니다."

"그 아이가 어디로 간단 말이더냐? 도망칠 연유가 없지 않느냐?"

"그것은 그러하온데……."

"샅샅이 찾아보았더냐? 혹 소피라도 보러 간 것은 아니고?"

이용은 화가 났지만 최대한 울화를 누르며 어찌 된 일인지 알아보려고 했다. 또 한편으로는 이 상황을 믿고 싶지 않았다. 금방이라도 사인이 어디선가 나타날 것만 같았다.

"관아를 다 찾아보았지만 궁녀를 보았다는 자는 없었습니다."

"사람이 하늘로 솟았다더냐! 땅으로 꺼졌더냐! 어찌 감쪽같이 사라져?"

이용은 믿을 수가 없어 실소를 터트렸다.

"분명 나가는 것도 보지 못했다는데 어디로 간 것인지, 소인들도 황망하여…… 전하!"

머리를 조아린 이계동은 급하게 자초지종을 아뢰었다.

"대체 군사들은 무엇을 하고 궁녀 하나를 지키지 못했더란 말이냐!"

울화가 치민 이용은 속이 답답하고 숨이 가빠져 가슴을 움켜쥐고 주저앉았다.

그날 밤 보았던 서시에 대한 그리움인지, 잃어버린 기억 속 파편에 대한 그리움인지, 이상하게도 알 수 없는 그리움이 워낙에 좋지 않은 그의 병세를 더욱 악화시키고 있었다.

"전하! 신을 죽여주시옵소서! 한 번 더 확인을 했어야 했는데, 갑자기 진성대군께서 오시는 바람에 정신이 없어서 그만! 그 혼란한 틈에 빠져나간 것 같습니다."

왕의 불호령에 놀란 이계동이 횡설수설 아뢰는 중에 진성대군이라는 말이 불쑥 튀어나왔다.

"뭐라, 진성대군?"

"조금 전 이곳에 진성대군께서 다녀가셨다고 합니다만, 대군께서는 하인 하나만을 데리고 왔다가 바로 떠나셨다고 합니다!"

왕이 장복수를 시켜 진성대군에게 살수들을 보냈다는 것을 알 리 없는 원종혁은 있는 그대로 보고했다.

"하면, 진성대군이 이 근처에 있다는 말인가? 이런 처죽일 놈!"

진성대군이라는 말에 이용은 분노를 터트리며 벌떡 일어나 미친 듯이 서성거렸다.

"떠난 지 얼마 되지 않았으니 멀리 가지는 못했을 것입니다!"

왕이 분노하는 것을 본 이계동은 이 모든 것이 진성대군의 탓인 듯 서둘러 고했다.

"모두 물러가거라!"

이용은 다짜고짜 주위를 물렸다.

"젠장! 젠장!"

이계동을 비롯해서 어리둥절하게 바라보던 이들이 모두 방을 나가자 이용은 손바닥으로 탁자를 내려쳤다.

"전하, 고정하시고 일단 궁으로 돌아가시는 것이 좋을 듯합니다."

궁을 비운 것이 줄곧 염려되었던 원종혁은 초조하게 방을 오가며 분노해 날뛰는 왕을 설득하려고 했다.

"이러고 있을 때가 아니다. 자네가 충철위를 이끌고 직접 나가 사인을 데려오게!"

그러나 이용의 머릿속에는 온통 사인의 생각밖에 없었다.

"전하?"

이 위급한 시기에 왕이 궁궐을 비우고 이곳까지 온 것도 기가 막힌데 호위부대를 이끌고 궁녀 하나를 잡아오라고 하니 원종혁은 어심을 종잡을 수 없었다.

"설마 과인의 궁녀가 대군과 같이 갔을 리는 없을 것이다. 하나 사인과 같은 미모의 여인이 홀로 가는 것은 위험하니 자네가 가서 데려오라는 것이다!"

"아니 됩니다, 전하! 한시 바삐 궁으로 돌아가셔야 합니다!"

원종혁은 천천히 왕의 발밑에 무릎을 꿇고 진심으로 간청했다.

"너는 모른다, 과인이 지금 어떤 심정인지! 그 아이가 필요하다!"

"전하!"

읍하고 고하는 원종혁 앞에 주저앉은 이용은 그의 두 손을 잡고 노려보았다.

"제발! 과인의 부탁이다. 가서 그 아이를 데려와라. 어떤 일이 있더라도 데려와야 한다!"

무엇이 그토록 애통한 것인지 핏발이 선 이용의 눈에는 이슬이 맺혀 있었다.

"신, 원종혁. 전하의 명을 받잡고 궁녀 사인을 데려오겠습니다. 하니 전하께서는 궁궐로 돌아가 계십시오."

결국 그 눈물이 이용에게는 유일한 충신이었던 원종혁의 마음을 움직였다.

"그래, 그리하겠다. 과인은 지금 당장 궁으로 돌아갈 것이다."

결국 이융은 사인의 방을 지키던 군사들과 관할 사또의 목을 친 후 충철위 군사 반을 내주어 원종혁을 떠나는 것까지 보고서야 궁으로 돌아갔다.

❀   ❀   ❀

가을 햇살이 유난히 쨍쨍한 날이었다.

세월의 흔적이 역력한 청회색 용마루 위로 파랗게 펼쳐진 하늘엔 구름 한 점 보이지 않았다. 아직도 이 집안의 실질적 주인인 최익순이 거처하는 사랑채 마루는 언제 닦아냈는지 먼지한 톨 없이 말끔했다. 백전노장의 최익순은 여전히 신선 같은 풍채에 새하얀 수염을 휘날리며 그 마루 위에 서서 먼 하늘을 바라보며 상념에 빠져 있었다. 최익순의 아들 최영섭은 찻상을 들고 사랑채로 들어섰지만 부친의 상념을 방해 하고 싶지 않아 잠시 그대로 서서 기다렸다.

"대감마님! 성담스님께서 서찰을 보내왔습니다!"

그때였다. 최익순은 청지기가 달려와 고하는 소리에 상념에서 깨어났다.

"성담이 어인 일로?"

서찰을 받아들던 최익순은 그제야 뜰 아래 서 있는 아들을 발견했다.

“어인 일이냐?”

“그저 아버님께 차나 한잔 올릴까 해서요.”

“들어오너라!”

방으로 들어간 최익순은 성담에게서 온 서찰을 펼쳐들었고 옆에서 차를 준비하는 최영섭의 눈길은 그 서찰에 머물러 있었다.

“드시지요.”

“너도 봐야 할 것 같구나.”

최익순은 찻잔을 내려놓는 최영섭에게 서찰을 건넸다. 부친의 눈빛이 심상치 않다고 느낀 최영섭은 서신을 받아들고 단숨에 읽어 내려갔다. 그리고 곧 최영섭의 얼굴은 창백하다 못해 청색으로 변해갔다.

“제가 가서 당장 데려오겠습니다!”

“경거망동하지 마라!”

허리를 꼿꼿이 세우고 팔짱을 끼고 앉아 생각에 잠겨 있는 최익순의 모습은 버드나무 아래 앉아 있던 선비와 그린 듯 닮아 있었다.

“하나, 훈이 혼자 감당하기에는 무립니다!”

당장이라도 달려갈 듯 일어서던 최영섭은 부친의 한마디에 맥없이 주저앉고 말았다.

성담스님이 보낸 서신의 내용을 보면 이미 도성에서는 걷잡을 수 없는 바람이 불고 있는 것이 틀림없었고, 그런 와중에 할아버지 최익순의 거침없는 성격을 그대로 빼닮은 최훈은 모든 것을 감당할 작정으로 무모한 행동을 시작했다는 것이었다.

"어찌 집으로 오지 못하고!"

최익순은 도성 안에 있는 이들에게 시간을 벌어주기 위해 무모한 일을 벌이고 있는 손자의 지혜와 용기에 감탄하면서도 자칫 제 가문을 위험에 빠뜨릴까 두려워 집으로도 오지 못하는 것이 안쓰러워 가슴이 아팠다.

"이미 왕이 추격대를 보냈을 것입니다. 추격대와 살수들에게 잡히기 전에 구해와야 합니다! 아무리 귀신같은 실력을 지녔다고 하더라도 그 아이에게 모든 것을 맡기고 손 놓고 있을 수는 없습니다."

최영섭은 초조하고 애가 타 그래도 앉아 있을 수가 없었다.

"못난 소리! 이는 국운이 달린 중대사다!"

"이미 그 아이가 하는 일도 개인의 일이 아닙니다. 자칫 제 때에 가지 못한다면!"

"가도 내가 간다."

"아버님께서요?"

부친의 갑작스러운 말에 최영섭의 목소리는 밝아졌다.

"내가 보냈으니 내가 데려와야지!"

"하면 나가 준비하겠습니다!"

바짝 긴장하고 있던 최영섭은 그제야 한숨을 내쉬었다. 중대사이니 만큼 조금 더 두고 봐야 한다는 명이 떨어질까 두려웠던 것이다. 그는 사랑채를 나와 집안의 무사들과 부친의 군장을 챙겼다.

"훈이를 무사히 데려올 것이니 집안 단속이나 잘 하고!"

사기가 충천해 있는 집안의 무사들을 이끌고 나가는 최익순의 모습은 결연한 의지에 차 있었다.

❀　　❀　　❀

넓게 펼쳐진 들판은 고즈넉했다. 마치 이 세상에 살아 있는 것이라고는 그들과 타고 있는 말뿐인 것 같았다. 한때 싱그러운 푸름을 뽐냈을 들판의 이삭은 누렇게 익어가고 있었다. 멀리 보이는 산언덕에는 미처 넘지 못한 구름이 걸려 있었고 선비와 사인을 태운 말은 광활하게 펼쳐진 들판을 빠르게 내달렸다.

시간이 흐를수록 사인은 오히려 침착해졌지만 선비는 점점 초조해졌다. 늘 선비를 볼 때마다 미안해하는 이역에게 가진 것이 없으니 잃을 것도 없다고 언제나 큰소리쳤었다. 며칠 전까지는 잃을 것이 없었던 인생이었다. 그래서 두려움도 없었다. 그러나 이제 두려움이 그의 발목을 잡았다.

"말 타는 법을 알려주겠소."

"말 타는 법을 꼭 배워야 합니까?"

선비에게 안겨 말을 타고 온 사인은 맥이 풀린 듯 축 늘어져 있었다. 궁을 나서고부터 줄곧 제대로 자지 못한 데다 많은 일을 겪다보니 피곤이 한꺼번에 몰려들었다.

"지금부터는 말을 타고 가야 하니 배워야 하오. 사내가 가마를 탈 수는 없지 않겠소?"

사인이 고단해하는 것을 알면서도 선비는 굳이 말 타는 법을 가르치려고 했다. 남장을 하고 있는 사인도 제 모습을 살펴보고는 얼굴을 붉히며 웃었다.

"자, 그럼 이렇게 고삐를 잡고!"

먼저 말에서 내린 선비는 사인에게 하나하나 찬찬히 가르쳐 주었다.

"이렇게 말입니까?"

선비의 고집을 당할 수 없었던 사인도 마지못해 말 타는 법을 배우기 시작했다.

"자, 그러면 다시 내렸다가 타 봅시다."

사인이 어느 정도 익히자 이번엔 혼자 말을 타보게 했다.

"혼자 말입니까?"

사인은 난색을 표했지만 선비의 엄한 얼굴을 보고는 곧 포기하고 말에 오르려고 했다. 그러나 선비의 힘을 빌리지 않고 말에 오르려니 잘 되지 않았다.

"아, 이놈아! 엉덩이를 그리 빼고 있으면 어찌하누!"

"에그머니!"

급기야 선비는 엉거주춤 말에 매달린 사인의 엉덩이를 장난스럽게 찰싹 때렸고, 그 때문에 화들짝 놀란 그녀는 잡힌 손을 휙 뿌리치며 돌아섰다.

"점잖은 분인 줄 알았더니!"

당황해 화가 난 사인의 볼은 빨갛게 상기되어 있었다.

"미안하오! 나도 모르게 그만!"

돌아서는 사인의 몸을 선비의 강인한 손이 잡아챘다. 머리에 쓴 갓이 벗겨지며 한순간에 선비의 품에 안긴 사인은 뭐라고 항변도 해보기 전에 기습적인 입맞춤을 받았다.

"내가 어쩌자고 이러는 것인지, 그대를 보면 만지고 싶고 이렇게 하고 싶고……."

사인은 대체 선비가 무슨 말을 하는지 제대로 생각할 수가 없었다. 그저 한없이 부드럽고 따뜻하고 달콤한 입술이 자신의 입술 위로 내려앉자 그대로 눈을 감을 뿐이었다. 단단한 그의 가슴에 닿자 가슴이 터질 것처럼 요동쳐 숨을 쉴 수가 없었다. 이대로 정신을 잃을 것 같아 자신도 모르게 두 눈을 꼭 감고 그의 옷자락을 움켜잡았다. 선비 역시 난생처음 맛보는 풋사랑에 사인의 달콤한 입술과 혀를 탐하느라 혹시라도 지켜보고 있을 남의 눈에 어찌 보일지는 생각도 못하고 있었다.

"앞으로는 이러지 마십시오."

제정신을 차린 사인이 선비에게서 떨어져 얼른 말에 올랐지만 부끄러워 뺨은 달아오르고 귓불까지 빨개졌다.

"자, 달려보시오!"

선비 역시 딴청을 팔며 사인이 혼자 말을 달려보게 했다.

"아, 아! 됩니다! 신기하게도 말이 제 말을 듣습니다!"

"말이 그대의 말을 듣는 것이 아니라 이제 서로 소통하는 법을 안 것이오."

하필이면 이런 순간에 이 여인을 만나게 된 것일까. 선비는 말 위에서 환하게 웃는 사인을 물끄러미 바라보았다. 난생처음 느껴보는 이 행복이 조금만 더 이어지기를 원하지만 그는 이 순간이 곧 끝날 것을 예감하고 있었다.

"이만하면 되었으니 이제 갑시다."

선비가 열심히 가르친 덕분에 사인은 제법 말을 탈 수 있게 되었다.

한바탕 소동으로 시간이 지체되어 사인과 선비는 행보를 서둘렀다. 두 사람은 선비가 지니고 있던 마른 고기로 요기를 하고는 늦은 오후 깊은 산중에 드리우는 옅은 햇살을 받으며 강행군을 하였다.

어째서 나쁜 예감은 틀리지를 않는 것인지, 말에게 물을 먹이며 잠시 쉬게 하던 선비는 썩 좋지 않은 표정으로 앞쪽을 바라보고 있었다. 길 저쪽에서 나타난 사내들이 심상치 않았던 것이다. 몇 명은 길가에 앉아 있고, 또 몇 명은 천천히 걸어오며 사인과 선비를 힐끗거리는 것도 좋지 않았다.

"어서 갑시다."

선비가 낮은 목소리로 속삭였다. 그는 그 사내들을 주시하고 있었다. 멀찍이 자리 잡고 앉아 그들끼리 눈짓을 하며 이야기를 나누는 모양새가 불길했다.

"예."

대답은 그렇게 했지만 사인은 지칠 대로 지쳐 있었다. 잠도 제대로 못 잤을 뿐더러 누적된 피로로 인해 눈이 퀭했다.

"해가 지기 전에 쉴 곳을 찾아야 하니 서두릅시다."

선비는 타는 속도 모르고 느긋하게 걷고 있는 사인이 답답했다. 하지만 그렇다고 갈 길이 머니 서두르자고 재촉하기도 어려웠다. 그는 자신이 잔혹하게 사람을 해치는 것을 알게 된다면 사인이 어떤 얼굴이 될지 생각만으로도 아찔했다.

"그 형씨, 참말 곱네!"

두 사람이 나란히 지나가자 앉아 있던 사내들이 사인을 힐끗거렸다.

"사내놈이 천하절색일세, 그려! 옆에 가는 선비님은 참말 좋겠시다!"

사내들이 던지는 거친 말투에 앞서가던 사인이 얼굴을 붉혔다.

"그냥 걸어요. 돌아보지 말고!"

그러자 선비가 사인의 귓가에 나직이 속삭였다. 입김이 닿을 정도로 가까이 다가온 선비의 입술을 느끼자 사인은 온몸의 솜털이 오소소 서는 것 같았다. 선비는 자칫 이곳을 벗어나기도 전에 저들이 눈치를 챌까 걱정이 되었다.

"갑시다."

선비는 떨고 있는 사인의 어깨를 감싸 안고 천천히 그들의 곁을 벗어났다.

"예."

어깨를 감싸고 있는 선비의 손에서 따뜻한 기운이 전해져왔다. 그윽한 그의 체취가 코끝에 스며들었다. 그의 손에서 전해져 오는 체온이 이상하리만치 그녀를 안심시켰다. 이 사내와 함께라면 이제는 그 무엇도 두렵지 않을 것 같았다.

사인과 선비가 그 길을 거의 빠져 나왔을 때였다.

"저, 저자! 낯이 익지 않은가?"

길가에 앉아 두 사람을 지켜보고 있던 사내 중 하나가 미심쩍은 얼굴로 중얼거렸다.

"잡아!"

그러자 용모파기를 들여다보던 사내 하나가 벌떡 일어서며 외쳤다. 길을 벗어나 막 산비탈로 올라가던 선비는 그들이 외치는 소리를 듣고 휘파람을 불려다 멈칫했다.

위급한 순간 휘파람만 불면 달려오던 섬리는 이제 그 어디도 없는 것이었다. 섬리는 그를 위해 그 어떤 순간에도 목숨을 걸었건만, 그는 자신의 목숨을 지키고자 소중한 벗을 버려야 했다. 섬리를 그렇게 보내고 아프기 시작했던 심장에 통증이 느껴졌다.

그는 바로 곁에 서 있는 사인의 얼굴을 바라보았다. 이 여인 역시 이대로 그의 곁에 있으면 위험할 것이 틀림없었다.

"자, 먼저 가시오."

선비는 서둘러 사인을 말에 태웠다.

"같이 타면 아니 됩니까?"

"산길을 둘이 타고 가는 것은 무리요. 지금부터는 내가 가르쳐 준 대로 앞만 보고 달리시오. 절대 멈춰서는 아니 되오!"

선비는 접선을 펼쳐 입을 가리고 사인에게만 들리도록 속삭였다.

"선비님은 어찌하시려고요?"

"내가 도망치는 것을 봤지 않소. 저자들을 따돌리고 따라가겠소!"

생각지 못한 말에 놀라 돌아보는 사인을 떠나보내며 선비는 돌아섰다.

"여기 있으면 둘 다 위험하니 빨리 가란 말이오!"

잔뜩 인상을 쓰며 다시 한 번 가라고 손짓하는 선비 때문에 사인은 그대로 달리기 시작했다. 공연히 자신이 걸리적거려 선비까지 위험하게 해서는 안 된다는 생각이 들어서였다.

"달리시오!"

사인이 탄 말을 출발시키고는 선비는 그대로 달리기 시작했다.

"저놈! 잡아라!"

선비와 사인이 전속력으로 달리기 시작하자 개울가에서 올라오던 자들은 더욱 크게 외치며 따라왔다. 그들이 외치는 소리에 숲속에서 다른 쪽을 수색하고 있던 살수들까지 몰려오기 시작했다.

사인이 풀숲으로 사라지는 것을 본 선비는 풀숲을 우회해 쫓아오는 살수들을 기다렸다.

갈라졌던 길이 겹치는 지점에서 만복 일행과 만난 사내들은 귀신처럼 산을 타는 선비를 놓치지 않기 위해 전속력으로 달려갔다.

"어, 어디로 갔지?"

그러나 만복은 두 사람의 모습이 시야에서 사라지자 불안해지기 시작했다. 그는 손을 들어 일행을 세웠다.

"분명 여기 있다."

살인을 업으로 삼아온 살수 특유의 감이었다.

그날 밤 어둠 속에서도 섬광처럼 빨랐던 그의 검을 생각하니 머리털이 쭈뼛 서는 것 같았다. 만복의 손짓에 멈춘 살수들의 얼굴에도 긴장한 빛이 역력했다. 흑월 제일의 검, 월산이 이끄는 천하무적의 자객단을 몰살시키고도 도성을 유유히 빠져나온 자였다. 그의 검이 얼마나 빠른지는 만복에게 들어서 이미 모두가 알고 있었다.

"찾아라!"

만복의 명에 따라 사라진 선비와 사인의 흔적을 찾고 있을 때였다.

적요한 숲속의 공기를 가르는 소리와 함께 허공을 뚫고 비수가 날아왔다. 날카로운 비수는 맑고 싱그러운 공기를 가르며 사내들의 이마와 가슴에 날아가 박혔다. 고통스러운 비명 소리와 함께 흔들리는 풀들과 습기 찬 흙바닥에 뜨거운 피가 뿌려졌다.

"정신 차리고 흩어져!"

우두머리인 만복의 명에 따라 사내들은 여러 방향으로 흩어졌지만 나무 위에 숨어 있던 선비는 어느새 소리 없이 날아올랐다. 사내들이 눈치를 채고 돌아보았을 때는 그의 검에서 뿜어져 나오는 섬광이 번쩍이며 거친 파열음과 함께 여기저리 혈흔이 튀고 난 뒤였다.

"네, 이놈!"

만복은 급히 몸을 돌려 가볍게 착지하는 선비를 막아섰다. 만복은 문득 그날 밤 월산이 중얼거리던 말을 떠올렸다.

"그렇게 빠른 검은 처음이었다. 아우의 목을 스치듯 지나갔 는데, 참말 순식간이었는데 말이지."

만복은 아직껏 조선 땅에서 월산보다 더 빠른 검을 본 일이 없었다. 들어본 일도 만나본 일도 없었다. 사형인 월산의 검이 라면 모를까, 분명 자신의 검으로는 상대하기 어렵다는 것을 알고 있었다. 그러나 그는 월산을 대신해서 처음으로 무리를 이끄는 중이었다. 물러설 수 없는 것이다.

그대로 가려던 선비는 방향을 바꿔 성큼성큼 다가오기 시작 했다. 그의 손에 들려 있는 가볍고 날렵하게 만들어진 어피장 도에서 핏방울이 뚝뚝 떨어져 내리고 있었다. 선비의 온몸에 서 뿜어져 나오는 살기가 주위의 공기를 육중하게 짓누르고 있었다.

만복은 날렵한 동작으로 사납게 뛰어들었다. 선비 앞에 서 자 동료들을 잃고 맹렬하게 타올랐던 분노의 불길은 차갑게 사그라지며 오히려 더 냉정해졌다.

우뚝 선 선비는 소리 없이 그를 노려보았다. 칼 따위는 겁내지 않는 눈빛이었다. 아니, 죽음을 겁내지 않는 것 같았다. 죽어도 그만 살아도 그만, 그의 눈 속에 삶에 대한 애착 같은 건 찾아볼 수가 없었다.

"이얏!"

비릿한 피 냄새가 코끝을 스쳐갔다.

만복은 검을 치켜들고 선비를 향해 달려들었다. 그러나 선비가 한 발 먼저 만복을 향해 날았다. 빛보다 빠르게 선비의 장도가 날아들었고, 만복은 간신히 그것을 쳐냈다. 다시 검을 고쳐 잡은 선비는 숨 돌릴 겨를 없이 땅을 박차고 만복을 향해 검을 날렸다.

검이 공기를 가르는 소리보다 빠르게 어피장도의 날이 만복의 어깨를 스치고 지나갔고, 선비는 바닥에 꽂힌 자신의 장도를 다시 잡고는 그대로 쏜살처럼 사라졌다.

"형님! 괜찮소?"

찰나의 일이었으므로 만복은 자신의 팔에서 피가 흐르고 있다는 것을 미처 알아채지 못했다. 팔에 힘이 빠지며 검을 바닥에 떨어뜨리고, 놀라 뛰어오는 수하들을 보고서야 만복은 자신의 상처를 발견했다.

"별것 아니다!"

대답하는 목소리엔 흔들림이 없었으나 만복의 눈에는 분노의 빛이 스쳤다. 팔을 들어 올릴 수 없었다. 조금만 깊었다면 팔이 날아갔을 것이었다.

"안되겠소, 형님! 당장 다친 곳을 살펴야겠소."

"뒤따라갈 것이니 너희들은 저자를 쫓아라! 가까이 다가가지 말고 활을 써라. 무슨 수를 쓰든 죽여!"

분노에 어린 만복의 고함 소리가 무겁게 내려앉은 숲의 공기를 뒤흔들었다.

九章 · 기약 없는 이별

돌아보지 말고 달리라는 선비의 말에 정신없이 달리던 사인은 커다란 돌비석과 마주하게 되었다. 사인은 말에서 내려 돌비석에 새겨진 글귀를 읽었다. 비석의 앞면에는 '금표내범입자논기훼제서율처참(禁標內犯入者論棄毀制書律處斬)' 열네 글자가 새겨져 있었다. 금표 안에 들어오는 자는 '기훼제서율'에 따라 참형에 처한다는 뜻이었다.

　기훼제서율은 명나라의 법령인 대명률(大明律)에 나오는 법령으로, 왕의 교지나 사신의 역마 발급에 관한 어인(御印), 승선 허가에 관한 문첩, 관사의 인장이나 야간 순찰패를 고의로 내버리거나 파손한 자를 참형에 처하는 형벌 규정이었다.

　왕이 사냥을 즐기기 위해 사냥터를 만들고 원래 그곳에 살던 백성을 모두 쫓아내고 이를 거부하거나 사냥터에 침입하는 자는 처참하게 죽인다고 하더니 이곳이 말로만 듣던 그 금표 구역인 모양이었다.

사인이 금표석 앞에서 머뭇거리고 있을 때 선비가 달려왔다.

"괜찮으십니까?"

선비를 발견한 사인의 얼굴은 당장 환하게 밝아졌다.

"멈추지 말고 달리라 하였거늘 예서 무엇을 하고 있는 것이오?"

그렇게 숨 가쁘게 달려온 상황에서도 선비의 목소리는 조용하고 차분하게 가라앉아 있었다.

"저것 때문에!"

사인은 그들의 눈앞에 우뚝 서 있는 금표를 가리켰다.

"말도 걷게 해야 하오. 내 뒤만 따라온다면 괜찮을 것이오."

선비는 저만치서 달려오는 살수의 무리를 발견하고 사인의 손을 잡았다.

"한데, 어찌 또 쫓기는 것입니까?"

선비를 발견한 사내들이 일제히 활을 잡자 놀란 사인이 물었다.

"내가 원한을 많이 산 모양이오."

"무슨 원한을 샀기에 저리 많은 이들이?"

"그러게 말이오."

측은한 눈빛으로 바라보는 사인의 눈을 보며 선비는 능청스럽게 대답했다.

"아, 아니 한데 저들은 또 누구랍니까?"

사인은 활을 든 사내들 뒤로 검은 복면을 쓰고 검은 천으로
몸을 휘감고 말을 타고 달려오는 한 무리의 추격자들을 발견
하고는 눈이 휘둥그레졌다.

"글쎄, 저들은 나도 모르겠소!"

선비 역시 저들은 또 누가 보낸 자들인지 궁금했다. 복색이
나 특징을 유심히 보았지만 저들은 선비가 기억하는 이들이
아니었다.

"대체 얼마나 큰 원한을 산 것입니까?"

선비를 쫓아오는 무리들이 이제는 그 숫자조차 헤아릴 수
없자 사인은 두려움 때문에 꼭 잡은 손에 저도 모르게 힘을 주
었다.

"도처에 올가미가 설치되어 있을 것이니 발밑을 조심해야
하오! 자, 갑시다!"

사인의 손을 잡은 선비는 다시 달리기 시작했다.

활을 쏘며 선비를 추격하던 살수들은 금표석이 서 있는 곳
에 이르자 약속이나 한 듯 우뚝 섰다.

"이곳은 절대로 들어가서는 안 되는 곳입니다. 보통의 금표
구역이 아닙니다!"

금표 구역은 왕의 전용 사냥터였다. 왕이 사냥 행사를 열 때
에 즐기기 위한 보존지구인 곳으로 평상시에 이곳을 침입하는
자가 벌을 받는 이유는 나무를 베거나 나무껍질을 벗겨가거나

짐승을 잡아가기 때문이었다. 그러니 금표 구역에 침입하는 것 자체가 도둑질로 간주되어 잡혀가고 치도곤을 당하는 것이었다.

그러나 이곳은 조금 달랐다. 이곳에 무엇이 있는지는 아무도 알지 못했다. 함부로 들어갔다가 살아나온 자가 없다고 알려져 있는데, 간혹 잘못 들어간 거지나 산적들이 척살대에 붙잡혀 끔찍한 죽임을 당했다는 얘기가 떠돌기도 했다. 금표검찰도사나 금표검거인, 척살대는 대부분 사냥에 능한 사냥군과 매를 키우는 응방의 사냥전문가들로, 이 산과 금표 구역을 손바닥처럼 알고 있으니 제아무리 조선 최고의 살수들이라도 함부로 들어갔다가는 금세 붙잡힐 게 분명했다. 게다가 그들이 설치한 금줄과 덫도 문제였다.

"형님, 이곳에 들어갔다가는 개죽음 당하기 십상입니다요!"

"돌아간다!"

만복과 살수들은 금표 구역을 지나는 것을 포기하고 돌아가기로 했다.

"조금 전 나타난 자들은 모두 어디로 사라진 것이냐?"

"그들도 대군을 쫓아온 것 같았는데?"

만복은 말을 타고 달려오던 검은 복면의 무리들이 사라진 것이 이상했지만 그들이 어째서 저 두 사람을 쫓고 있는 것인지를 알 수 없었다.

만복이 이끄는 살수들이 사라지자 멀리서 지켜보던 류건이 모습을 드러냈다. 류건은 잠시 그 자리에 서서 사라져가는 만복의 무리들을 지켜보다가 조금의 망설임도 없이 말을 타고 금표 구역으로 들어갔다.

살수들 치고는 체구들이 너무 작다.

문득 떠오른 의문을 풀 길 없이 선비는 달리고 있었다. 대체 복면을 한 무리들은 또 무엇이란 말인가. 말을 타고 거침없이 내달리는 그들은 얼핏 보기에도 몹시 날렵했고 또 체구들이 유난히 작아 보였다. 선비는 그들의 체구가 작은 것이 가장 거슬리고 신경이 쓰였다.

정신없이 달리던 사인은 문득 궁궐을 나오기 전날 밤 꾼 꿈을 떠올렸다. 기억조차 없던 죽은 어미가 꿈에 나타나 저를 물끄러미 보고 있었다. 어머니를 잡으려던 사인은 소스라치게 놀라 깨어났었다. 꿈속에서도 꿈이 아니길 바랐다. 너무나 생생해서 꿈같지가 않았다.

딸랑!

'이런!'

사인이 끌고 가던 말이 발밑의 줄을 건드렸다고 느끼는 순간, 이미 도처에서 방울이 흔들리기 시작했다.

딸랑 딸랑 딸랑!

"발밑을 조심하라 하지 않았소!"

선비는 어처구니없다는 얼굴로 속삭였다. 잠깐 딴 생각을 한 순간 위험에 빠져 버린 것이었다.

"줄이 말발굽에 걸려서 그만! 하나 말이 한 일을 어찌하겠습니까?"

이곳이 얼마나 위험한 곳인지를 제대로 알지 못한 사인은 선비의 속도 모르고 이 어처구니없는 일이 난감한 듯 희미하게 웃었다.

"쉿!"

자칫 죽을 수도 있다는 것은 아예 생각지도 못하는 것인가. 저런 웃음이라니.

순간 그녀의 희미한 웃음에 죽음의 공포 따위는 흔적 없이 녹아들 것만 같았다. 이런 때에 만나지 않았더라면, 아니 서로 다른 모습으로 만났더라면, 그는 잠시 생각했지만 어차피 마찬가지였다. 어디서 만났더라도 그는 이 여인을 무작정 좋아하고 말았을 것이다.

"계속 갑시다! 발밑 조심하고!"

그러나 선비는 머뭇거릴 틈이 없었다. 이제 곧 방울 소리를 듣고 금표 구역에 사람이 들어온 것을 알게 된 금표검찰도사와 금표검거인 등이 척살대를 동원하여 총출동할 것이었다. 개와 매까지 풀린다면 도망갈 길은 더욱 요원해지기에 그는 그대로 사인의 손을 잡고 다시 달렸다.

"어찌합니까?"

멀리서 말발굽 소리에 섞여 개들이 짖는 소리가 들려오자 온몸에 소름이 오소소 돋았다. 사인의 얼굴은 사색이 되어버렸다.

"먼저 가시오!"

선비는 잡고 있던 사인의 손을 놓았다.

"저도 남아 돕겠습니다."

"둘은 눈에 띄기 쉽소. 저들을 따돌리고 갈 것이니 곧장 가시오. 발밑을 조심하고!"

엄한 표정으로 명령하는 선비의 서슬에 사인은 별수 없이 돌아설 수밖에 없었다.

궁궐 밖은 아름다운 곳이라 하더니, 궁궐 문만 나오면 별천지가 펼쳐질 줄 알았더니만 이 무슨 날벼락이란 말인가. 어찌단 한순간도 편한 때가 없는지.

사인은 이를 악물고 내달렸다.

"거기 누구 없소!"

발밑을 살피며 잔뜩 신경을 곤두세우고 걷고 있을 때였다. 어디선가 외치는 소리가 들려왔다. 분명 발아래 쪽에서 들려오는 소리였다.

"아니?"

사인은 소리가 나는 곳으로 시선을 돌리다 나뭇잎이 쌓여 있던 곳이 푹 꺼져 있는 것을 발견했다. 사인은 발끝을 들고 조심스럽게 다가가 아래를 내려 보았다. 사인의 발끝 바로 앞에 짐승을 잡기 위해 깊게 파 놓은 구덩이가 있었고 텅 빈 구덩이 속에 도움을 기다리는 사내가 있었다.

"아니, 어찌 그런 곳에 계십니까?"

사인은 천천히 무릎을 굽히고 앉아 구덩이 속을 들여다보며 물었다.

"그러게 말입니다, 허허!"

사인의 놀란 얼굴을 올려다 본 류건은 멋쩍은 듯 눈을 찌푸리며 웃고 있었다. 손에 줄을 들고 서 있는 것을 보니 몇 번이고 던져도 걸릴 데가 없어 실패한 모양이었다.

사냥을 광적으로 즐기는 이융은 매를 전문적으로 사육하는 응방에 전문 사냥꾼들을 배치해 두고 갖가지 사냥도구들을 개발했다. 또한 짐승들을 산 채로 생포하기 위해 사냥터 곳곳에 구덩이를 파고 덫을 놓았는데 천하의 류건도 어찌하다 그 구덩이에 걸려들고 만 것이다.

"제게 밧줄을 던져 주십시오!"

사인은 옷이 더러워지는 것도 개의치 않고 그대로 흙바닥에 엎드려 손을 뻗었다.

이리저리 쫓기다보니 고운 얼굴은 이미 엉망이 되어버렸고 머리는 흩어져 아무렇게나 흩날렸다. 운종가의 선전 창고에서 사인이 환골탈태하는 모습부터 모든 것을 보았던 류건은 그런 사인의 몰골을 보니 저절로 웃음이 흘러나왔다.

"아니, 그 꼴로 웃음이 나옵니까?"

아무도 오지 않았다면 그 안에서 나오지 못해 목숨을 부지하기도 어려웠을 사람이 실없이 웃고 있으니 사인도 어이가 없어 피식 웃음이 나왔다.

"이번에도 내 목숨을 구해주면 나는 그대 것인데 괜찮겠습니까?"

밧줄을 잡으려고 내려다보는 사인과 밧줄을 던져주려고 올려다보는 류건, 두 사람의 시선이 마주쳤다.

"류 선비님은 늘 그렇게 알 듯 모를 듯한 말만 하십니다?"

입술꼬리가 살짝 말려 올라가며 생긴 희미한 웃음. 사인의 입가에 번지는 그 미소가 류건의 가슴을 휘감아 뒤흔들고 있는 것이었다.

"나무에 묶겠습니다."

사인은 줄을 근처에 나무에 묶고 다시 구덩이 속으로 던졌다.

"나는 분명히 말했습니다. 나를 책임져야 한다고!"

류건이 허리에 줄을 돌려 감으며 대답했다.

"올라오실 수 있겠습니까?"

사인이 걱정스럽게 물으니 그는 대답 대신 손바닥에 두어 번 감아 돌린 밧줄을 꽉 움켜쥐며 걱정 말라는 듯 흔들어 보였다. 줄을 잡은 류건은 구덩이를 박차고 몇 번 뛰더니 의외로 아주 간단하게 구덩이 밖으로 올라왔다.

"한데 어찌 이곳에 계신 것입니까?"

"아! 그것이, 길을 잘못 들어서 그만! 갑시다!"

사인의 질문을 대충 얼버무린 류건은 느닷없이 사인의 손을 잡았다.

"어!"

"이곳은 위험한 곳입니다. 최대한 빨리 벗어나야 한단 말입니다!"

사인이 놀라 손을 뿌리쳤지만 류건은 더욱 힘을 주어 끌어당겼다. 그 바람에 사인의 몸이 류건의 가슴에 잠시 닿았다 떨어졌다.

"호, 혼자서도 갈 수……."

"갑시다!"

사인은 고개를 저으며 그의 손에 잡힌 손을 빼려고 했지만 류건은 그대로 달리기 시작했다.

류건은 두 번 다시 덫에 걸리는 실수를 하지 않기 위해 신경을 곤두세우고 있었기 때문에 두 사람은 비교적 안전하게 앞으로 나갈 수 있었다. 그러나 사인은 지금 이 상황이 불편해 죽을 지경이었다.

바로 그때였다. 갈라진 길 저편에서 칼이 부딪치는 소리가 요란하게 들리더니 척살대에게 쫓기는 선비가 보였다. 달리던 사인의 발이 그대로 우뚝 멈춰섰다.

"가야 합니다!"

류건이 손목을 잡고 재촉했지만 사인은 그 손을 세차게 뿌리쳤다.

"수가 너무 많습니다. 도와드려야 합니다!"

사인은 자신의 품에서 작은 칼을 찾아들었다.

"도와주십시오!"

류건을 돌아보며 그렇게 청한 사인은 망설임 없이 선비를 향해 달려갔다.

"에잇!"

잠시 망설이던 류건은 허리춤에 꽂아둔 대나무에서 검을 뽑아 들고 사인의 뒤를 따라갔다. 아무리 생각해봐도 이치에 맞지 않는 일이었다. 어찌하여 저자를 도와야 한단 말인가. 결코 저자를 살리기 위해 검을 들어서는 안 되는데·어찌해서 저 여인의 말을 따르고 있단 말인가. 류건의 머릿속에 이리저리 엉클어진 생각들이 복잡하게 흘러갔다.

"이게 말이 되냐고!"

죽장검을 뽑아들고 닥치는 대로 척살대를 베는 류건은 그저 짜증스러웠다. 자신이 이러고 있는 이유를 스스로 납득해 보려 해도 답이 없으니 답답할 뿐이었다.

"응?"

칼을 휘두르며 정신없이 싸우던 선비는 어디선가 갑자기 나타난 사인과 류건이 함께 싸우고 있는 것을 발견했다. 사람을 베는 자신의 잔인한 모습을 사인에게 보여주고 말았다는 것을 안 순간 그의 머리는 무언가로 세차게 얻어맞은 것처럼 얼얼했다.

"가라 하지 않았소!"

얼떨떨했던 마음은 이내 어디에도 비할 수 없는 크나큰 노여움으로 변해 버렸다.

"혼자 갈 수 없었습니다."

선비의 분노에 놀라 멈칫거리는 사인의 곁으로 또 다른 살수의 검이 날아들었다.

"필요 없다 하지 않았소!"

다시 한 번 사인을 향해 버럭 소리치나 했더니 다음 순간 척살대 남자의 목이 떨어져 나갔다.

"악!"

검이 남자의 목을 스쳐가며 뿜어내는 피를 멍하니 보고 있던 사인의 몸은 이미 선비의 너른 품속에 안겨 있었다.

무슨 일이 일어났는지 사인의 머리는 미처 납득하지 못했지만 가슴은 이미 먹먹해져 왔다. 고개를 돌려 보니 그는 어느새 칼의 피를 닦아내고 검집에 넣고 있었다. 검이 얼마나 빨리 스쳤는지 칼날에 흐르는 피조차 별로 남아 있지 않았다. 분명 선비는 사인을 향해 소리치며 화를 내고 있었는데, 전조도 없이 칼의 움직임조차 느낄 새도 없이 그녀에게 덤벼드는 남자의 목을 베고 만 것이었다.

하마터면 죽을 뻔했다는 생각과 동시에 그토록 능수능란하게 검을 쓰는 선비에 대한 두려움이 엄습해 왔다.

안고 있던 사인을 떼어놓은 선비는 자신을 도와준 류건을 봤지만 그냥 말없이 자신의 무기들을 수거했다. 그러고는 아무 말도 하지 않고 그 자리를 벗어났다.

사인은 앞서 가는 선비를 바라보았지만 무어라 더 말을 하지 못하고 그저 따라 걸었다. 세 사람 사이에 갑자기 싸한 정적이 감돌았다.

어째서, 대체 왜? 류건은 스스로에게 그런 질문들을 던지며 바로 한 걸음 뒤에서 사인을 따라가고 있었다. 분명 무슨 생각이 있어 그리한 것은 아니었다. 도와달라는 말에도 꿈적 않던 자신이 앞서가는 저 여인이 싸움이 일어난 곳으로 달려가자 저도 모르게 죽장검을 빼어들고 싸움에 끼어든 것이었다. 사실 그동안도 사인을 위해 싸우며 류건 자신이 더 놀랐다. 자신이 누군가를 위해, 그것도 목숨을 구하기 위해 싸우고 있다는 사실에 놀라움을 감출 수 없었다.

"잠깐만! 무슨 소리 듣지 못하셨습니까?"

주위를 경계하며 걷던 세 사람은 어디선가 들려오는 인기척에 발걸음을 멈췄다.

"신음 소리 같은데?"

사인의 곁에서 걷고 있던 류건이 그렇게 중얼거리며 주위를 살펴보는데 몇 발자국 앞서 걷던 선비는 이미 칼자루로 수풀 속을 헤치고 쓰러져 있는 남녀를 찾아냈다.

"보시오! 여보시오!"

류건이 달려가 남녀를 살펴보니 남자의 품에 안겨 있는 여자는 이미 숨을 거둔 지 오래되어 온몸이 차갑게 식어 있었다. 남자 역시 얼마나 굶은 것인지 뼈만 남은 몸에 숨만 간신히 붙어 있는 듯 보였다.

"그대로 두오. 제발……."

류건이 남자의 품에서 여인을 떼어 놓으려 하자 그는 고개를 저었다. 지켜보고 있던 선비가 사인에게 물통을 건네주었다.

"하면 목이라도 축이셔요."

사인이 물통에 든 물을 갈라진 입술 사이로 흘러 넣어주자

가쁜 숨을 내쉬던 남자의 호흡도 점차 평온해졌다.

"부인인가?"

선비가 묻는 말에 남자는 고개를 끄덕였다.

"그 여인은 이제 자네보다는 편안할 것이다. 그러니 죽은 이
는 편히 보내주는 것이 어떻겠는가?"

선비는 덤덤한 목소리로 말했지만 나지막한 그의 목소리는
그 어느 때보다 따뜻하고 힘이 있었다. 따뜻한 남편의 품에 안
겨 이승을 떠난 여인이 차가운 바닥에 누워 그녀를 잃은 슬픔
을 온전히 감당하고 있는 남자보다 편안할 것이라는 선비의
말에 이견이 있는 이는 없었다.

"이것을 받으시오."

선비와 류건이 선비의 봇짐에서 꺼낸 조립식 쇠갈고리를 이
용해 땅을 파기 시작하자 남자는 사인의 손에 작은 노리개를
쥐어주었다.

"이런 것은 필요 없습니다."

"저 여인의 이름은 은실이라오. 내 안사람이지요."

"대체 어떤 사정으로 이곳에서 험한 일을 당하신 것입니
까?"

사인은 죽어가는 남자의 손을 잡고 안타까워했다.

남자는 바닥에 누워 이제 곧 죽을 자신과 이미 죽은 아내가
묻힐 땅을 파고 있는 류건과 선비를 보고 있었다. 끊어질 듯 그
렁거리는 숨을 몰아쉬던 그 남자는 결국 자신들의 억울한 사
연을 털어놓았다.

그는 도망친 흥청의 방자라고 했다. 본래 양민으로, 예조판서댁의 청지기로 일했다고 했다. 그러던 어느 날, 예조판서댁에 채홍사인 임사홍과 함께 임금인 이융이 왔다. 집안의 여자들이 해를 당할까 두려워한 예조판서는 부랴부랴 기생들을 불러들였으나 임사홍은 기생들보다도 잔치상을 나르던 은실을 눈여겨봤고 그날 밤 임금의 수청을 들 것을 명했다. 아이 낳은지 얼마 안 된 유부녀고 기생이 아니라 해도 소용없었다. 임사홍이 아이의 목숨과 남편을 두고 위협하자 은실은 묵묵히 수청을 들고 왔다. 그는 그것을 그냥 묵인할 수밖에 없었다고 했다.

그러나 한 번이면 끝날 줄 알았던 그 일은 임금이 머무는 내내 계속 되었고, 결국 은실은 흥청으로 끌려가고 말았다. 그 후 어미 잃은 젖먹이 아들마저 시름시름 앓다가 죽자 삶을 포기하다시피 했던 그는 그래도 은실의 곁에 있고 싶어 흥청의 노비를 자청하고 궁으로 들어갔다. 흥청이 된 은실을 멀리서나마 지켜보는 낙에 살려는 것이었다.

그러나 임금의 총애를 받는 은실이 미웠던 장녹수는 그녀를 늙은 대감의 첩실로 보내 버렸다. 결국 또다시 그렇게 헤어질수 없었던 그들 부부는 도망쳐 걸식하며 떠돌다가 금표 구역까지 왔고, 은실은 어제 굶어 죽었다고 했다.

"내가 죽거든 은실이와 함께 묻어주시오. 하면 내 죽어서도 은혜는 잊지 않으리다."

그 긴 이야기를 마치고 아내의 곁에 묻어 달라 부탁하며 남자 역시 숨을 거두었다.

"처죽일 놈들! 저 미친 임금이라는 자도, 그 곁에 붙어 아부를 일삼는 간신배도 다 처죽이고 말아야지!"

사인은 눈물을 흘렸고 죽은 남자를 들여다보던 류건은 분통을 터뜨렸다.

"이제 이 여인은 영원히 곁을 떠나지 않을 것이오. 하니 이제 편히 쉬시오!"

선비는 그렇게 중얼거리며 남자를 땅에 뉘이고 죽은 여인을 품에 안게 해주었다.

이런 실상을 몰랐던 것은 아니었다. 궁궐에 들었을 때도 거리에 나갔을 때도 직접 목격할 기회도 있었고 지나가는 말로 듣기도 했었다. 다만 바로 보기가 두려웠던 것이다. 언제 어떤 연유로 목에 칼이 날아올지 모르는 마당에 이 한 목숨을 지키기도 힘이 드는데 남의 사정을 알아서 무엇하겠는가, 그렇게 생각하며 외면했던 것이다.

어디서부터 잘못된 것인지, 저 밑바닥으로부터 끝을 알 수 없는 울분이 차올라 왔다.

선비는 거칠게 흙을 쏟아 넣고는 발로 다졌다. 말없이 무덤을 만드는 그의 손길에서 슬픈 분노가 느껴져 눈물이 났다.

"좋은 곳에 가시게!"

보고 있던 류건도 무거운 돌들을 모아 짐승들이 무덤을 파헤치지 못하도록 쌓아주었다.

"서둘러야 하오. 해가 지겠소."

주위를 정리하고 나뭇잎을 긁어모아 무덤을 가린 선비는 넘어가는 해를 보며 초조해했다. 이 숲에 무엇이 숨겨져 있는지는 확인할 수 없으나, 좋지 않은 기운이 주변을 온통 무겁게 짓누르고 있었다. 이 위험한 구역을 서둘러 벗어나야 하는 것이었다.

"예, 저도 돕겠습니다."

사인은 많이 지쳐 보였지만 금세 터지는 꽃봉오리처럼 활짝 웃었다. 자신도 모르게 이리 힘든 그에게 기대고 의지해 온 것이 부끄러웠다. 그러나 이미 그를 마음으로 허락하였고 말하지 않아도 느끼고 있으니 그 무엇도 후회하지 않으리라.

선비는 아무렇지 않은 듯 웃고 있는 사인을 보자니 오히려 마음이 이상했다. 사람의 목을 아무렇지 않게 베는 자신을 보며 얼마나 놀라고 두려웠을지 짐작이 간다. 스스로를 추스르기에도 버거울 것인데, 조그만 얼굴이 그를 보며 터지는 봉오리처럼 활짝 웃어주려면 얼마나 더 힘겨울 것인가 하는 생각이 들었지만, 사인의 눈은 염려가 가득했고 따뜻했다.

"금표 구역만 벗어나면 마을로 내려가 주막으로 갑시다. 밥도 먹고 편히 쉬는 것이오."

사인의 손을 꼭 잡은 선비는 지치지도 않고 그렇게 격려했다.

"주막에서 밥을 먹겠다?"

한발 뒤에서 따르는 류건은 어쩐지 그 말이 공허하게 들려 피식 웃고 말았다.

아무리 생각해도 이 세 사람은 만나지 말았어야 했던 것인데, 어디서부터 꼬여 버린 인연인 것인지 생각하다 문득 깨달았다. 그날 그 자리에 사인과 류건, 그리고 또 한 사람이 있었다는 것을. 그때부터였다, 이 악연이 시작된 것이.

"잠깐!"

세 사람이 막 금표 구역을 벗어났을 때였다. 앞서가던 선비가 엎드리라 손짓했다.

복면을 한 살수들과 여인들이 분명한 또 다른 집단들이 각기 다른 곳에 매복한 것이 보였다. 게다가 다른 방향에서는 창과 검을 든 군사들이 보였다. 족히 삼백은 넘을 것이었다. 그들은 각기 다른 방향에서 서로의 존재를 알지 못한 채 천천히 다가오고 있었다.

바닥에 엎드려 아래를 내려다보던 사인은 새파랗게 질린 얼굴로 선비를 올려다보았다.

"걱정할 것 없어요. 내가 있지 않소."

그러나 선비는 이미 예상했다는 듯 덤덤한 얼굴이었다.

늘 그렇듯 그의 예감은 틀리지 않았다. 아마도 곁에 있는 이 여인과의 믿을 수 없는 풋사랑이 그의 생애 처음이자 마지막이 될 것이었다. 그는 아주 오랜 시간 기쁨도 슬픔도 분노조차도 느끼지 못하고 살았다. 때로는 자신이 제대로 살아 있는지조차도 스스로 의심스러울 때가 있었다. 그러나 이 여인을 만나며 다시 그 모든 감정을 느꼈다, 심지어는 질투까지도.

선비는 결심을 한 듯 난감한 얼굴로 저들을 노려보고 있는 류건에게로 다가갔다.

"자네가 누군지 알고 있다. 하나, 지금으로서는 이 여인을 맡길 사람이 달리 생각나지 않는군."

류건을 만나고 처음으로 선비는 그를 인정하는 듯 정중한 태도를 취했다.

"언제부터 알았느냐?"

순간 류건은 멈칫했지만 곧 입가에 씁쓸한 미소를 띠며 되물었다.

"웃는 얼굴을 한다고 몸에서 풍기는 살기까지 지울 수야 없겠지. 내가 여기서 살아남는다면 다음에 나와 겨룰 기회를 주겠다. 하니, 이번엔 저 여인을 부탁한다."

선비는 제 할 말만 하고 이별을 예감하며 떨고 사인에게로 갔다.

사인은 류건과의 대화를 끝내고 자신에게로 다가오는 선비를 보았다. 그의 표정은 굳어 있었다.

"당신을 만나 아주 잠시 단꿈을 꾸었소."

선비는 커다란 두 손을 모아 새파랗게 질려 있는 사인의 두 손을 꼭 잡았다. 그의 절박한 진심이 그 따듯한 손끝을 타고 통증처럼 전해져 왔다.

"사랑합니다!"

뭔가 심상치 않은 기운이 덮쳐와 사인은 고개를 저었다.

"류 선비와 먼저 가시오. 내 곧 따라가리다."

"싫습니다, 같이 가겠습니다."

뺨을 타고 굵은 눈물방울이 뚝뚝 떨어졌다.

"버들가지를 꺾어주면 반드시 다시 만난다 하지 않았소. 만약 무탈하게 살아남는다면 다음 달 보름 운종가에 있던 그 서책방에서 만납시다. 내가 하루 종일 그곳에서 기다릴 것이오!"

선비는 두 팔을 벌려 울고 있는 사인을 꽉 껴안았다.

'너는 오직 살아남아라', 잔인한 그 한마디 명(命)에 모든 것을 빼앗겨 버렸다.

부모도, 신분도, 자신의 마음마저도…… 오로지 살아남기 위해 모든 것을 버려야만 했다.

그의 삶은 달이 구름 속을 방황하는 밤처럼 한 치 앞도 알 수 없었다. 그러나 이제 살수보다 더 냉혹한 마음의 이 사내에게도 기어이 살아남아 지키고 싶은 것이 생겼다.

선비가 신호를 보내자 두 사람의 대화를 잠자코 듣고 있던 류건은 울며 매달리는 사인의 압점을 눌러 잠시 기절시켜 말에 태웠다.

"또 보세!"

사인을 끌어안은 류건은 그대로 말을 달려 갔고 선비는 그 자리에 남아 까마득히 몰려오는 군사들과 살수들을 여유롭게 바라보고 있었다. 그 참담한 순간, 문득 그의 입술에 닿았던 사인의 부드럽고 포근한 입술의 감촉이 생각나 선비는 슬며시 웃었다. 세상에 태어나 처음으로 그도 제 또래 청춘들처럼 찰나의 꿈을 꾸었다.

머리가 깨질 듯 아프고 귀에서는 윙윙거리는 이명이 들려왔다. 말 위에서 흔들리는 사인은 정신을 차리기 위해 안간힘을 썼다.

"정신을 차려요!"

사인이 간신히 정신을 차렸을 때 류건은 홀로 감찰방 궁녀들을 상대하고 있었다.

"대체 저들은 누굽니까?"

"내가 보기엔 감찰방 궁녀들이요!"

복면은 했으나 여인들이 분명한 그녀들이 쓰는 무기와 무술을 보고 류건은 저들이 보통의 살수도 아니고 군사들도 아니라는 사실을 알았다.

"감찰방 궁녀들이요?"

사인은 그제야 선비도 알 수 없다던 이들의 정체를 알아차렸다.

감찰방 궁녀에게 자신을 죽이라 내보냈다면 이미 궁궐 안은 발칵 뒤집혔을 것이었다. 그렇다면 이모도 무사하지 못할 것인데, 거기까지 생각하자 사인은 눈앞에 장막이 드리운 것처럼 앞이 아득해졌다.

"이대로는 안 되겠소."

그들이 어떻게 그곳까지 왔는지, 저들은 또 어떻게 따라왔는지 알 수 없었지만 감찰방 궁녀들의 무공은 생각보다 강했다. 그녀들은 반드시 사인을 죽이라는 장녹수의 명에 따라 그녀를 보호하고 있는 류건과 사인을 집요하게 괴롭혔다.

"아씨는 지금 어디로 가고 있는 것입니까?"

류건은 이대로는 도저히 같이 갈 수 없겠다 판단하고 사인의 목적지를 물었다. 저들을 따돌리고 따라갈 생각이었다.

"우선은 강릉에 있는 최익순 대감댁으로 가야 합니다."

"최익순 대감? 그 댁이라면 알고 있습니다. 강릉에 사는 이에게 물으면 누구나 알 것입니다. 먼저 가세요!"

"선비님은요?"

"내 걱정은 말고!"

"예, 알겠습니다."

"이 길로 곧장 달려야 합니다! 쉬지 말고 달리세요. 내 곧 찾아갈 것이니!"

조금 전까지 자신들과 함께 있던 이가 최익순의 손자라는 것을 전혀 알 리 없는 두 사람은 그렇게 약속하고 헤어졌다.

지면 위로 형체를 알 수 없는 물안개가 스멀스멀 피어난다.

나는 지금 꿈을 꾸고 있는 것일까, 사인은 스스로도 믿지 못할 꿈같은 이 상황이 혼란스러웠다. 그러나 사인은 두 사람의 생사를 뒤로한 채 말고삐를 꽉 잡고 앞으로만 내달렸다. 그 밤은 달마저 보이지 않았다. 검은 구름이 하늘을 뒤덮어 어둠은 짙었고 무겁고 눅눅한 공기가 대지를 짓누르고 있었다. 세상은 짙은 어둠속으로 그대로 침몰하여 다시는 환한 아침을 보지 못할 것 같았다.

그 밤, 도성엔 세찬 바람이 불어오더니 소나기가 한바탕 뿌려졌다.

무엇이고 하나가 거슬리면 미친 듯 집착하는 탓에 가슴이 답답해진 이용은 세찬 빗줄기 속을 뚫고 왕의 정원을 걷고 있었다.

"아직도 입궐하지 않은 것이냐?"

"알아보라 하였습니다."

빗속에서도 쩌렁쩌렁 울리는 이용의 호령 소리에 대전의 내관들은 혼비백산해서 달려 나갔다. 굳은 채로 질려 있던 나인들은 서로 눈을 마주치더니 죽은 듯 고개를 숙이고 있었다.

"이런 처죽일 놈들! 굼뜨기가 이루 말할 수 없다!"

이용은 장복수가 이번에도 좋은 소식을 가져오지 못한다면 결단코 살려두지 않겠다고 벼르며 단호한 걸음걸이로 걷고 있었다. 세찬 비바람 속을 걷고 있는 왕의 옥체가 젖을세라 상선들은 커다란 우구(雨具)를 받쳐 들고 종종걸음 치고 있었다.

"전하! 희정당에 장복수가 들어 있다 합니다."

장복수가 미처 마음의 준비를 할 틈도 없이 이용은 성큼성큼 희정당으로 걸어 들어왔다. 안으로 들어선 이용은 처소 안을 휙휙 둘러보더니 고개를 숙이고 납작 엎드려 있는 장복수를 내려다보았다.

"어찌 되었느냐?"

"저, 그것이 전하!"

장복수는 올 것이 오고야 말았다는 듯이 눈을 질끈 감았다.

"전하께서 물으시지 않소?"

장복수가 입을 열지 않자 상선이 재촉하였다.

하지만 장복수는 겁에 질려 몸을 벌벌 떨기만 할 뿐 입을 열려하지 않았다.

"이런 무엄한 놈! 내가 묻지 않느냐!"

"살수들이 도성 밖 금표 구역까지 따라가 진성대군을 찾았다고 합니다."

당장이라도 찢어 죽일 것 같은 눈빛으로 다가오는 이융에게 질려 장복수가 작은 목소리로 겨우 대답하였다.

"잡았느냐?"

"그, 그것이 살수대가 계속 쫓아갔지만 대군이 금표 구역으로 들어가는 바람에! 다시 쫓고 있다는 기별을 받았습니다."

"또 도망갔다는 것이냐?"

이융의 입이 실룩거리며 송충이 같은 눈썹이 치켜져 올라갔다.

"갈라져 쫓고 있으니 오늘 밤 안에 반드시 잡을 수 있을 것입니다."

장복수는 벼락을 맞은 듯 깜짝 놀라며 머리를 바닥에 찧을 듯이 수그렸다.

"곧! 곧 언제까지!"

"한데 이상한 것은 대군이 웬 여인과 함께 있다고 합니다!"

"뭐라! 여인?"

이융은 직감적으로 그 여인이 사인이라는 것을 알았다. 진성대군이 그 시각 사인이 있던 관아에 나타난 것은 우연이 아니었다. 설마 했던 일이 결국 사실이 되고 말았다.

"네 이놈을 당장!"

분노에 차 장복수를 노려보던 이융이 뭐라고 한마디 하려는 차에 때마침 장녹수가 들어섰다.

"숙용이 어쩐 일이오?"

왕이 제 오라비를 불러들여 금방이라도 요절이 날 것 같다는 엄 상궁의 말을 듣고 희정당으로 달려왔지만 장녹수는 막상 이융의 매서운 시선을 받자 헉하고 숨을 삼키며 놀라야만 했다.

이미 감찰상궁을 시켜 사인을 죽이라 명한 것을 알고 있는 이융은 하필이면 이 순간에 장녹수가 들어오니 기분이 좋지 않았다. 대전나인들까지 장녹수의 지시로 움직이자 자신을 농락하는 것이 아닌가 하는 생각이 슬금슬금 치고 올랐다.

"전하! 또 어찌 이러십니까?"

"내 곁에 간자라도 심은 것인가, 어찌 자네 오라비만 불러들이면 이리 달려오는 것인가?"

장녹수라면 늘 오냐오냐 어여삐 봐주기만 하던 이융도 오늘은 심기가 불편한 모양이었다.

"저, 전하!"

왕을 감시하는 것은 불충 중의 불충이었다. 장녹수의 얼굴이 하얗게 질렸다.

"뭐, 특별히 고할 것이라도 있는 것인가?"

"그, 그것이!"

이융은 시시각각으로 굳어가는 장녹수의 얼굴을 싸늘하게 주시하고 있었다.

"일이 없으면 비키시오!"

순간 이융의 표정이 일변하였다. 조금 전까지의 분노를 억누르는 표정이 아니라 독기를 품은 서늘한 표정이었다. 장녹수를 노려보던 이융은 갑자기 몸을 돌려 벽에 걸린 검을 빼 들었다.

"저, 전하!"

왕이 칼을 빼어 들자 지켜보던 상선은 또 한바탕 피바람이 불어닥칠 생각에 정신이 몽롱해졌다.

"내 이 칼로 그놈의 어미를 당장 쳐 죽이고 말 것이니!"

벌겋게 핏발이 선 눈으로 노려보던 이융은 그대로 검을 치켜들고 대비전을 향해 달려갔다.

미친 폭군이 이번에는 칼을 빼들고 대비를 죽인다고 미쳐 날뛰고 있다는 소식에 궁궐 안은 삽시간에 아수라장이 되어버렸다. 이융이 유일하게 믿고 있는 충철위장 원종혁마저 없으니 그의 폭주를 막을 이는 아무도 없어 보였다.

그 시각 대비전에 갇혀 홀로 차를 마시고 있던 대비는 다급하게 달려 들어오는 상궁을 의아하게 바라보았다.

"이 야심한 시각에 어인 일인가?"

"마마, 피하셔야 합니다!"

온몸이 식은땀으로 젖은 상궁은 다짜고짜 대비에게 피해야 한다고 고했다.

"무슨 일이 있기에 안색이 그 모양인가?"

"아뢰옵기 황송하오나 전하께서 대비마마를 죽이겠다고 칼을 빼들고 대비전으로 오고 계시다고 합니다. 하니 속히 피하셔야 합니다!"

"주상께서 이번엔 나를 죽이겠다고 하시는가?"

대비는 그저 잠시 미간을 찌푸렸다.

그동안 왕의 폭주로 인수대비를 비롯해서 궁궐 안에서 죽어나간 이들이 한둘이 아니었으니 이번엔 자신의 차례라고 해도 크게 이상할 것은 없었다. 어차피 지금은 한 치 앞을 알 수 없는 상황. 하늘의 뜻을 따를 수밖에 없었다.

"마마, 우선은 이 순간만이라도 전하와 부딪치지 않는 것이 좋을 듯합니다."

"피한다고 어디로 갈 것이며 그리한다고 피해질 일이던가?"

이미 모든 것을 각오한 얼굴로 체념한 듯 말하는 대비의 말에 그렇지 않아도 식은땀으로 범벅이 되어 있던 상궁의 얼굴은 더욱 창백해졌다.

왕이 칼을 빼 들고 대비전으로 향한다는 참담한 소식을 전해들은 중전과 후궁들이 대비전 앞에 나와 있었다.

"아니되옵니다. 전하!"

비바람 몰아치는 어둠을 가르며 이융이 나타나자 후궁들 사이에서 숙의 권씨가 갑자기 뛰어나가 무릎을 꿇고 머리를 조아렸다.

"숙의! 지금 뭐하자는 짓이오?"

"대비마마께서 잘못하신 것이 있다면 그것은 모두가 신첩들의 탓이옵니다. 하니 저부터 벌하여 주시옵소서, 전하!"

숙의는 두려움에 벌벌 떨면서도 물러서지 않았지만 이용은 성난 얼굴을 잔뜩 일그러뜨리며 그녀를 걷어차고 앞으로 나갔다.

"전하, 고정하시옵소서!"

그러자 이번엔 중전 신씨가 나서며 공손하게 예를 갖추었다.

중전 신씨는 이제껏 단 한 번도 그의 심기를 거스른 적이 없던 여인이었다.

"중전까지 어인 일이오!"

이용은 중전까지 막아서자 더욱 험한 눈빛으로 한발 더 나아갔다.

"전하, 신첩 단 한 번도 전하께서 하시는 일을 막은 적이 없사옵니다. 하니 이번만은 신첩을 봐서 그 칼을 거두시지요."

중전은 왕의 진노한 눈빛을 마주하고도 오히려 부드러운 얼굴로 설득했다.

"전하, 신첩들의 뜻을 헤아려 주시옵소서!"

"과인이 중전을 봐서 이번 한 번은 용서하도록 하겠소."

그 자리에 없는 장녹수를 제외한 모든 후궁들까지 머리를 조아리며 통곡하니 이용도 이번만은 칼을 거두고 돌아설 수밖에 없었다.

 궁궐의 하늘 위에서도 번개가 치고 또다시 강한 비바람이 몰아쳤다. 모두가 한 치 앞을 알 수 없는 밤이 지나고 있었다.

十章・손끝에 남은 향기

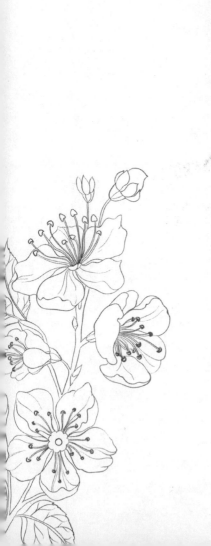

달도 별도 없는 밤이었지만 용호는 직접 가야 했다.

앞서 갔던 덕배의 수하들이 선비가 홀로 금표 구역에 고립되어 있다는 것을 알려왔다. 용호는 성담의 만류에도 불구하고 말에 올라 내처 밤길을 달렸다. 덕배의 무사들과 암자에 모여 있던 무사들이 용호의 뒤를 따랐다. 말을 재촉하며 달리는 용호의 볼을 타고 뜨거운 눈물이 흘러내렸다.

"버티셔야 합니다, 도련님!"

어깨의 통증이 온몸을 타고 흘러내렸지만 용호는 이를 악물고 말을 재촉했다.

"빨리 가자, 빨리!"

"위험합니다. 피가 너무 많이 흐릅니다. 그리하시면 아니 됩니다. 제발! 이럴 때일수록 정신을 차리셔야 합니다."

덕배가 뒤따르며 소리쳤지만 이미 선비에 대한 걱정으로 가득찬 용호의 귀에는 들리지 않았다.

비록 윤호의 부탁을 받고 선비를 모시게 되었지만 용호가 그를 생각하는 마음은 각별했다. 처음 봤을 때는 반반하게 생긴 얼굴과 싸늘한 표정 때문에 싸가지가 없다고 욕을 했었다. 하지만 툭툭 던지는 듯한 그의 말속에는 냉정해 보이는 겉모습과는 달리 따뜻한 정이 있었고 사내다운 면모도 있었다. 그는 자라나면서도 양반이랍시고 권위와 지위로 찍어 누르려 하지도 않았고 허세를 부리지도 않았다.

살수보다 더 냉혹한 마음을 가져야 살아남을 수 있다고 귀에 못이 박히도록 가르쳤지만 용호가 보기에 그는 그저 순수한 심성과 맑은 영혼을 가진 청년이었다. 이러다 큰일이라도 당하는 것은 아닌지, 용호는 두려운 마음에 말을 재촉해 달려갔다. 그들이 금표 구역에 당도했을 때는 어찌 된 영문인지 불길이 치솟아 산등성이를 타고 번지고 있는 상황이었고 한시바삐 몸을 피해야 하는 지경이었다.

"용호가 왔습니다! 어디 계십니까?"

그러나 용호는 망설임 없이 목숨을 걸며 그 불길 속으로 달려 들어갔다.

"대군마님! 대군마님!"

용호가 달려가자 뒤따른 무사들도 숲을 샅샅이 뒤지며 외쳐댔다.

"어디냐! 어느 쪽이냐?"

"살수들과 척살대, 그리고 충철위까지 엉망으로 뒤엉켜 있습니다."

숲속을 헤매던 용호와 무사들은 차마 눈 뜨고 볼 수 없는 처참한 광경을 목격하고 말았다. 어찌된 영문인지 군사들과 척살대와 살수들이 모두가 뒤엉켜 쓰러져 있었다. 이 구역의 불길한 기운이 그들을 미쳐 날뛰게 만들어 참혹하게 몰살시켜 버린 것 같았다.

"대군마님을 찾아라!"

살아남아 싸우는 이들은 얼핏 보기에도 채 오십 명을 넘지 않았다. 용호는 검을 빼 들었다.

"악!"

"대군이다! 막아라!"

저쪽에서 외치는 소리가 들려와 돌아보니 치고, 받고, 날아올라 공중제비를 돌며 검을 휘두를 때마다 적들을 쓰러뜨리는 선비가 보였다.

"쳐라!"

주춤주춤 물러서던 군사들이 수장의 명령에 다시 일제히 덤벼들었다.

선비는 검을 휘두르며 치고 나가다 옆에서 밀고 들어오는 검에 다리를 스쳤다. 이미 어깨에는 단도가 박혀 있었고 몸이 곳저곳에서도 피가 배어 나왔지만 그는 멈추지 않았다.

"대군마님!"

용호는 큰 소리로 외치며 선비를 향해 곧바로 달려갔다.

"멈추어라!"

선비가 다시 한 번 막아서자 원종혁 역시 성난 맹수처럼 검을 휘둘러왔다. 바람을 가르며 날아든 칼날이 선비의 목덜미를 스쳐 지나갔다. 선비는 검을 피해 몸을 숙이며 원종혁의 몸을 향해 발을 올려 힘껏 돌려 찼다. 원종혁의 입에서 피가 튀었지만 선비의 다리에서도 계속 피가 흘렀다.

"윽!"

원종혁이 가슴을 움켜쥐며 앞으로 꼬꾸라지자 바닥에 착지한 선비도 기력을 잃고 휘청거렸다.

"불길이 거셉니다! 이곳을 빠져 나가셔야 합니다!"

용호가 그런 선비를 끌어안았다.

"오셨습니까, 사부!"

눈앞이 흐릿해지는 순간 용호를 발견한 선비는 그제야 안도의 한숨을 내쉬며 고개를 떨구고 말았다.

"도련님!"

선비를 안은 용호는 자신의 가슴을 적시는 뜨뜻한 기운에 정신이 번쩍 들었다.

오른쪽 어깨 아래로 끈적끈적하고 뜨뜻한 물이 흘러내렸다. 어두워 처음에는 알아볼 수 없었지만 잠시 후 손등을 타고 흘러내리는 붉은 것이 선비의 피라는 것을 알아차리자 용호는 서둘러 그를 말에 태웠다.

"얼마나 다치신 것입니까? 괜찮은 겁니까?"

선비를 안은 용호는 그렇게 외치며 말을 달렸다. 지금은 그저 한시 바삐 이 불길 속을 벗어나는 것이 살길이었다.

"소리 지를 힘이 있으면 빨리 달리십시오!"

선비는 퉁명스런 목소리로 짧게 내뱉었다. 비록 아무렇지도 않은 듯 말을 했지만 호흡이 점점 가빠지고 의식이 흐릿해지고 있었다. 그녀는 무사히 가고 있을까, 이럴 줄 알았더라면 다시 한 번 이름이라도 물어볼 것을, 의식을 잃어가는 순간에도 선비는 떠나보낸 그 여인을 생각했다.

용호는 말을 달려 성담의 암자로 달려갔다.

"스님! 스님!"

암자로 들어서며 외치는 용호의 목소리에 성담이 달려 나왔다. 그는 용호가 들쳐 메고 오는 사내가 선비라는 사실을 알고는 하얗게 질렸다.

"어인 일인가?"

"피를 많이 흘렸습니다, 상처부터 살펴 주시지요!"

성담은 심상치 않은 상황을 눈치채고 얼굴이 창백하게 변했지만 즉시 약재와 치료 도구들을 가지러 갔다. 선비의 얼굴은 하얗다 못해 창백했고 도포는 피로 흥건했다.

"도련님! 도련님, 정신 차리세요!"

"괜찮으실 게야, 강한 분이시니!"

성담은 파랗게 질린 용호를 위로하며 얼른 선비를 자리에 눕혔다.

성담은 곧바로 어깨에 박힌 칼을 빼냈지만 출혈은 더욱 심해졌다. 다리를 동여매 지혈을 시키고 약재를 달여 먹이며 얼마간을 더 씨름하던 성담도 고개를 저었다.

"급한 대로 할 수 있는 것은 다 해보았지만 기력이 약해진데다 상처가 너무 깊네."

"하면 어찌해야 합니까?"

성담의 절망적인 말을 들은 용호의 얼굴은 창백해졌지만 곧 자리에서 일어섰다.

"어찌하려고?"

"윤 대감께 아뢰고 의원을 데려오겠습니다!"

"자네의 몸도 성치 않은데 다른 사람을 보내도록 하지?"

"제가 가는 것이 빠릅니다!"

성담은 부상으로 지쳐 있는 용호의 몸을 걱정했지만 그는 주저 없이 도성으로 말을 달렸다.

윤호의 집으로 달려가 용호가 데려온 의원이 밤새 선비를 치료했고 안 된다고 말리는데도 기어이 따라 나선 윤서연이 밤새 치성을 드리며 그를 간호했다. 서연은 그 누구의 손도 빌리지 않고 밤을 지새우며 선비를 보살폈다. 그를 간호하는 서연의 모습은 그야말로 지극정성이었지만 그녀의 마음은 극락과 지옥을 오가고 있었다. 진성대군을 위해 이리 된 선비를 생각하면 울화가 치밀었지만, 이렇게라도 자신이 곁에 있을 수 있게 된 것을 생각하면 안심이 되었다.

성담과 용호는 나란히 앉아 잠든 선비의 곁을 지켰다. 비록 세 사람이 밤새 한마디도 하지 않았지만, 간절한 마음은 다를 것이 없었다.

어둠이 걷히며 서서히 여명이 밝아왔다.

세월이 묻어 있는 거북문양살 문틈 사이로 아침 햇살과 맑은 공기가 흘러 들어왔다.

누워 있는 선비를 내려다보는 성담의 눈길은 회한에 젖어 있었다.

"쾌차하시겠지요?"

서연은 초조한 마음으로 물었지만, 그 떨리는 목소리에는 스님에게 그가 괜찮으리라는 확답을 듣고 싶어 하는 마음이 묻어 있었다.

"괜찮을 것입니다, 강한 분이시니."

성담은 그리 말하며 선비의 손을 잡아주었다. 성담의 따뜻한 위로가 제자를 홀로 사지에 버려두었다는 자책감에 시달리던 용호의 마음까지 어루만져 주었다.

"할아버님께서 당도하시기 전에 일어나셔야지요."

"으음……."

성담의 간절한 부탁을 알아듣기라도 한 듯 그가 천천히 눈을 떴다.

"어찌 떠나지 않고 돌아온 것이오?"

그러나 정신을 차린 선비의 첫마디에 서연의 입매가 굳어졌다. 비몽사몽간에 서연을 그 여인으로 잘못 보고 헛소리를 한 것이었다.

"예에?"

아무래도 자신에게 건넬 말은 아니라는 생각에 서연은 고개를 갸웃거렸다.

"정신이 드시는 것입니까, 도련님?"

"여, 여기가 어딥니까?"

옆에 앉아 있던 용호가 반갑게 묻자 그제야 선비는 정신이 들었다.

"저희가 다시 모시고 왔습니다."

"그랬군요."

그는 떨리는 손을 내밀어 자책으로 수척해 있는 용호의 손을 잡았다.

"도련님!"

단 한 번도 웃는 얼굴을 보지 못했는데, 억지웃음을 보여주는 그를 보고 용호는 말을 잇지 못하고 길게 흐느꼈다. 그 험난한 시험 속에서도 단 한 번도 부상을 당한 적이 없었던 그가 이번에는 피폐한 얼굴로 겨우 살아난 것을 보니 가슴이 아렸다.

"스승님."

그는 이번에는 고개 숙인 성담을 불렀다.

"예, 도련님."

성담은 그대로 잃을 뻔했던 선비의 손을 잡고 눈시울을 붉혔다.

"도성은 어찌 되어갑니까?"

"임금이 장단 석벽으로 행차하는 것을 취소하는 바람에 거사가 무산될 뻔했습니다. 하나 다시 오늘로 거사일이 조정되었고, 마침 어제 저녁부터 도성 안에 귀양살이하고 있던 유빈의 거사 격문이 나 붙으면서 민심이 크게 동요하고 있습니다."

용호는 지금 도성안의 사정을 소상히 알려주었다.

"최익순 대감께서도 도성으로 올라오며 가까운 장수들을 만나고 계십니다."

목소리를 낮춘 성담은 선비의 곁으로 바짝 다가앉았다.

"음, 할아버님께서요. 하면 저도 가봐야겠습니다."

"아니 됩니다, 그 몸으로는 무립니다!"

잠자코 듣고 있던 서연이 펄쩍 뛰며 말리고 나섰다. 혹시라도 그가 더 심하게 다칠까 싶은 걱정부터 들었다.

"어찌 이곳까지 오신 겁니까. 대군께서는 지금 어디 계십니까?"

그제야 서연이 있다는 것을 깨달은 선비가 물었다.

"한번 습격한 곳이 오히려 안전할 것이라는 할아버님 말씀에 부인과 함께 대군저로 돌아가셨습니다."

"대군을 설득하기 위해서라도 제가 가야 합니다."

"상처가 깊습니다."

"누군가 앞서 나가지 않으면 성공하기 어렵습니다. 하나, 이번 거사는 백성들을 위해서 반드시 성공해야만 합니다."

모두의 만류에도 불구하고 자리에 누워 있던 선비는 기어이 몸을 일으켰다.

나뭇잎들 사이로 쏟아지는 햇살이 하얀 문풍지에 부딪히며 방 안으로 스며들었다. 어느새 방 안은 찬란한 빛으로 가득 찼다.

❀　　❀　　❀

기개 높기로 명성이 자자한 최익순의 저택은 조상 대대로 내려온 고택답게 기품이 있으면서도 정갈했다. 사인은 그 으리으리한 저택 앞에서 잠시 발걸음을 멈추고 호흡을 가다듬었다.

"이리 오너라! 이리 오너라!"

끼이익 하는 소리가 나며 대문이 열리고는 우락부락한 머슴 대박이 나와 눈을 아래위로 치켜뜨며 허름한 중놈 차림의 사인을 바라보았다.

"식전 댓바람부터 뭔 일이요?"

"최영섭 대감을 뵈러 왔네. 안에 계신가?"

사인은 중치막 자락을 여미며 차분한 목소리로 머슴에게 물었다.

"뉘신데 우리 대감마님을 찾소?"

대박은 행색이 남루한 사인을 살피며 떫은 감을 씹은 얼굴로 물었다.

"참으로 무례하구나, 내가 먼저 대감께서 계시느냐고 물었거늘! 들어가 부제조상궁께서 보낸 이가 뵙기를 청한다고 아뢰거라!"

사인은 머슴이 상스럽게 구는 꼴을 보고 정색을 하며 나무 랐다.

"따라오시오!"

잠시 뒤에 나온 대박은 사인을 문 안으로 들이고는 작은 사 랑채로 안내했다.

집안의 어른인 최익순이 거처하는 큰 사랑채와는 달리 최영 섭은 찾아오는 벗을 맞이하는 작은 사랑채를 사용하고 있었 다.

"이런 곳에 어찌 수양버들이 있을까?"

사인은 작은 사랑채로 들어가는 중문을 들어서다 수양버들 을 발견하고는 잠시 걸음을 멈췄다. 버들가지를 꺾어주면 반 드시 다시 만나게 된다던 그를 생각하자 코끝이 찡해졌다.

"대감마님, 모시고 왔습니다요!"

대박이 고하는 소리에 방문이 열리며 최영섭이 나왔다.

"처음 뵙겠습니다. 윤사인이라고 합니다."

사인이 인사를 하자 최영섭은 마치 귀신을 본 듯 놀라 숨도 크게 쉬지 못했다.

"대감마님?"

사인은 그런 최영섭을 물끄러미 바라보았다.

"정 상궁이 이모님이 되는가?"

간신히 정신을 차린 최영섭은 그제야 잔잔한 미소를 건네며 사인을 바라보았다.

"예, 대감마님!"

"고단해 보이는구먼. 우선 씻고 옷부터 갈아입는 것이 좋겠네. 대박이는 이분을 안채로 모셔라."

사인은 대박의 안내를 받아 안채로 들어갔다.

걸러낸 듯 투명한 햇살 아래 펼쳐져 있는 뜨락은 나무 잎사귀 한 장 없이 정갈하게 쓸어져 있었다. 두 개의 중문을 넘고 문 하나를 통과한 뒤 몸을 정갈히 하였다. 또 하나의 문을 들어서며 비로소 만나게 되는 안채는 사랑채와 달리 기품이 있으면서도 화려했다. 정결한 마루와 두꺼운 장판지에 노랗게 콩기름을 먹인 온돌방은 반들반들하고, 마루며 기둥이 한결같이 반짝거리는 것을 보면 안방마님의 살림 솜씨를 짐작할 수 있었다.

"저희 마님께서 이 옷으로 갈아입으시라고 하시네요."

작은 방으로 안내된 사인은 소세를 하고 하녀가 가져다 준 치마저고리로 갈아입었다.

안방마님의 것인지 파르스름한 구슬빛 바탕에 진달래빛 호장저고리를 입은 사인의 얼굴은 눈꽃처럼 하얗게 돋보였다. 옷을 갈아입고 환골탈태라도 한 것 같은 모양새에 사인을 안내하러 온 하녀가 숨을 흡 들이켜며 놀라기도 했다.

"안방에 대감마님께서 기다리고 계십니다."

옷을 갈아입고 안방으로 향하던 사인은 큰 숨을 들이쉬며 주먹을 꼭 쥐었다.

동온돌에서 물그릇을 뒤집어썼던 날, 장녹수가 눈치를 챈 것 같다는 말을 했을 때 부제조상궁은 어떤 예감을 한 것인지 한동안 말없이 생각에 잠겨 있었다. 그리고 사인에게 출패를 건네주며 처음으로 어머니의 이야기를 들려주었다.

"어쩌면 이것이 마지막 기회가 될지도 모르니 네가 그토록 듣고 싶어 하던 네 아버지의 이야기는 직접 찾아가 들어라. 나도 다 알지 못하니."

역관의 집안에서 태어난 정 상궁은 어려서 부모를 잃고 나이 차이가 많은 어린 여동생을 위해 궁녀가 되었다고 했다. 정 상궁은 어린 여동생을 강릉에 있는 친척집에 맡기고 이를 악물고 노력했기에 사인의 어머니가 열여섯이 되던 해에는 제법 번듯한 집을 장만해 하인까지 부리며 살 수 있게 되었다고 했다. 정 상궁은 여동생만 좋은 곳으로 혼인시키면 자신이 할 일은 끝날 줄 알았다고도 했다. 어느 날 갑자기 배가 불러오기 시작하는 여동생을 보기 전까지 정 상궁은 사인의 아버지에 대해서는 전혀 알지 못했다고 했다.

사인은 그날 밤 이모의 말을 듣고 어쩌면 자신은 잉태되는 순간부터 그 누구에게도 환영받지 못했다는 생각이 들었다.

"아가씨 뫼시고 왔습니다."

방문이 열리자 비단 보료 위에 앉아 차를 마시고 있는 최영섭과 조금 비껴나 앉아 있는 안씨 부인이 보였다. 부모가 살아 있었다면 저런 모습이었을까, 그런 생각을 하자 사인은 그동안 느끼지 못했던 슬픔이 울컥 치밀었다.

"세상에! 어찌 저리 닮았을꼬. 내 그때 너를 거둬 키워줄 것
을……."

사인이 절을 올리자 안씨 부인은 믿을 수 없다는 얼굴로 한
탄하다가 급기야는 눈물까지 보이고 말았다. 사인의 어머니가
아기를 안고 찾아왔을 때 최영섭은 그 아기를 훈의 여동생으
로 거두자고 했었다. 그러나 시집을 와 겨우 첫아들을 낳은 안
씨도 그때는 그저 어린 새댁이었던지라 남의 자식을 쉽게 제
자식으로 거두기가 어려웠다. 그것이 못내 미안하고 또 안쓰
러워 눈물이 고였다.

찻잔을 내려놓은 최영섭은 아무 말 없이 사인을 물끄러미
바라보았다.

숱이 많은 풍성한 머리, 갸름하고 자그마한 얼굴, 다소곳이
솟은 콧날과 좁고 긴 코, 복스러운 뺨과 붉고 도톰한 입술, 가
느다란 눈썹에 둥글고 맑은 눈, 그 시절 모두가 강릉 최고의 미
인이라 하였던 그 규수가 살아서 걸어오는 것 같았다.

젊은 날 모든 사내들의 가슴을 설레게 했던 여인이었으며
동문수학하던 벗의 연인이 되었던 그 여인, 절세가인의 그 여
인이 살아서 걸어오는 것만 같았다.

"네 어머니를 참으로 많이 닮았구나."

"제 부모님을 아십니까?"

사인이 묻는 말에 최영섭은 그대로 묵묵히 앉아 있었다.

"차 들어요."

여전히 붉어진 눈시울을 한 채 최영섭의 눈치를 살피던 안씨는 차를 따라 사인에게 건넸다.

"저는 다만 제 아버님은 어떤 분이셨는지, 어째서 어린 제가 궁으로 들어가 살 수밖에 없었는지 그 연유를 알고 싶습니다."

사인이 차를 다 마실 동안 생각에 잠겨 있던 최영섭은 천천히 고개를 들었다.

"네 아버지의 함자는 신효섭, 내 오랜 지기였다. 네 아버지가 눈을 감기 전에 내게 너와 네 어머니를 부탁했었다. 또 아이의 이름을 지어달라고 하더구나. 나는 남아를 낳으면 지후라 하고 여아를 낳으면 소희라 하라고 했지."

사인의 아버지 신효섭과 사인의 어머니는 혼인하기로 하였으나 부모까지 일찍 여읜 중인의 여식이라는 이유로 집안의 반대가 심했다. 신효섭이 그 집안의 장손이었으니 당연한 일이었다. 그래도 두 사람은 굽히지 않았고 결국 혼인하기로 하였지만 마침 신효섭과 최영섭은 명의 사신단으로 따라가게 되는 바람에 혼례를 미룰 수밖에 없었다.

"신, 소, 희."

사인은 제 이름을 천천히 불러보았다.

"어떠냐, 이름이 마음에 드느냐?"

"소희, 예쁜 이름입니다."

최영섭은 그토록 오랜 시간이 흘러서야 제 이름을 불러보는 사인을 측은하게 바라보았다.

"네 이모님에게 이야기를 들었는지 모르겠다만 많은 일들이 있었다."

최영섭은 긴 한숨을 내쉬었다.

사신단으로 따라갔던 신효섭은 돌아오는 길에 병을 얻어 국경 근처에서 숨을 거두고 말았다. 산달이 다가온 사인의 어머니는 언니인 정 상궁의 도움을 받아 아기를 낳았고, 신효섭의 집을 찾아갔지만 혼인을 인정할 수 없다고 문전박대를 당하고 그대로 돌아설 수밖에 없었다.

"저는 줄곧 제가 그 누구에게도 환영받지 못한 아이였다고 생각했습니다. 제 아버지조차도 제가 거추장스러워 저를 궁으로 보내 버린 것이 아닐까 하고."

"절대 그렇지 않다. 네 아버지는 누구보다 네가 태어나는 것을 보고 싶어 하셨다. 너와 네 어머니를 두고 가는 것이 걸려 제대로 눈도 감지 못하였지. 내가 너를 거두지 못한 것을 두고 두고 후회하였구나."

최영섭은 잠시 고개를 숙이고 묵묵히 앉아 있었다. 시간이 촘촘히 흘러갔다.

"내가 국경 근처에서 쓴 네 아버지의 서신을 가지고 있다. 내 힘으로 너의 이름을 찾아줄 수 있을지 알 수 없으나, 그래도 가보자."

잠시 그렇게 앉아 있던 그는 결심한 듯 고개를 들었다.

물론 가능성은 희박했지만 그길로 최영섭은 사인을 데리고 신효섭의 집으로 향했다. 정 상궁이 사인을 이 먼 곳까지 홀로 보냈을 때는 그만큼 절박한 사정이 있으리라 짐작이 갔다. 그러나 사인의 어머니가 찾아갔을 때에도 박대를 당했던 집안인데 다 자랐다고는 하지만 궁녀가 되어 찾아간들 그 집에서 인정해 줄 리 없었다. 게다가 장손인 신효섭의 뒤를 이어 모든 재산과 권리를 물려받은 신효섭의 아우 신중섭이 형님의 여식을 인정하기란 어려운 일이었다.

최영섭을 따라 들어오는 사인을 보는 순간 신중섭은 그 옛날 형님 신효섭과 함께 혼인을 허락받으러 왔던 아름다운 규수를 떠올렸다. 닮아도 어찌 저리 닮았을까. 사인의 모습은 그 옛날 아기를 안고 대문을 두드리던 그 여인이 살아 돌아온 듯했다.

"형님께서 어인 일로 예까지 오셨습니까?"

바짝 마른 입술을 핥으며 차를 마시던 신중섭의 두 손은 부들부들 떨리고 있었다.

"자네에게 소개할 이가 있어서 왔네."

최영섭의 소개가 끝나자 사인은 곱게 절을 한 뒤에 자리에 앉아 천천히 고개를 들었다.

"처음 뵙겠습니다, 작은아버님!"

당황스러워 어쩔 줄 모르는 신중섭과는 달리 사인의 표정은 냉담하기 그지없었고 오히려 여유로워 보였다. 이제껏 아버지라는 이는 네 살의 어린 사인을 궁으로 보내 버리고, 새어머니와 살면서 꼬박꼬박 사인의 월봉 중 얼마를 챙겨가는 사람인 줄로만 알고 살았다. 그러나 이제 사인에게도 자신을 아껴주던 번듯한 아버지가 있었다는 사실만으로도 더 이상 두려울 것이 없었다.

"작은아버님이라니!"

신중섭은 간신히 정신을 차리고 힐끔 쳐다보다 사인과 시선이 마주치자 자신도 모르게 고개를 돌리고 말았다. 두 사람 사이의 공기는 바짝 말라 어디선가 불티가 튀면 순식간에 맹렬한 기세로 타오를 것처럼 긴장으로 팽팽했다.

"늦었지만 내게 맡겨둔 자네 형님의 서찰을 보여주려고 말일세."

두 사람의 침묵을 깬 것은 최영섭이었다.

"오래전 돌아가신 형님의 서신이 있었을 리가?"

신중섭은 당황한 손길로 서찰을 뜯어 펼쳤다. 서찰을 읽어 내려가는 그의 입술이 창백하게 떨렸다.

"하나 이 서찰이 형님의 것이라는 것을 어찌 알겠습니까?"

내용을 다 읽은 신중섭은 던져 버리듯 서찰을 내려놓았다.

"이런 고얀 사람이 있나! 하면 내가 자네 형님의 서찰이 아닌 것을 가지고 거짓을 말한다는 것인가?"

바닥에 떨어지는 서찰을 바라보던 최영섭은 화가 치밀어 울컥하고 말았다.

그러자 실낱같은 희망을 가지고 그를 지켜보던 사인이 손을 뻗어 그 서찰을 들고 내용을 확인했다. 자신의 죽음을 예감한 사인의 아버지가 아이와 아내를 아우인 신중섭에게 살펴 줄 것을 당부하는 내용이었다. 그 내용이 너무도 애틋하여 사인은 잠시 입술을 깨물었다.

"이 서찰의 진의를 확인할 수 없으니 이번에도 저를 인정할 수 없다는 말씀이십니까?"

사인은 서찰을 접어 소맷자락에 집어넣으며 쌀쌀하게 되물었다.

"이제 와 혼외 자식이 있다는 것은 이미 세상 떠난 지 오래되신 분을 욕되게 하는 것이다."

신중섭은 머뭇거리다 마지못해 대답했다.

사인은 허리를 꼿꼿이 세우고 고개를 들고 그를 노려보았다.

아기를 안고 이리 뛰고 저리 뛰며 매달렸을 어린 규수가 눈에 보이는 듯했다. 자기만을 바라보며 궁녀가 되었던 언니마저 실망시켰다는 사실에 어린 규수는 스스로를 얼마나 자책했을까. 아마도 억울한 마음에 속을 끓이다 그 어린 나이에 세상을 떠나고 말았을 것이다.

"제가 어머니와 많이 닮았다지요. 하나 저는 어머니와는 전혀 다릅니다. 어째서 제가 그냥 이대로 조용히 물러나리라 생각하셨습니까? 정히 그러하시다면 제 이름은 제가 찾도록 하겠습니다."

여리게만 보이던 사인의 눈에 푸른 비수가 지나는 듯 보였다. 분노로 뜨겁게 아우성치는 피로 인하여 사인의 몸은 곧 산산조각 날 것만 같았다.

"뭐라? 새파랗게 어린 것이 어디서! 지금 나를 능멸하는 것이더냐!"

"우선은 이 서찰이 제 아버님의 것이라는 것을 증명하면 되는 것이니 궁으로 돌아가 서고를 뒤져봐야겠습니다. 사신단 일행이셨으면 분명 남긴 문서들이 있을 테지요."

당황한 신중섭이 부르르 화를 냈지만 사인은 물러서지 않았다. 가슴속에 든 칼이 날을 하얗게 세우며 번뜩였다.

"그렇구나, 내가 어찌 그 생각을 하지 못했을까? 네 아버님이 주로 일지를 기록했으니 문서가 남아 있을 것이다."

교활한 신중섭에게 지지 않고 담대하게 맞서는 사인의 모습에 최영섭은 놀라고 말았다. 그리고 어찌 이런 순간에도 침착하게 궁궐 안에 있는 문서를 찾아 서찰의 진위를 확인할 생각을 하는 것인지 놀라울 뿐이었다.

"그만 돌아가시지요."

사인은 최영섭을 재촉해 자리에서 일어섰다.

아집과 욕심덩어리로 똘똘 뭉쳐 썩은 냄새가 풀풀 나는 신중섭과 더 이상 한 자리에 앉아 있고 싶지 않았다. 최영섭과 돌아가려고 방을 나서던 사인은 다시 한 번 천천히 신중섭을 돌아보았다.

"서찰의 진위를 밝힌 뒤에 제가 임금께 상소문을 올리도록 하겠습니다. 아시다시피 조선은 부당하고 억울한 일이 있으면 기생의 상소문도 기꺼이 받아주는 나라입니다."

새파랗게 분기를 머금은 사인의 목소리가 신중섭의 귀에 고스란히 들어와 박혔다.

"음!"

차갑게 몰아치는 조카딸 앞에서 신중섭의 얼굴은 납빛으로 변해갔다.

"갈 곳은 있느냐?"

신중섭의 집을 나온 최영섭은 측은한 눈빛으로 사인을 바라보았다.

가슴속에 절절히 한이 맺힌 아이에게 어디서부터 어떻게 말을 해야 할지 그도 알 수가 없었다.

"저에게 호적을 빌려주신 고마운 분의 부인께서 상을 당하셨다 합니다. 그곳에 들러 인사를 하고 궁으로 돌아가야겠습니다."

사인은 고개를 들고 최영섭을 바라보았다.

"내 집으로 가서 쉬어 가는 것이 어떻겠느냐?"

늙은 선비의 얼굴 가득 슬픔이 내려앉아 있었다.

"이미 많은 폐를 끼쳤고 큰 은혜를 입었습니다. 이만 가보겠습니다."

사인은 고맙고 감사한 마음에 허리를 깊이 숙여 작별을 고했다.

"하면 이 가마를 타고 가거라. 가는 곳까지 데려다 줄 것이다."

사인의 태도가 워낙 완강하자 최영섭은 더 이상 잡으려 하지 않았다.

"살펴 가십시오, 대감마님!"

사인은 허리를 굽혀 인사하고 서둘러 가마에 올랐다. 슬퍼할 것은 아니라고 마음을 사려 보지만 이상하게 가슴이 따끔거렸다.

사인은 다시 최영섭이 내준 가마를 타고 강릉의 시장 근처에서 의원을 하고 있다는 윤인수의 집으로 찾아갔다. 사인의 어머니가 죽자 사인을 궁으로 데려가려고 마음먹었던 정 상궁은 궁리 끝에 강릉에 집을 마련하며 집주릅을 통해 알게 된 의원 윤인수에게 사인을 여식으로 호적에 올려 달라고 부탁했다. 그 덕분에 윤인수는 지난 세월 다달이 사인의 월봉 중 일부를 받아간 것이었다. 그곳까지 찾아가는 동안 가마에 앉아 곰곰이 생각하니 이모의 팔자가 너무나 기구한 것이었다. 이모는 사인에게 멀리 도망쳐 행복하게 잘 살라고 당부하였지만 그래서는 안 될 일이었다. 이미 장녹수가 보낸 감찰궁녀들이 쫓아온 것을 보면 이모도 위험에 처했을 것이다. 사인이 이대로 돌아가지 않는다면 이모인 정 상궁은 살아남지 못할 것이었다.

"이곳입니다, 아씨!"

허름한 초가 앞에 도착한 가마꾼들이 가마를 내려놓았다.

사인은 가마꾼들이 열어준 문으로 내리며 자신이 윤사인으로 살 수 있게 도와준 윤인수의 초라한 초가집을 바라보았다.

"애쓰셨습니다, 이제 돌아가셔도 됩니다."

사인이 가마꾼들에게 고맙다는 인사를 건네자 가마는 다시 돌아갔다. 가마가 사라지는 것을 바라보던 사인이 몸을 돌렸을 때였다.

"궁녀 윤가 사인인가?"

고개를 숙이고 초라한 싸리문으로 들어서려는 사인 앞을 불쑥 막아서는 그림자가 보였다.

"예, 그렇습니다만?"

천천히 고개를 드니 뜻밖에도 사인의 눈앞에 충철위장 원종혁이 서 있었다. 그는 금표 구역에서 선비의 꾀에 넘어가 군사의 절반을 잃었지만 그래도 사인을 데려가야 왕의 진노를 피하겠기에 곧장 사인의 사가로 달려왔다.

사인은 원종혁과 군사들을 발견한 순간 다리에 힘이 풀려 휘청거리며 꼬꾸라지듯 주저앉았다. 그대로 몸이 뻣뻣하게 얼어붙는 것 같았다.

"전하께서 자네를 찾으시네."

원종혁의 말이 떨어지자 군사들이 눈 깜짝할 사이에 사인을 묶더니 말에 태웠다.

"최대한 빨리 돌아가야 한다!"

주위를 살피던 원종혁은 말에 오르자 사인을 꽉 껴안고 그대로 궁궐을 향해 달려가기 시작했다.

❀　　❀　　❀

연산군 즉위 십이 년 구월 초하루 저녁 무렵, 박원종, 유순

정, 성희안 삼대장(三大將)은 신윤무를 비롯해서 전 수원부사 장정, 군기시첨정 박영문, 사복시첨정 홍경주 등이 무사를 훈련원에 규합하였다. 손자인 최훈이 도성으로 들어오고 있다는 기별을 받은 최익순은 주변의 군사와 수비대의 군사들을 모아 동대문 부근에 집결해 있다가 도성으로 들어온 최훈 일행과 만났다.

변복을 하고 몇 명의 수하만을 이끌고 나가 궁궐과 운종가를 한 바퀴 돌아온 최익순은 다시 무장을 하고 팔짱을 낀 채 궁궐 쪽을 바라보고 있었다.

"할아버님!"

"오, 훈이로구나! 어떠냐, 몸은 괜찮은 것이더냐?"

최익순은 저만치서 걸어오는 최훈을 발견하고 투구를 벗었다. 맑고 서늘한 가을바람이 이마에 맺힌 땀방울을 씻어주었다.

"저는 괜찮습니다만, 어찌 이곳까지 오신 것입니까?"

"네가 위급하다는 기별을 받고 올라왔는데, 이 일이 끝나면 다시 내려가야겠지."

최익순은 장성한 손자의 두 손을 꼭 잡고 잠시 그대로 서 있었다. 가슴속에 미안함과 고마움, 안도감 같은 수없이 많은 감정들이 북받쳐 말을 잇지 못했다.

"가담하는 이들이 점점 늘고 있다고 들었습니다."

선비는 부상을 입어 안색은 초췌해 보였지만 눈빛만은 여전히 긴장감으로 팽팽하게 빛났다.

"상감께서 워낙에 인심을 잃으셨다."

최익순은 보지 못한 사이에 이렇게 장성하여 진지하게 거사를 논하는 손자의 얼굴을 가만히 들여다보았다.

"청이 있습니다."

"무엇이더냐?"

"곁에서 싸울 수 있도록 허락해주십시오."

"안 된다!"

초로의 나이에도 무거운 갑옷으로 무장을 하고 여전히 당당한 위압감을 주는 최익순은 단호하게 거절했다.

"어째서 아니 된다는 것입니까?"

생각해 볼 여지도 없다는 듯 단번에 안 된다고 거절하는 할아버지의 대답에 선비는 실망스러운 눈빛이 되어 물었다.

"너는 이제 그만 하면 되었다. 마음 같아서는 이대로 너를 데리고 돌아가고 싶다만은……."

최익순의 말은 진심이었다. 거사에 성공하여 진성대군이 보위에 오른다 하더라도 이제껏 그를 대신하여 살아온 최훈이 앞으로 안전하리라는 보장이 없는 것이다. 임금의 자리란 부모 자식 간에도 나누지 못하는 자리니, 사람의 신의를 얼마나 믿을 수 있을지 그로서도 장담할 수 없었다. 윤호의 말에 넘어가 손자를 사지로 내몰았다는 회한에 최익순은 제 손으로 그를 지켜주기 위해 이 거사에 가담하기로 한 것이었다.

"할아버님께서 무엇을 걱정하고 계신지 알고 있습니다. 하나, 제게도 생각이 있으니 너무 심려하지 마십시오."

물론 그도 알고 있었다. 하지만 이대로 도망칠 수는 없었다.

이번에야 말로 자신의 의지대로 모든 것을 바로잡아야 하고, 그래야만 진정한 자신의 이름을 되찾을 수 있을 것이었다.

"네가 그리 생각하고 있다니 마음이 놓인다만, 역시 이곳은 네가 있을 곳은 아니다."

"지금은 백성을 위해서도 모든 것을 제자리에 돌리는 것이 급하니 그것만 생각하도록 하겠습니다."

"어쩔 수 없이 반정을 일으킨다고는 하나, 백성을 위하는 자들만 이 거사에 가담하는 것은 아니다. 하니 우선은 간신들부터 베어내야 한다. 그런 일을 너에게 시키고 싶지는 않구나. 험한 일은 나 같은 늙은이들이 할 것이니 너는 돌아가 새로운 주상을 모시거라."

아직도 여전히 매서운 눈매와 풍성한 은빛 수염이 백전노장의 연륜을 말해주고 있었다.

최익순은 그의 어깨에 손을 얹고 너를 신뢰하고 있다는 눈빛으로 바라보며 빙그레 웃어주었다. 선비는 처음으로 자신에게도 바람을 막아주는 바람막이가 있다는 느낌이 들었다.

"하면 저는 대군저로 가 대군마님을 설득해 보겠습니다."

"훈아!"

선비가 허리를 숙여 인사하고 떠나려 하자 최익순이 다시 불렀다.

"예?"

"무장이 생각이 많으면 검을 빼지 못한다."

최익순은 따뜻한 눈빛으로 두 손을 들어 손자의 어깨를 두드려주었다.

"명심하겠습니다."

그저 지나는 바람인 줄 알았더니 어찌하여 이리도 가슴이 에이는가.

손자의 얼굴에 깃들어 있는 상념의 그림자를 단번에 읽어내는 할아버지의 걱정에 선비는 쓸쓸하게 웃었다.

선비가 할아버지인 최익순의 뜻에 따라 어의동(於義洞: 지금의 효제동)에 있는 진성대군저로 향하던 그 시각, 류건은 박원종, 유순정, 성희안 삼대장의 군사들이 규합해 있는 훈련원 앞에 있었다.

"조선 최고의 살수라는 월산이 여인네들 손에 죽을 뻔한 것을 구해주었더니, 이제 아예 죽을 자리를 찾아 들어가는 것이오?"

살수대 흑월의 모든 정보를 수집하는 일을 맡고 있는 큰놈이는 도무지 영문을 모르겠다는 얼굴로 류건을 바라보았다. 얼마 전부터 도성 안에 돌아가는 분위기가 심상치 않다 여긴 큰놈이는 이참에 큰 건수나 한번 올려볼 생각으로 흑월의 이인자인 월산을 찾았지만 사라진 그를 찾아내기란 쉽지 않았다. 수하들을 풀어 겨우 찾아내 죽을 뻔한 것을 구해 도성으로 데려왔더니, 다짜고짜 급하게 무사들을 사들이는 지중추부사 박원종의 수하로 들어간 것이었다. 그것도 세상이 뒤집어진다는 이 판국에 궁궐을 공격하러 간다니 기가 찰 노릇이었다.

"같이 싸울 것 아니면 남의 눈에 띄기 전에 빨리 가!"

류건은 이제껏 써오던 죽장검을 치워버리고 장도를 손질하고 있었다. 팽팽하게 날이 선 신경의 끝자락을 간신히 잡고 있는 기분이었다. 환하게 웃고 있던 사인의 모습과 담담한 얼굴로 그녀를 부탁하던 선비의 모습이 잠시 눈앞에 어른거렸다.

"이젠 흑월로는 돌아가지 않을 것이오?"

"아우를 산에 묻고 떠나오던 날, 나는 이미 그곳을 떠났다. 하니 너도 내가 어디 있는지 모르는 것으로 해야 할 것이야!"

진즉에 죽었을 목숨, 눈치 하나로 이제껏 살아온 그였다.

궁녀가 분명한 그녀가 돌아갈 그곳, 그리고 그의 손으로 죽여야만 할 선비가 있을 그곳으로 가기 위해 류건은 제 얼굴이 비치도록 검을 닦았다.

"나야 무거운 입 하나로 먹고 사는 것을! 하면 또 봅시다!"

큰놈이는 의미심장한 웃음을 남기고 가버렸다.

"채비가 끝났으면 따르게!"

큰놈이가 가고나자 박원종의 무사 중 하나가 류건을 부르러 달려왔다. 검을 다루는 솜씨를 눈여겨보고 특별히 중요한 일에 쓰리라 벼르고 있었던 것이었다.

"어디로 가는 것입니까?"

세상이 뒤집어지려는 이 순간이 누군가에게는 기회가 된다. 류건 뿐 아니라 이미 그것을 눈치챈 많은 이들이 제때에 줄을 서려고 이곳으로 꾸역꾸역 모여들고 있었다.

"자네에게만 살짝 알려주는 것이네. 신수근 대감댁으로 가네."

신수근은 왕의 처남이자 진성대군의 장인이었다. 류건은 직감적으로 박원종이 그가 거사에 참가하도록 회유책을 쓰기 위해 가는 것이라는 생각이 들었다.

"죽일 것인가, 살릴 것인가 그것이 문제로다!"

박원종의 뒤를 따라 신수근의 집으로 가며 류건은 그렇게 중얼거렸다.

참으로 묘한 일이었다. 얼마 전까지는 이융의 명을 받아 진성대군을 제거하라는 임무를 받고 대군저를 습격하고 도망치는 대군을 쫓던 그가 이번에는 대군의 장인을 만나러 가고 있다니. 그뿐인가, 이융의 명을 받던 그가 이번엔 진성대군을 왕으로 추대하기 위해 이융을 죽이려 하고 있는 것이었다.

"참으로 재미진 세상이 아닌가!"

류건은 말을 타고 앞서 가는 박원종을 바라보며 웃었다.

그에게는 어차피 누구를 위해 일하느냐가 중요한 것이 아니었다. 언제나 살아남기 위해 일해 왔다. 그동안 그에게는 언제나 살아남아야 할 이유가 있었다.

그러나 신씨의 부친 신수근은 거사에 가담해 사위인 진성대군을 왕으로 추대하자고 제안하는 박원종에게 임금이 폭군이라 하더라도 신하가 왕을 몰아낼 수는 없다고 거부하였다. 결국 빈손으로 그의 집을 나온 박원종은 수하를 불러 검이 빠른 자를 시켜 신수근을 제거하도록 명했다. 덕배는 류건에게 그 일을 맡겼고 그는 언제나 자신이 맡은 일을 했다.

선비가 미처 알지 못하는 사이에 자신을 믿고 있는 신씨의 부친이 살해된 것이었다.

반정이 일어났다는 소식을 들은 문무백관들은 너도나도 박원종이 진을 친 곳으로 몰려들었고 그 수는 금방 수천 명을 넘어섰다.

"이제 시작인 것인가?"

류건은 눈을 들어 하늘을 올려다보았다.

부서질 듯 바삭바삭한 햇살이 쏟아지고 있었다. 초가을 해가 넘어가며 공기의 밀도가 점점 옅어지고 있었다. 전쟁을 치르기에는 너무나 화창한 날이었다.

<2권에서 계속>